LOUISA HEATON

Un père pour Jack

Traduction française de
VIRGINIE CANTIN

BLANCHE

HARLEQUIN

Collection : Blanche

Titre original :
THE BROODING DOC AND THE SINGLE MUM

HARPERCOLLINS FRANCE
83-85, boulevard Vincent-Auriol, 75646 PARIS CEDEX 13
Service Lectrices — Tél. : 01 45 82 47 47 - www.harlequin.fr
ISBN 978-2-2804-9198-3 — ISSN 0223-5056

Composé et édité par HarperCollins France.
Imprimé en août 2023 par CPI Black Print (Barcelone)
en utilisant 100% d'électricité renouvelable.
Dépôt légal : septembre 2023.

FSC
www.fsc.org
MIXTE
Papier issu de sources responsables
FSC® C159065

Pour limiter l'empreinte environnementale de ses livres, HarperCollins France s'engage à n'utiliser que du papier fabriqué à partir de bois provenant de forêts gérées durablement et de manière responsable.

1

Greenbeck, village jumelé avec Vebnice (Croatie)

Le Dr Stacey Emery sourit en passant devant le panneau et jeta un bref coup d'œil dans le rétroviseur. Son fils, Jack, regardait un champ où paissaient des brebis et leurs petits.

— Nous sommes arrivés ! lança-t-elle dans l'espoir de lui arracher un sourire, mais il ne tourna même pas la tête.

Elle s'inquiétait pour lui. Ce déménagement à Greenbeck était censé marquer un nouveau départ pour eux deux. Stacey espérait surtout que son fils redevienne le garçon joyeux et plein d'enthousiasme qu'il était *avant*.

Elle-même avait grandi à Greenbeck, où elle avait beaucoup de merveilleux souvenirs. Elle ne pouvait pas se rappeler un seul moment où elle n'avait pas été heureuse. C'était toujours l'été, ici. Le soleil sur son visage, les fleurs, les jeux… Les canards qu'elle nourrissait dans la mare, les péniches qui glissaient sous le pont des Amoureux, leurs passagers souriants qu'elle saluait d'un grand signe de la main…

Elle avait grandi à Blossom Lane, où la seule chose à laquelle elle devait prendre garde était les chevaux qui sortaient de l'écurie voisine. Chaque fois qu'ils passaient, elle courait dans la maison dire à son grand-père d'apporter sa pelle pour ramasser le crottin encore fumant qu'il utilisait comme engrais pour son potager.

Elle adorait cueillir des mûres et des groseilles sauvages, chiper des pommes dans le verger des Merryman, faire de la balançoire au-dessus du ruisseau où elle pataugeait pieds nus dans l'espoir d'attraper des poissons dans le filet jaune fluo de son épuisette. Et puis, une fois par an, la fête du village et sa course en sac...

Stacey n'avait aucun souvenir triste, à Greenbeck. Mais elle était partie depuis si longtemps qu'elle se demandait si elle s'y plairait autant que dans sa jeunesse. Elle espérait que le village était resté le même, et que Jack s'y plairait.

Une fois passées les ruines du château de Merrick, elle s'engagea sur la route qui traversait la vallée où se nichait Greenbeck. L'antique demeure qu'elle imaginait autrefois peuplée de fantômes était désormais un monument historique très prisé des touristes. Sa dernière tourelle dominait la toute, y projetant une ombre qu'elle vit se tordre alors qu'elle traversait les bois.

Au-dessus d'elle, la canopée laissait filtrer quelques rayons de soleil éblouissants. Puis la voiture quitta le bois, et l'on aperçut de nouveau, dans les champs avoisinants, des animaux qui paissaient. Était-ce un troupeau d'alpagas qu'on apercevait au loin ? se demanda-t-elle en fronçant les sourcils.

Un panneau routier indiquait que la vitesse maximale autorisée pour traverser Greenbeck était de trente kilomètres/heure. Elle ralentit, heureuse de retrouver enfin cet endroit qu'elle n'avait pas vu depuis longtemps.

Les quelques visites qu'elle avait réussi à faire avaient été bien trop brèves – à peine un week-end par-ci par-là. Une fois, elle avait présenté ses grands-parents à Jerry, son ex-mari ; une autre fois leur fils, Jack. Ses grands-parents auraient aimé voir plus souvent leur arrière-petit-fils, mais cela n'avait pas été possible, hélas. Stacey travaillait en Écosse, et elle avait fait ce qu'elle pouvait pour maintenir un lien, grâce à des appels en visio réguliers. Mais son statut de mère célibataire ne lui laissait guère de temps libre, et elle ne venait pas aussi souvent qu'elle l'aurait souhaité.

Ses grands-parents, Genevieve et William Clancy, étaient pourtant si fiers d'elle ! Elle avait réussi à l'école, malgré le traumatisme qu'avait causé, si tôt dans sa vie, la perte de ses deux parents dans un accident tragique. Ils l'avaient soutenue et encouragée lorsqu'elle s'était inscrite pour étudier la médecine à l'université, et elle les revoyait agiter la main en guise d'adieu quand elle avait quitté Greenbeck pour Édimbourg, au volant de sa vieille voiture.

Ils avaient assisté à la cérémonie de remise des diplômes et l'avaient soutenue durant ses années d'internat. Puis, quand elle était tombée amoureuse, ils avaient été les premiers à apprendre la nouvelle. Ils avaient bien réagi, sans porter de jugement, lorsqu'elle leur avait annoncé qu'elle était allée à Gretna Green pour épouser dans le plus grand secret un généraliste rencontré peu de temps avant. Ils avaient accueilli avec la même bienveillance le récit de l'échec de son mariage, avant même la naissance de Jack...

Tant de choses s'étaient passées depuis son départ ! Et pas une seule fois ses grands-parents ne lui en avaient voulu. Elle avait l'impression que leur amour pour elle était inconditionnel, et éternel.

Or c'était précisément ce dont ils avaient besoin, Jack et elle. Ses grands-parents connaissaient les problèmes de son fils, et son désespoir de mère. Quand ils lui avaient proposé de revenir en lui assurant qu'ils avaient trouvé une place pour Jack à l'école du village, elle avait tout de suite compris que c'était une bonne idée. Il était temps de rentrer pour panser enfin ses blessures, et achever le deuil de ses parents.

La route la conduisit au cœur de Greenbeck, et elle longea le parc où des familles nourrissaient les canards et un couple de cygnes. Elle sourit en se rappelant les nombreuses heures qu'elle avait passées à faire exactement la même chose.

— Regarde tous ces canards, Jack !

L'enfant émit un vague son et serra sur son cœur Grover, l'ours en peluche qu'il adorait depuis qu'il était bébé. Grover était un peu élimé, maintenant, mais Jack refusait de s'en séparer et Stacey ne comptait plus les fois où elle l'avait recousu, réparant ses pattes et ses oreilles.

Elle remarqua un nouveau bâtiment de plain-pied à côté de

l'église, construit avec les mêmes pierres grises que la plupart des bâtiments d'ici mais pourvu d'une grande façade moderne en verre : le cabinet médical de Greenbeck Village.

C'est donc là qu'elle allait travailler...

Quand Stacey était petite fille, le médecin du village consultait à son domicile. Le Dr Pickwick était un vieil homme un peu bourru, avec des lunettes à monture d'acier. Mais chaque fois que sa grand-mère l'avait emmenée le voir, il avait ouvert le tiroir de son bureau et l'avait laissée choisir un bonbon ou un chocolat pour la récompenser d'avoir été une bonne patiente. Et parfois, alors qu'elle était assise dans la salle d'attente du Dr Pickwick – qui était aussi le salon de sa maison –, Stacey sentait la délicieuse odeur des plats que préparait sa femme. Depuis longtemps, elle associait la visite chez le médecin au merveilleux parfum de la tarte aux pommes, l'une des spécialités de Mme Pickwick...

Il y avait une place de parking près du Buttered Bun Café, et elle s'y glissa en tirant le frein à main.

— Nous y sommes ! Allons manger quelque chose. Je suis affamée, pas toi ?

Elle aida Jack à quitter son siège enfant et le prit par la main pour entrer dans le café. Au-dessus de leurs têtes, une cloche sonna et, repérant un siège près de la fenêtre, Stacey y installa Jack avant de lui donner un cahier de coloriage et des feutres pendant qu'elle allait passer leur commande.

La vitrine était très alléchante : feuilletés à la saucisse, tartes maison, sandwichs, gâteaux secs ou à la crème, bonshommes en pain d'épice...

Elle commanda deux feuilletés, un chocolat chaud et un thé pour elle, paya, puis alla s'asseoir près de Jack, occupé à colorier un dragon en violet.

— C'est très beau, ce que tu fais, mon chéri, dit-elle.

— Merci.

Ce n'était qu'un mot, mais il lui réchauffa le cœur, car son fils n'avait pas ouvert la bouche depuis des heures. Elle l'observa pendant quelques minutes et elle reprit espoir : les lèvres pincées, il était très concentré, et semblait prendre plaisir à dessiner. Puis la serveuse, une jolie jeune femme rousse, apporta leur commande.

— Voici pour toi, grand dragon ! lança-t-elle.

Stacey lut son badge : Jade. Celle-ci lui sourit et regagna le comptoir, où elle prépara un café pour un vieux monsieur qui était entré après Stacey. Son visage lui semblait familier, mais elle avait du mal à y mettre un nom. Qui était-ce donc ?

Jack dévorait son feuilleté à la saucisse et finissait son chocolat chaud lorsque la porte s'ouvrit à nouveau, cette fois sur l'homme le plus séduisant que Stacey ait jamais vu.

Elle s'efforça de ne pas le fixer du regard, mais c'était difficile tant elle le trouvait attirant !

Son rythme cardiaque s'était déjà accéléré, et elle prit une profonde inspiration pour se ressaisir tout en faisant mine de s'intéresser au coloriage de Jack. Pourvu que l'inconnu ne la remarque pas !

Elle était déjà tombée amoureuse d'un homme comme celui-ci, et il ne lui avait apporté que des ennuis. Ce genre d'hommes se faisait remarquer partout où il allait. Par d'autres femmes, qui flirtaient avec lui. Cela avait été le cas de Jerry, son ex-mari, qui n'avait pas su résister à la tentation et lui avait brisé le cœur... Après une séparation douloureuse, elle élevait désormais son fils seule. Jack était orphelin de père, même si celui-ci n'était pas mort mais juste absent. Jerry n'avait jamais voulu avoir la charge d'un enfant.

Stacey remarqua que la serveuse battait des cils et souriait au nouveau venu.

— Bonjour. Je peux vous aider ?

— Oui. J'ai commandé six de vos meilleurs cookies au chocolat blanc.

Stacey ne put s'empêcher de détailler sa silhouette avantageuse. Un ventre plat, des bras musclés sous sa chemise, des cuisses et des fesses légèrement moulées dans un pantalon chino. Il n'avait pas l'air d'être du genre à manger des biscuits aux pépites de chocolat, mais plutôt un adepte des régimes hyper-protéinés et un habitué des salles de musculation. Sans doute faisait-il souvent son jogging dans le village, si toutefois il y habitait, ce qu'elle se prit à espérer…

Quand, soudain, il se retourna et jeta un coup d'œil dans sa direction, elle laissa échapper un soupir.

Jack leva les yeux.

— Qu'est-ce qu'il y a, maman ?

— Oh ! rien…

Elle regarda la serveuse qui faisait tourner son collier entre ses doigts tout en suivant l'homme des yeux par la fenêtre…

Stacey secoua légèrement la tête. Il était temps de partir.

— As-tu fini ? demanda-t-elle à Jack.

Celui-ci hocha la tête.

— Bien.

Stacey rassembla leurs affaires, puis remercia Jade.

— Pourriez-vous m'aider ? Je cherche le Blacksmith's Cottage. Savez-vous où il se trouve ? Je ne connais pas le nom de la rue.

Stacey supposait qu'il s'agissait d'une nouvelle rue, construite depuis sa dernière visite.

Jade posa sur elle un regard curieux.

— Je crois qu'il se trouve dans la rue du Chèvrefeuille, juste à côté du nouveau lotissement. En sortant d'ici, il faut prendre la rue principale jusqu'au bout. Ensuite, ce sera la première à gauche, puis la deuxième à droite.

— Merci, dit-elle avec un sourire.

— Bienvenue à Greenbeck ! lança Jade.

Elle retourna à la voiture, impatiente de s'installer et de décharger leurs affaires. C'était dommage qu'ils ne puissent pas habiter chez ses grands-parents, mais il n'y avait tout simplement pas de place pour elle et Jack. Son fils grandissait vite. Ses grands-parents avaient proposé de les loger, mais elle avait opté pour une autre solution, car l'enfant avait besoin de son propre espace, et elle ne voulait pas lui imposer de partager avec elle son ancienne chambre d'enfant. De plus, il aurait été déraisonnable d'attendre de Genevieve et de William qu'ils s'occupent d'un jeune garçon agité, même si elle savait qu'ils aimeraient avoir Jack au quotidien.

— Viens, Jack ! Rentrons à la maison.

Le Dr Daniel Prior se tenait près de la cheminée, et regardait la photo de sa femme Penny et de son fils Mason. Il faisait souvent cela quand il se sentait seul, ou quand il avait une décision à prendre.

Sur la photo, Penny et Mason lâchaient des lanternes dans le ciel nocturne lors d'un séjour à Oahu, à Hawaï. Comme eux, Daniel avait regardé avec des centaines d'autres personnes les petites lumières s'élever dans les airs, immortalisant ce moment en prenant de jolis clichés. L'un d'eux captait la beauté du ciel éclairé, et un autre – celui qu'il regardait maintenant – montrait Penny, les mains sur les épaules de Mason. Elle rayonnait de joie.

Il avait parfaitement saisi cet instant de bonheur, et à ce moment-là il s'était dit qu'il les aimait tant tous les deux que, même si cela devait être son dernier jour, il s'en moquait, car c'était un jour parfait.

Mais il avait tort, songea-t-il tristement en contemplant son salon vide. Aujourd'hui, il aurait tout donné pour les revoir.

Sa femme et son fils lui avaient souri, sans savoir que dès le lendemain leurs vies seraient cruellement interrompues. Aujourd'hui encore, Daniel se sentait rongé par la culpabilité. Il se frotta la hanche. C'était toujours douloureux, deux ans après l'accident. S'il avait vécu, Mason aurait six ans aujourd'hui, et apprendrait à lire. Penny, elle, aurait trente ans. Elle avait toujours eu de grands projets pour fêter son trentième anniversaire…

Dans un soupir, il se détourna de la cheminée et se rendit à la cuisine pour prendre le sac de biscuits aux pépites de chocolat qu'il avait récupéré plus tôt au Buttered Bun. Ce n'était pas grand-chose. Juste un petit cadeau pour le nouveau médecin auquel il voulait souhaiter la bienvenue.

Il était aussi question de pendre bientôt la crémaillère pour l'annexe. Lorsque l'associé principal, le Dr Zach Fletcher, avait dit à Daniel qu'il avait engagé quelqu'un pour leur cabinet en pleine expansion, il avait proposé d'héberger ce nouveau confrère jusqu'à ce que celui-ci puisse trouver un logement permanent. Son annexe était vide, et il voulait en faire profiter quelqu'un en échange d'un loyer modique. Mais surtout, il savait combien il était difficile de trouver une maison à acheter ici.

Depuis que Greenbeck figurait sur la liste des dix villages les plus agréables du Royaume-Uni, les prix des logements à louer et à acheter étaient devenus exorbitants. Peu de gens quittaient Greenbeck, et les propriétés avaient tendance à rester dans les familles.

Par la suite, Zach lui avait dit que leur nouveau confrère serait une consœur – qui plus est la petite-fille des Clancy –, une jeune généraliste très active au sein de son ancien cabinet. Apparemment, elle avait contribué à mettre en place divers groupes de soutien pour ses patients : un atelier pour les diabétiques, une activité « tricot et conversation » pour les patientes les plus âgées, et même un groupe de parole animé par des bénévoles et destiné à aider les personnes souffrant d'anxiété, qui se réunissait à tour de rôle chez les uns et les autres.

Elle avait l'air très proactive, et il avait hâte de la rencontrer. Mais même si elle vivrait dans son annexe, et qu'ils seraient collègues, il espérait qu'elle respecterait son intimité. Il était ravi de l'avoir pour voisine, mais il ne souhaitait pas se sentir envahi. Daniel aimait sa solitude maintenant qu'il s'y était habitué, et il chérissait ces moments de calme et de paix, après sa journée de travail. Cela lui permettait de recharger ses batteries et d'évacuer le stress de la journée.

Quand on sonna à sa porte, il sut que c'était elle. Elle était en avance. Il n'avait pas encore eu le temps de laisser les biscuits dans l'annexe, avec le mot de bienvenue qu'il avait l'intention d'écrire.

Il posa le sac et alla ouvrir. Il demeura quelques instants silencieux, stupéfait à la vue de la jeune femme rousse qui se tenait devant lui, les mains posées sur les épaules de son fils qui était son portrait craché. Même chevelure flamboyante, même peau pâle et crémeuse.

Il y avait des photos sur la cheminée des Clancy, mais il ne les avait jamais regardées de près.

— Bonjour...

Il ne put s'empêcher de remarquer ses yeux verts et les boucles souples qui flottaient sur ses épaules. Elle était jolie...

Non. Elle était belle. Très belle, même.

— Je suis Stacey Emery. Et voici mon fils, Jack, dit-elle d'un ton hésitant.

Daniel sourit au petit garçon, qui le regardait avec curiosité. Il se creusa les méninges pour trouver quelque chose de sensé à dire, mais il ne ressentait que de la crainte et de l'appréhension. Était-il prêt pour ça ? Un jeune garçon ? Un enfant de l'âge que Mason aurait maintenant ?

Je vais garder mes distances, c'est tout...

— Je... euh... ne vous attendais pas si tôt. Vous avez fait bon voyage ?

— Oui.

— Vous devez être fatigués. Je vais chercher les clés et vous faire visiter.

Il prit le trousseau sur le crochet, ainsi que le sac de biscuits sur la console, et ferma la porte d'entrée derrière lui, avec l'intention de leur montrer rapidement l'annexe et de les laisser ensuite à leurs occupations.

Il se souvenait de l'avoir aperçue au café, bien sûr. Il ne lui avait jeté qu'un coup d'œil rapide, mais cela lui avait suffi pour se dire qu'elle était peut-être la personne qu'il attendait... et pour espérer que cela ne soit pas le cas. Car elle était beaucoup trop séduisante...

Il les conduisit jusqu'à l'annexe qu'il avait fait construire au fond de son jardin. Il y avait logé quelque temps ses parents vieillissants, mais ces derniers avaient désormais besoin de soins infirmiers et avaient récemment déménagé dans un établissement à Guildford.

Il avait envisagé d'en faire un studio, car il avait un grand projet :

réaliser des vidéos pour montrer le quotidien d'un généraliste, et peut-être enregistrer un podcast. Interviewer des patients et les faire parler de leur pathologie en vue d'aider les autres... Mais tout cela exigeait qu'il se tourne davantage vers les gens. Or il ne se sentait pas encore prêt pour cela. Louer l'annexe lui avait semblé être une bonne solution dans l'intervalle.

Il déverrouilla la porte et la poussa, puis recula pour laisser entrer le Dr Emery et son fils.

Elle lui adressa un petit sourire en passant, et il perçut l'odeur légère de son parfum. Le genre de fragrance qui vous donne envie de fermer les yeux pour la savourer aussi longtemps que possible.

Mais il se retint, et attendit que ses hôtes aient pénétré dans le salon pour les y rejoindre

— Voici la salle de séjour, expliqua-t-il. La cuisine est par ici. Elle est équipée d'un lave-vaisselle, d'une cuisinière, d'un four à micro-ondes...

Il posa maladroitement le sac de papier brun sur le comptoir.

— Si vous voulez des cookies...

Elle le remercia, et il poursuivit :

— Il y a une buanderie séparée à l'arrière et, à l'étage, deux chambres et une salle de bains.

De plus en plus mal à l'aise, il se tut. Il aurait voulu lui donner les clés et s'échapper au plus vite, quitte à paraître impoli. Il avait encore du mal à accepter que la petite-fille des Clancy fût aussi belle, et qu'elle avait un fils...

Il laissa échapper un souffle tandis qu'elle examinait la pièce et faisait connaissance avec son nouvel environnement.

— Vous pouvez faire tous les changements que vous désirez en ce qui concerne l'agencement des meubles, dit-il, et stocker ce dont vous n'avez pas besoin dans le grenier.

— Non... Tout a l'air parfait, dit-elle en souriant. Et c'est vraiment gentil d'avoir apporté des cookies. Merci.

Elle s'accroupit pour faire face à son fils.

— Jack ? Tu veux aller choisir ta chambre ?

Le petit garçon hocha la tête et fila dans le couloir, serrant dans ses bras un ours en peluche qui avait clairement connu des jours meilleurs. Il aurait eu bien besoin d'un lavage, mais Daniel n'était pas sûr qu'il ressortirait de la machine en un seul morceau.

L'annexe possédait deux chambres doubles de même taille. La décoration était assez minimaliste, un peu comme chez ses parents. Des murs blancs. Beaucoup de bois clair et de verdure. Tout cela était peut-être un peu austère pour un jeune garçon ?

— Si Jack veut mettre des posters aux murs de sa chambre, cela ne pose pas de problème, précisa-t-il.

— Merci. J'apprécie que vous ayez proposé de nous héberger en attendant que nous trouvions un logement. J'espère que ce ne sera pas trop long.

Elle sourit de nouveau, et son sourire illumina ses beaux yeux verts.

Tout en hochant la tête, il ne put s'empêcher d'ajouter :

— Vous êtes la petite-fille des Clancy ?

Elle semblait surprise qu'il soit au courant.

— Oui. Vous les connaissez ?

— Oui.

Il ne pouvait pas en dire plus, incapable de penser clairement tant il était ému, pour une raison qu'il ne parvenait pas à s'expliquer. Alors, il lui tendit les clés.

— Avez-vous besoin d'aide pour vos bagages ?

Pourvu qu'elle se débrouille toute seule !

— Ça va aller. Je n'ai que quelques cartons dans la voiture.

— D'accord. Eh bien, je vais vous laisser, alors.

Il se retourna et sortit. Dès qu'il fut de nouveau à l'air libre, il laissa échapper un énorme soupir de soulagement.

Quelle galère ! Il avait espéré que le Dr Emery serait froide et distante, mais il comprenait maintenant que ce serait à lui de se tenir aussi éloigné d'elle que possible. Car, bien qu'il ait profondément aimé sa femme et qu'il se soit juré de ne plus jamais en regarder une autre, il s'était senti attiré par sa future consœur dès qu'il avait croisé son regard.

Il n'était pas prêt pour ça.

Oui, elle et son fils Jack représentaient une menace pour lui. Un danger.

Et il savait qu'il devait se protéger à tout prix.

Oh ! non...

Cela avait été sa première pensée quand le Dr Prior avait ouvert la porte, et celle qui lui était venue juste après était : *Ne laisse rien paraître, surtout...*

L'homme dont elle était désormais la voisine et la locataire n'était autre que celui qu'elle avait vu se précipiter au Buttered Bun pour récupérer un sac de cookies. Cet homme superbe qui, de près, était encore plus beau qu'elle ne l'avait cru. Des cheveux bruns, une barbe bien entretenue, des yeux noisette, une mâchoire carrée et volontaire.

Il avait enlevé sa cravate et ouvert le col de sa chemise, laissant entrevoir son torse musclé et bien bronzé...

Sa bouche s'était instantanément asséchée, alors même que son rythme cardiaque s'emballait. Heureusement que Jack était là, devant elle, tel un bouclier humain qui la protégeait.

Pendant un bref instant, elle avait espéré s'être trompée d'adresse. Il avait eu l'air déconcerté par son arrivée, comme s'il ne l'attendait pas, mais hélas elle avait sonné à la bonne porte, et cet homme était bel et bien son propriétaire et nouveau collègue...

Oh ! mon Dieu ! Comme ça va être difficile de ne pas le regarder tout le temps !

C'était le problème, avec les hommes beaux et séduisants. On les dévisageait. On les admirait. Puis l'admiration se muait en désir, et le désir menait à...

Il vaut mieux que je ne pense pas à ça. Le Dr Prior est interdit. Je suis moi-même interdite, d'ailleurs !

Ses grands-parents lui avaient confié que son nouveau propriétaire était un homme bien. Un très bon médecin qu'ils connaissaient depuis quelques années. Elle s'attendait donc à quelqu'un de *plus* âgé, et avait été très surprise en le voyant.

Le logement était parfait pour elle et Jack, et celui-ci semblait pressé de l'explorer. Maintenant que le Dr Prior était parti, elle pouvait examiner les lieux plus en détail – sans être distraite par la présence de cet adonis. Le grand salon était meublé de canapés en cuir souple, d'une table basse et d'étagères remplies de livres, principalement des romans policiers et des thrillers. La cuisine était moderne et élégante, avec des tiroirs et des placards à fermeture automatique. La buanderie était fonctionnelle, avec un lave-linge et un sèche-linge, et la salle de bains carrelée de marbre noir comportait une douche et une baignoire.

Quant aux chambres, elles étaient très modernes, de style suédois, très sobre. Jack choisit la chambre qui donnait sur le jardin, et elle prit l'autre, laissant près de leurs lits les cartons et les valises qu'elle avait sortis du coffre de la voiture. Comme le réfrigérateur et les placards étaient vides, elle songea qu'il était temps d'aller rendre visite à ses grands-parents qui avaient hâte de voir Jack, même si elle aurait préféré se détendre sous la douche avant...

Le trajet prit à peine dix minutes, et en s'engageant dans la rue où vivaient ses grands-parents elle se dit que c'était beaucoup plus petit que dans son souvenir. Les cottages semblaient plus proches les uns des autres, les jardins plus fleuris.

Le toit de la maison de ses grands-parents avait récemment été recouvert de chaume, et le jasmin rose qui entourait la porte était en pleine floraison. Il fut un temps où elle serait entrée directement, mais elle était partie depuis tant d'années qu'elle préféra frapper.

Lorsque sa grand-mère ouvrit la porte, Stacey lui sourit. Celle qui l'avait élevée après la mort de ses parents n'avait pas changé. Certes, il y avait peut-être une ou deux rides de plus sur son beau visage, et ses cheveux étaient désormais plus sel que poivre, mais elle n'avait rien perdu de sa chaleur et de sa bonne humeur.

Genevieve jeta ses bras autour d'elle et la serra très fort.

— Stacey ! Ma chérie !

Puis elle se tourna vers son arrière-petit-fils.

— Et voici Jack ! Comme tu as grandi !

Elle se baissa et ouvrit les bras. Jack s'y précipita.

— William ? Will ! Ils sont là !

Stacey aperçut son grand-père, qui s'avançait dans le couloir, à contre-jour. Il marchait avec une canne maintenant, semblait-il, mais seul cet indice trahissait son âge. Un âge avancé car, malgré son air robuste, il avait plus de quatre-vingts ans.

— Tu es bien pâle, Stacey. As-tu mangé ? demanda-t-il.

— Oh ! tu sais ce que c'est... La route a été longue. Le stress du déménagement, sans doute.

— Tu es sûre que ça va ? insista le vieil homme.

— Absolument.

Elle s'avança vers lui et le serra dans ses bras, humant l'odeur familière de savon et d'après-rasage. Elle avait le sentiment d'être de retour chez elle. Un sentiment qu'elle avait oublié après sa si longue absence...

— Entrez vite tous les deux ! dit sa grand-mère. Je vais préparer du thé. Jack, j'ai fait une tarte aux cerises, tu en veux une part ?

Jack hocha la tête.

— Il doit d'abord manger un peu, mamie.

— Oh ! d'accord... Eh bien, j'ai du hachis Parmentier dans le frigo. Dois-je le réchauffer pour vous deux ?

— Ce serait super, merci.

Sa grand-mère rayonnait. Elle adorait nourrir les gens, les materner. Toute leur vie durant, elle et son grand-père avaient recueilli des enfants qui avaient besoin d'aide. Quand ils voyaient un sans-abri dans la rue, ils lui achetaient quelque chose de chaud à manger ou à boire.

Quand son grand-père les conduisit au salon, Stacey eut l'impression de remonter le temps. Le canapé et ses deux fauteuils étaient toujours là, garnis des mêmes coussins fleuris. Les vitrines étaient encore remplies de bibelots, et elle reconnut immédiatement le tapis rond devant l'insert à gaz surmonté de deux sculptures en bronze représentant des chevaux au galop.

Des photos de famille occupaient toutes les surfaces disponibles.

Stacey. Ses parents. Jack... Genevieve et William le jour de leur mariage, main dans la main et le regard si plein d'amour qu'on en avait presque envie de pleurer.

Le sac de tricot de sa grand-mère était posé près du canapé, et sur la table basse la pile de journaux et de guides télévisés attendait son grand-père. Stacey aperçut aussi un livre sur la Seconde Guerre mondiale et des lunettes de lecture.

Tandis qu'elle construisait sa vie ailleurs, ici, à Gable Cottage, le temps semblait s'être arrêté.

— Jack ! lança son grand-père, nous avons quelque chose pour toi. Pour que tu puisses jouer...

Le vieil homme sortit une boîte de sous le canapé et la poussa vers son fils. Elle était remplie de livres, de jouets, de voitures et de puzzles que Jack déballa, ravi.

Stacey sourit de le voir heureux. Ça lui avait manqué !

Elle prit place sur l'un des canapés.

— Je peux t'aider à faire quelque chose, mamie ?

— Oh ! non ! Assieds-toi et repose-toi. Je m'occupe de tout.

Sa grand-mère s'essuya les mains sur son tablier fleuri et sourit à Jack qui jouait sur le sol.

— On a récupéré quelques babioles dans les boutiques de seconde main locales. Ce n'est pas grand-chose, mais nous ne voulions pas qu'il s'ennuie.

— C'est génial. Tu t'es donné beaucoup de mal.

— Oh ! pas du tout ! Alors, vous avez déjà emménagé ? Vous avez visité l'annexe ? Qu'en avez-vous pensé ?

Après un instant d'hésitation, Stacey répondit :

— C'est très moderne. Très joli.

— Daniel a travaillé très dur sur ce projet.

— Daniel ?

— Le Dr Prior. Ton propriétaire.

— Ah, oui. Tu ne m'avais pas dit qu'il avait mon âge, dit Stacey sur un ton de léger reproche.

Sa grand-mère la regarda d'un air innocent.

— Ah bon ? J'ai dû oublier, alors. Veux-tu du thé ou du café, Stacey ?

— Du thé serait parfait, merci. Nous n'avons pas eu le temps de faire les courses, alors il n'y a rien à manger, chez nous.

— Oh ! nous avons de la nourriture plein nos placards ! Tu pourras emporter tout ce que tu veux en attendant d'aller au supermarché. Je vais préparer un petit sac tout de suite.

Une fois sa grand-mère de retour dans la cuisine, heureuse d'avoir quelque chose à y faire, Stacey leva les yeux vers son grand-père.

— Rien ne change, ici.

Le vieil homme sourit et hocha la tête.

— Non, en effet. Ta grand-mère aime s'assurer que les gens vont bien. Ça satisfait un besoin chez elle.

— Elle a toujours été comme ça.

— C'est comme avec ce docteur. Elle…

Comme sa grand-mère revenait, son grand-père se tut soudain. Qu'avait-il voulu dire ? Voulait-il parler du Dr Prior ? Sa grand-mère l'avait-elle aidé ? Et si oui, pourquoi ? Il semblait être capable de prendre soin de lui-même. Il avait aussi l'air un peu distant, pas vraiment du genre à accepter de l'aide, surtout de la part d'une vieille dame.

J'ai dû mal comprendre où il voulait en venir.

— Oh ! comme ça m'a manqué, d'avoir un enfant dans la maison ! s'exclama Genevieve en s'agenouillant près de Jack.

— Eh bien, habitue-toi, car il sera souvent là, désormais !

— Quand commence-t-il l'école ? Lundi ?

Stacey hocha la tête, soudain pleine d'appréhension.

— Oui. Et moi, ce sera mon premier jour au cabinet.

— Il va bien se plaire, ici, affirma sa grand-mère d'un ton rassurant. Tu as tout expliqué à la directrice ? Ils savent ce que cet enfant a vécu ?

— Oui, ils sont au courant, affirma Stacey.

Sa grand-mère posa la main sur son genou.

— Il sera bien à l'école du village. Ce sont de petites classes, et les enfants sont charmants. Il s'intégrera bien… tu verras. Ils garderont un œil sur lui.

— Je l'espère.

Les brimades que Jack avait subies dans sa dernière école l'avaient plongé dans la dépression. Sa différence – une grande tache de naissance rouge vif qui couvrait presque tout son ventre – en avait fait une cible pour les harceleurs, et Jack avait commencé à éviter l'école. Il se plaignait d'être malade presque tous les jours et devenait de plus en plus taciturne, jusqu'au jour où il avait déclaré qu'il aurait préféré être mort. Ce jour-là, Stacey avait eu l'impression qu'on lui enfonçait un poignard dans le cœur.

Récemment, elle avait lu un article sur un garçon qui s'était suicidé après avoir été harcelé en ligne. Il était hors de question que Stacey laisse une bande de brutes gâcher la vie de son fils ! Il avait déjà perdu son père, et maintenant on lui volait son enfance ! Elle répugnait à fuir le problème, mais elle s'était sentie si seule qu'elle avait eu envie de la chaleur et du réconfort que procure la famille. Elle était donc rentrée chez elle dans l'espoir que la magie de Greenbeck opérerait et lui rendrait le garçon joyeux et insouciant qu'elle avait connu.

— Il n'y a jamais eu le moindre problème dans cette école, et ton fils y sera heureux, répéta sa grand-mère. N'est-ce pas, Jack ?

L'enfant la regarda d'un air perplexe et haussa les épaules.

— C'est normal d'être un peu nerveux le premier jour, tu sais. Je suis sûr que ta mère le sera aussi.

— Les débuts sont les plus difficiles, expliqua Stacey. Mais ensuite, tout se passera bien, tu verras.

Jack n'avait pas l'air convaincu, et elle ne pouvait pas lui en vouloir. Il s'attendait sans doute à subir de nouvelles brimades de la part de ses camarades. Si c'était le cas, Stacey n'avait aucune idée de ce qu'elle ferait. Lui faire l'école à la maison ? Comment le pourrait-elle, avec son travail ?

En voyant son grand-père désigner Jack du menton, elle comprit qu'il demandait des nouvelles de Jerry.

Stacey baissa la voix pour lui répondre.

— Je ne sais pas ce que devient Jerry. Je pensais qu'il me contacterait quand je lui ai dit que nous déménagions, mais il ne s'est pas manifesté !

Son grand-père secoua la tête, visiblement écœuré par ce comportement.

— Quel sale type !

Ses grands-parents n'avaient jamais beaucoup apprécié Jerry, mais ils avaient gardé leurs réserves pour eux quand elle leur avait annoncé qu'elle allait l'épouser. Ils l'avaient soutenue, car ils croyaient en sa capacité à faire ses propres choix. Et quand tout s'était effondré quelques mois plus tard, après qu'elle leur eut annoncé sa grossesse, ils avaient été là pour la soutenir. Ils avaient même fait le voyage jusqu'à Édimbourg pour rester auprès d'elle durant plus de deux semaines. Ils ne lui avaient jamais fait de reproches, accusant toujours Jerry.

— Mais tout ça, c'est du passé ! Nous allons prendre un nouveau départ, et tout va bien se passer ! s'écria-t-elle avec un peu trop d'enthousiasme, comme si elle voulait s'en convaincre elle-même.

— Bien sûr que oui, ma chérie ! affirma son grand-père. Tout ira pour le mieux.

Elle leur sourit, submergée par l'amour qu'elle ressentait pour eux, et pleine d'un espoir nouveau pour son fils et elle.

2

— Et voici Jack, c'est bien ça ?

Une jeune femme aux cheveux blonds attachés en une queue-de-cheval haute s'approcha de Stacey qui, debout avec son fils dans la cour de récréation, attendait que la cloche sonne.

— Je m'appelle Barbara Dale et je suis ta maîtresse, reprit la jeune femme en se penchant vers l'enfant. J'aimerais te faire visiter la classe avant que les autres n'entrent, tu es d'accord ?

Tandis qu'elle lui tendait la main, Jack leva vers sa mère un regard interrogateur. Celle-ci sourit en acquiesçant d'un signe de tête, et Jack prit la main de sa maîtresse.

— Ce sont ses grands-parents qui viennent le chercher, n'est-ce pas ?

— Oui.

— Parfait. Je leur ferai un compte rendu de cette première journée, mais tout ira bien, j'en suis sûre !

Barbara Dale était vive et pétillante, et Stacey fut soudain rassurée : Jack serait bien pris en charge dans sa nouvelle école, où l'on tiendrait compte des difficultés qu'il avait affrontées par le passé.

— Dis au revoir à maman, Jack. Tu la verras plus tard.

— Au revoir, maman, murmura Jack avec un timide signe de la main.

Certes, il était encore nerveux – et c'était bien normal ! Il s'attendait sans doute à ce que les brimades recommencent, car il avait toujours été brutalisé à l'école.

— Au revoir, mon chéri, dit-elle. À ce soir.

Elle aurait voulu s'attarder, mais elle resta silencieuse et regarda s'éloigner son fils avec appréhension.

Si cela ne marchait pas ici...

Luttant contre l'envie de courir pour l'arracher à Barbara Dale et le ramener chez elle, où elle pourrait le garder en sécurité, Stacey se retourna et quitta l'aire de jeux, déterminée à ne pas se retourner. Pour elle aussi, ce serait le premier jour, et elle était attendue au cabinet médical dans moins d'un quart d'heure ! Il fallait qu'elle se dépêche si elle ne voulait pas être en retard.

Pourvu que le premier jour de Jack se passe bien !

Une fois au volant de sa voiture, elle parcourut la courte distance qui la séparait du cabinet médical et se gara sur une place réservée aux médecins. Comme elle levait les yeux vers le bâtiment moderne, elle se demanda une nouvelle fois si elle avait fait le bon choix en revenant à Greenbeck après toutes ces années. Pourtant, cela lui avait semblé être la meilleure chose à faire quand elle s'était retrouvée seule, isolée, alors que son univers tout entier s'écroulait. Mais revenir en arrière était-il vraiment une bonne idée ?

Je ne vais pas tarder à le savoir.

Si Jack pouvait relever ce défi, alors elle le pouvait elle aussi ! À l'intérieur de ce bâtiment l'attendait une nouvelle équipe qui deviendrait bientôt, elle l'espérait, une famille : le Dr Zach Fletcher, qui lui avait fait passer un entretien en vidéoconférence pour ce poste, et le Dr Prior. Deux hommes bien trop séduisants qui ressemblaient davantage à des héros de séries médicales qu'à de vrais praticiens !

Stacey vérifia son reflet dans le rétroviseur, appliqua du baume à lèvres, puis rassembla ses affaires. Après avoir pris une grande inspiration, elle sortit de sa voiture et se dirigea vers le cabinet où les patients affluaient déjà. Les portes automatiques s'ouvrirent devant une vieille dame en déambulateur.

Ressaisis-toi, Stacey.

Ça n'aurait pas dû être aussi difficile. Ce n'était pas la première fois qu'elle débutait dans quelque chose. Premier jour à l'université. Premier examen. Premier stage en médecine générale. Premier emploi. Elle n'était pas en terrain inconnu mais, pour une raison quelconque, il lui semblait plus impératif que jamais que *ce* premier jour se passe bien.

Redressant les épaules, elle pénétra dans le petit hall d'entrée, équipé d'un tensiomètre à disposition des patients et d'une boîte pour collecter les prélèvements à envoyer au labo. En face d'elle, derrière un grand comptoir, se tenaient trois femmes d'âges différents. L'une d'elles s'occupait de l'admission des patients, tandis que ses deux collègues répondaient au téléphone et triaient les ordonnances.

Stacey fit la queue, attendant son tour pour se présenter, quand le Dr Fletcher l'aperçut.

— Docteur Emery ! Enchanté de vous rencontrer enfin ! lança-t-il en s'avançant vers elle, la main tendue.

Il avait ses cheveux bruns ébouriffés, un large sourire aux lèvres, et ses yeux pétillaient d'intelligence.

Elle lui tendit la main à son tour.

— De même, docteur Fletcher ! répondit-elle.

— Venez, je vais vous présenter à l'équipe médicale !

Elle acquiesça, puis le suivit dans un couloir qui menait à une salle de repos, petite mais parfaitement agencée. D'habitude, les espaces réservés au personnel étaient meublés de bric et de broc, mais celui-ci était lumineux et moderne, pourvu de jolies chaises vert tilleul à l'aspect confortable, d'un canapé garni de coussins crème et d'une table basse où trônaient un panier de fruits frais et une grande carafe d'eau. Il y avait aussi une petite kitchenette avec un lave-vaisselle, un micro-ondes et – le plus important – une bouilloire.

Elle aperçut une belle jeune femme en tenue d'infirmière bleu foncé, une autre vêtue de bleu ciel, une assistante médicale en uniforme gris clair et enfin – et surtout – le Dr Prior.

Il se tenait près de la fenêtre, un magazine à la main, et il la salua d'un simple signe de tête. Elle lui répondit de la même manière, mais elle se sentait nerveuse, tout à coup.

— Vous connaissez déjà Daniel. Voici Rachel, notre interne, Shelby, notre assistante, et Hannah, notre nouvelle infirmière, dont c'est aussi le premier jour.

Stacey sourit à tout le monde et s'attarda un peu sur Hannah. Peut-être pourraient-elles partager leurs impressions plus tard ?

— Voulez-vous un thé ? Du café ? lui demanda Zach.

— Euh... Un thé, s'il vous plaît.

— Avec du lait et du sucre ?

— Juste du lait, merci.

Quelques instants plus tard, sa boisson à la main, elle suivit Zach dans les salles de consultation, où ils croisèrent Lucy, l'autre associée principale du cabinet – qui avait aussi mené son entretien d'embauche par vidéoconférence –, ainsi que l'équipe administrative. Enfin, ils regagnèrent l'accueil, et il lui présenta les réceptionnistes.

Tout le monde semblait charmant et accueillant, et elle commençait à se sentir plus à l'aise. Son propre bureau se trouvait au milieu du couloir, entre celui de Zach et celui de Daniel, tandis que ceux de l'interne et de l'infirmière occupaient chacun une extrémité.

Zach l'accompagna jusqu'à la porte de son cabinet, où une plaque avec son nom avait déjà été posée.

— Vous connaissez notre fonctionnement, dit-il. Il ne devrait pas vous causer de difficultés. Mais comme les patients ne vous sont pas encore familiers, nous vous avons alloué vingt minutes par consultation pour la première semaine, le temps que vous trouviez un peu plus vos marques.

— C'est parfait, merci.

— Si vous avez des questions... n'hésitez pas à nous solliciter, Daniel ou moi.

Stacey hocha la tête avec un grand sourire.

Une fois Zach parti, elle laissa échapper un long soupir et se laissa tomber dans son fauteuil avant d'allumer son ordinateur. Elle avait réussi ! Elle était entrée dans le cabinet, avait revu Daniel Prior et tout s'était bien passé, sans aucune gêne. Et heureusement, car il y avait tant d'informations à assimiler, à commencer par le nom de chacun, qu'elle n'aurait pas pu gérer la moindre difficulté !

De plus, il est juste à côté si j'ai besoin de lui.

Stacey sortit son stéthoscope, vérifia les piles du tensiomètre, inspecta son otoscope et consulta sa liste de patients. Elle avait huit personnes à voir dans la matinée et quatre dans l'après-midi. Une réunion du personnel était prévue juste après le déjeuner, et elle n'avait pas de visites à domicile à effectuer aujourd'hui. Il semblait que Zach l'en ait dispensée cette semaine, et elle appréciait qu'il lui laisse le temps de s'installer avant de lui confier une charge de travail complète.

Elle regarda le nom de son premier patient : M. Elgin, âgé de quatre-vingt-six ans. Ce nom lui était familier, mais elle ne se rappelait pas où elle l'avait vu. Elle vérifia ses antécédents médicaux et son traitement actuel, puis elle appuya sur le bouton pour signaler à M. Elgin qu'il pouvait entrer.

Elle se sentait en confiance, désormais, et ne pouvait qu'espérer qu'il en était de même pour son fils.

Sa dernière patiente de la matinée était une jeune femme appelée Sarah Glazer. Elle avait pris rendez-vous le matin même, expliquant à la réceptionniste qu'elle souffrait de fortes crampes d'estomac.

Stacey avait reçu un message lui indiquant qu'on lui avait donné un verre d'eau et qu'elle avait été placée dans une pièce annexe, car elle n'avait vraiment pas l'air bien et avait même du mal à rester assise tant les crampes étaient fortes.

Stacey alla la chercher et la découvrit appuyée contre un mur, se tenant le ventre.

Des douleurs de règles, peut-être ?

Le dossier de Sarah ne révélait rien d'anormal. Pas d'antécédents de problèmes menstruels, pas d'endométriose, d'opérations ni de blessures. Les seules fois où elle avait dû se rendre au cabinet, c'était pour des vaccins il y a deux ans, lorsqu'elle s'était envolée pour l'Afrique, puis à l'occasion d'un épisode tardif de varicelle. Rien d'autre.

Ça pourrait être la maladie de Crohn ? Une diverticulite ?

— Venez, Sarah, je vais vous examiner. Vous avez besoin d'aide ?

Elle lui tendit la main pour l'aider à faire les quelques pas qui séparaient la salle d'attente de son cabinet. Elle voulut la faire asseoir, mais Sarah refusa, préférant continuer à bouger.

— Que se passe-t-il ? demanda Stacey.

Le visage crispé, Sarah expliqua :

— J'ai commencé à avoir mal très tôt ce matin et j'ai d'abord cru à des douleurs de règles. Cela m'arrive régulièrement, mais je n'ai jamais eu mal comme ça. Cela vient par vagues, de plus en plus fortes.

— Êtes-vous enceinte ?

Sarah eut un petit rire.

— Non. Je ne crois pas.

— Mais vous êtes sexuellement active ?

— Oui. J'ai un petit ami. Nous vivons chez ses parents.

Les traits de Sarah se tordirent à nouveau, puis elle se tint le ventre.

— Oh ! mon Dieu, ça recommence...

Il pouvait s'agir de calculs rénaux, ou d'une infection, mais Stacey avait besoin de plus d'informations.

— J'aimerais faire une analyse d'urine. Pensez-vous pouvoir me donner un échantillon ?

— Je ne sais pas... Peut-être.

— Avez-vous des picotements ou des brûlures en urinant ?

— Non. Mais un truc bizarre est sorti il y a quelques heures.

Stacey fronça les sourcils.

— Bizarre ? Vous pouvez m'en dire plus ?

— C'était... Je ne sais pas. Comme des glaires, mais avec du sang dedans.

Stacey pensa aussitôt au bouchon muqueux, signe annonciateur de l'accouchement. Mais Sarah n'avait pas de ventre... Se pourrait-il qu'elle soit sur le point de mettre un bébé au monde ?

— Je vais vous examiner, Sarah. Pouvez-vous vous allonger ?

— Je vais essayer...

Sarah gémit en s'asseyant, puis s'arrêta pour respirer malgré une nouvelle douleur évoquant des contractions. *Une grossesse extra-utérine, peut-être ?*

En palpant le ventre de sa patiente, elle n'eut plus aucun doute : un bébé s'y nichait, et il se présentait par la tête. Elle avait déjà entendu parler de cas de déni de grossesse mais n'en avait jamais rencontré ni diagnostiqué. Cette femme était à terme et pourtant elle semblait ne pas le savoir !

— Avez-vous eu des règles régulières ?

— Oui, mais elles sont moins abondantes depuis un moment.

— Et des sensations nouvelles dans le ventre ?

— Non. Enfin... peut-être... Beaucoup de gaz.

— Je vais devoir faire un examen interne, d'accord ?

— Que se passe-t-il, à votre avis ?

— Vous allez être très surprise, Sarah, mais... je pense que vous êtes enceinte et sur le point d'accoucher.

Ahurie, Sarah la regarda, et fut aussitôt prise d'une nouvelle contraction.

— Non, ce n'est pas possible !

— Si, je vous l'assure, dit doucement Stacey. Je peux vous examiner ?

Sarah acquiesça. Elle enleva son jean avec beaucoup de difficulté, avant de retirer ses sous-vêtements.

Stacey enfila des gants, ajusta la lumière qu'elle utilisait pour les examens intimes... et vit que le col était très dilaté.

Sarah allait accoucher de façon imminente !

Son esprit s'emballa. Avait-on le temps d'appeler une ambulance ?

— Je sens la tête du bébé, Sarah...

— Quoi ? Mais...

— Attendez-moi un instant.

Stacey arracha ses gants, puis se pencha sur son ordinateur et envoya un message instantané à Daniel et à Zach pour leur dire qu'elle avait besoin d'aide.

— Je ne peux rien vous donner pour soulager la douleur, expliqua-t-elle. Vous allez devoir respirer pendant les contractions.

De plus en plus désorientée, Sarah répéta :

— Les contractions ? Vous êtes sérieuse ? Je suis vraiment enceinte ?

Stacey acquiesça, presque aussi choquée que sa patiente.

— Tout à fait sérieuse ! répondit Stacey en saisissant la main de la jeune femme.

Derrière eux, on frappa brièvement, et la porte s'ouvrit sur Zach.

— Qu'est-ce que je peux faire pour vous ?

— Eh bien... appeler une ambulance. Cette patiente est en train d'accoucher.

— Je vais demander à la réception !

Comme il disparaissait, Daniel arriva et salua la jeune femme.

— Bonjour, Sarah.

— Bonjour, docteur.

Daniel lui sourit.

— Voulez-vous que j'appelle Luke ?

Sarah hocha la tête, et Daniel disparut à son tour.

— C'est le père du bébé ? demanda Stacey en serrant la main de Sarah aux prises avec une nouvelle contraction.

Elle peinait à s'imaginer le choc et la surprise que devait ressentir cette jeune femme, dont le travail était déjà bien avancé alors qu'elle ignorait tout de sa grossesse quelques instants seulement auparavant ! Elle était venue consulter en pensant qu'elle avait simplement des règles douloureuses, et avait sans doute cru qu'on lui prescrirait des antalgiques. Et au lieu de cela, elle avait découvert qu'elle était sur le point de donner naissance à son premier enfant !

Quand Daniel revint, Sarah lui demanda :

— Qu'est-ce que vous lui avez dit ?

— Juste de venir ici aussi vite que possible.

— Vous lui avez parlé du bébé ?

— Non. Je pense que...

Sarah l'interrompit.

— J'ai envie de pousser, maintenant !

Daniel enfila des gants, tandis que Zach lançait, derrière lui :

— L'ambulance est en route. Daniel ? Je vais prendre ton dernier patient, pour qu'on puisse libérer la chirurgie.

— Merci...

Zach regagna son cabinet, laissant Stacey avec sa patiente... et Daniel.

— Je vois la tête du bébé, Sarah ! dit soudain celui-ci.

Depuis combien de temps Stacey n'avait-elle pas pratiqué d'accouchement ? Deux ans ? Trois ans ? L'occasion se présentait rarement pour un généraliste.

Toutes les grossesses auxquelles elle avait eu affaire auparavant étaient des grossesses normales, désirées. Les mamans savaient toutes qu'elles étaient enceintes, et vivaient pleinement leur future maternité. Elles avaient vu leur ventre s'arrondir, avaient senti les coups de pied et les hoquets de leurs bébés, puis s'étaient préparées à l'accouchement, une étape à la fois espérée et redoutée, qui avait lieu à la maison ou à l'hôpital.

Mais jamais elle n'avait été confrontée à une situation comme celle-ci.

Elle était heureuse que Daniel soit venu l'aider et elle lui en était reconnaissante. Il était une présence rassurante à ses côtés. Calme et posé, il ne perdait pas du tout ses moyens, comme s'il avait l'habitude des surprises dans le cadre de son travail. Il était exactement le genre de personne dont on a besoin en cas de crise.

— Oh ! mon Dieu, ça fait mal !

Stacey l'encouragea.

— Vous vous débrouillez très bien, Sarah. Continuez à respirer !

— Poussez doucement, maintenant, dit Daniel. Pas trop fort... Oui, bravo ! Encore une fois... Très bien... Respirez !

Sarah se mit à haleter, guidée par Daniel, et Stacey regarda sortir la tête du bébé, couverte d'une épaisse chevelure. Il semblait à terme, mais ils n'en seraient pas sûrs avant de l'avoir pesé et mesuré.

— Parfait ! Maintenant, poussez fort, une dernière fois !

Le bébé – un garçon – glissa dans les mains de Daniel, qui le posa aussitôt sur le ventre de Sarah.

Stacey posa une couverture sur le nourrisson pour le garder bien au chaud, et Sarah éclata en sanglots.

— Oh ! mon Dieu, c'est un *vrai* bébé ! C'est une fille ou un garçon ?

— Regardez vous-même, dit Daniel en souriant.

Sarah souleva l'une des jambes du nouveau-né.

— C'est un garçon !

Celle fois, elle eut un sourire radieux, juste au moment où le bébé poussait son premier cri.

Émerveillée malgré elle, Stacey regarda Daniel, et le clin d'œil complice qu'il lui adressa l'émut profondément. Son pouls s'accéléra soudain, et elle eut du mal à résister à l'élan qui la poussait vers lui.

Elle détourna le regard et examina le nourrisson, pressée de penser à autre chose qu'au sourire chaleureux de Daniel. S'était-il rendu compte de l'effet qu'il produisait sur elle ? Elle espérait que non ! Stacey ne recherchait pas une relation – et même si c'était le cas, elle éviterait à tout prix les collègues de travail ! C'était ce qui s'était passé avec Jerry, et cela avait singulièrement compliqué leur rupture.

Comme on frappait à la porte, Stacey alla ouvrir. Un jeune homme se tenait sur le seuil et lui lança d'un air inquiet :

— Je cherche Sarah. Elle est ici ?

— Vous êtes Luke, n'est-ce pas ?

Il hocha la tête.

Elle se pencha vers lui.

— Respirez profondément, Luke. Vous allez être très surpris.

Stacey recula pour qu'il puisse jeter un regard dans la pièce. Ses yeux se posèrent immédiatement sur Sarah, et un demi-sourire illumina son visage – jusqu'à ce qu'il se rende compte qu'elle tenait dans les bras un nouveau-né.

— Qu'est-ce… qu'est-ce qui se passe ? balbutia-t-il, sous le choc.

— Sarah vient de donner naissance à un bébé, expliqua Daniel. Et cet enfant est aussi le vôtre, Luke.

— C'est un garçon, Luke ! s'écria Sarah. Un fils !

Stacey observa Luke attentivement, prête à intervenir au cas où il s'évanouirait. Mais il géra très bien la situation. Lentement, il s'avança, aussi fasciné par le bébé que Sarah.

— Un bébé ? C'est incroyable...

Stacey risqua un dernier coup d'œil vers Daniel, qui regardait les deux jeunes gens prendre conscience qu'ils étaient devenus un couple de parents. Son sourire satisfait lui réchauffa le cœur mais, dès qu'il croisa son regard, son expression changea.

C'était comme si elle l'avait surpris à un mauvais moment.

Son sourire s'évanouit, puis il détourna le regard et, très professionnel soudain, entreprit de vérifier l'expulsion du placenta. Cet empressement lui parut étrange, mais Stacey décida de ne pas s'attarder sur ce point. Ce qu'il faisait ne la regardait pas.

Alors pourquoi était-elle si captivée par ses yeux noirs et brillants ? Pourquoi avait-elle l'impression de voir son âme blessée lorsqu'elle le regardait ? Pourquoi la douleur qu'elle croyait lire en lui résonnait-elle si fortement en elle ?

Le hurlement des sirènes se fit entendre, la tirant de ses réflexions, et Stacey se précipita hors de la pièce.

Les ambulancières, deux jeunes femmes, furent ravies d'apprendre que le bébé était né sain et sauf, mais tristes d'avoir manqué ce qui était habituellement le meilleur moment de leur journée.

Stacey eut un sentiment étrange en les guidant jusqu'à son bureau, comme si elle faisait cela quotidiennement, alors que c'était son premier jour ! Et quel baptême du feu ! Elle ne l'oublierait jamais, c'était certain.

— Il faut attendre l'expulsion complète du placenta, déclara Daniel, avant de laisser les ambulanciers prendre le relais et déplacer Sarah sur un brancard pour pouvoir la transporter jusqu'à l'ambulance.

— Merci, docteur Emery... Et merci à vous aussi, docteur Prior, dit Sarah.

— Inutile de me remercier, dit Stacey avec un sourire. C'est vous qui avez fait tout le travail.

— Avez-vous choisi un prénom ? demanda l'une des ambulancières.

— Je ne sais pas… Nous n'avons aucune idée…

Sarah leva les yeux vers son petit ami, Luke, qui lui serra l'épaule pour la rassurer mais qui semblait aussi démuni qu'elle.

— Prenez soin de vous, dit Stacey.

Les ambulancières emmenèrent sa patiente, et elle les regarda partir, consciente que le plus difficile restait à faire : rédiger un compte rendu de ce qui venait de se passer !

Une fois que les portes de l'ambulance furent fermées et que le véhicule commença à s'éloigner, Stacey rentra dans le bâtiment.

— Pas mal, pour un premier jour ! lança Francesca, la réceptionniste.

— En effet, répliqua Stacey. Je m'attendais à tout, sauf à ça !

Elle laissa échapper un long soupir, puis regagna son cabinet. Daniel était toujours là, en train de mettre un peu d'ordre.

— Oh ! merci. J'aurais pu m'en charger moi-même. Et merci pour votre aide.

De nouveau, elle eut l'impression qu'il était mal à l'aise.

— Oh ! ce n'est rien. Je vous laisse rédiger vos observations…

Et il tourna les talons.

Elle resta quelques instants à fixer le seuil de la porte, perplexe. Daniel était décidément très déroutant. Depuis le moment où elle l'avait vu pour la première fois au Buttered Bun, elle avait senti qu'il était en souffrance, et maintenant elle en avait la conviction.

Il soufflait le chaud et le froid. D'un côté, l'homme était maladroit, peu convivial et, de l'autre côté, le médecin se montrait compatissant, calme et rassurant. Oui, il portait un fardeau, c'était évident. Or Stacey avait elle aussi le sien, et sa vie était loin d'être facile. Alors, malgré l'attirance qu'elle ressentait envers son collègue, elle ne chercherait pas à en savoir plus et garderait désormais ses distances. Oui, c'était la meilleure solution, songea-t-elle, déterminée.

3

Le premier jour au cabinet avait été long mais intense. La montée d'adrénaline que Stacey avait ressentie au moment de l'accouchement de Sarah avait duré tout l'après-midi, et elle avait hâte de se rendre chez ses grands-parents, à Blossom Lane, pour récupérer Jack. Sa journée avait-elle été aussi mouvementée que la sienne ?

Elle prit son sac et, en partant, elle passa la tête dans le bureau de Zach Fletcher.

— Je voulais juste vous dire au revoir et vous remercier pour votre aide.

Il lui sourit.

— Comment avez-vous trouvé cette première journée ? lui demanda-t-il.

Zach était un bel homme, au regard clair et franc, mais il ne suscitait pas en elle autant d'émotion que Daniel. Elle crut percevoir dans sa voix un léger accent écossais, qui lui était familier.

— Super ! Une matinée complètement folle, avec cet accouchement improvisé, répondit-elle. Mais tout s'est bien passé, heureusement. Vous avez bientôt terminé ?

— J'ai encore quelques ordonnances à faire avant de rentrer chez moi. Et vous ? Vous avez des projets pour la soirée ?

— Je vais chercher mon fils chez mes grands-parents.

— Oh ! oui, c'est vrai ! Genevieve et William Clancy, c'est ça ? Je les connais bien !

Elle rayonna.

— Vous n'avez que de bonnes choses à dire à leur sujet, j'espère ?

Zach rit.

— Absolument. C'est un couple formidable. Ils sont très dévoués envers les autres et toujours prêts à donner un coup de main.

— Grand-mère recueille beaucoup d'animaux errants.

— Oui, elle m'en a parlé, dit-il, presque complice. Je suis heureux de vous avoir enfin parmi nous, Stacey. À demain !

— Bonne soirée.

Elle s'engagea dans le couloir et frappa doucement à la porte du bureau de Daniel.

Il leva les yeux, et ses yeux sombres se rivèrent aux siens.

— Je voulais juste vous dire bonsoir...

Elle remarqua qu'il avait un joli bureau, décoré de dessins d'enfants et de photos encadrées sur le rebord de la fenêtre. Stacey y distingua une femme et un jeune garçon. Sa femme et son fils, sans doute. C'était étrange qu'il ne les ait pas mentionnés lors de leur première rencontre. La femme de Daniel était très belle : de longs cheveux couleur de miel, de grands yeux bleus, un sourire lumineux... Son fils avait les cheveux noirs de Daniel, mais les yeux bleus de sa mère. Il avait l'air très joyeux, et Stacey se demanda s'il était dans la même école que Jack.

— Bonsoir...

Elle attendait qu'il en dise plus, mais il demeura muet.

— Merci encore pour votre aide aujourd'hui, ajouta-t-elle.

Il hocha simplement la tête.

— Je vais chercher mon fils, Jack. C'était son premier jour d'école aujourd'hui, et j'ai hâte de voir comment ça s'est passé !

— Je comprends.

Déroutée, elle ne put s'empêcher d'ajouter en désignant la photo :

— Votre fils va à l'école de Greenbeck, lui aussi ?

Daniel ouvrit la bouche pour répondre, puis se ravisa et lui offrit un sourire embarrassé.

— Je suis désolé, et je ne veux pas me montrer impoli, mais j'ai un rendez-vous bientôt et…

Soudain, elle se sentit coupable.

— Oh ! désolée. Je ne veux pas vous retarder…

Elle jeta un nouveau coup d'œil aux photos. S'il n'aimait pas parler de sa famille, pourquoi avait-il ainsi exposé leurs portraits ? Il devait s'attendre à ce que les gens lui posent des questions sur eux.

— Eh bien, merci encore, et à demain.

— À demain…

Elle s'éloigna, plus désarçonnée que jamais par cet homme qui soufflait le chaud et le froid.

Il ne lui fallut que quelques minutes pour regagner Blossom Lane. C'était une belle journée. Le soleil était toujours là, et le beau jardin de ses grands-parents était en pleine floraison. Pivoines, camélias, digitales, roses trémières et tournesols fièrement dressés offraient au regard leurs couleurs éclatantes.

Elle avait hâte de voir Jack. Pourvu que tout se soit bien passé ! Si ce n'était pas le cas, on l'aurait sûrement appelée, non ?

Elle poussa la porte.

— Il y a quelqu'un ?

Elle avait espéré que Jack se jetterait dans ses bras, un large sourire aux lèvres, mais elle fut déçue.

— On est dans la cuisine ! cria sa grand-mère.

Stacey accrocha son sac et sa veste à la patère située près de la porte d'entrée et se dirigea vers la cuisine, d'où émanaient de délicieuses odeurs.

— Mmm… Ça sent bon, ici !

Sa grand-mère arborait un tablier différent de celui qu'elle portait la veille. Elle lui sourit.

— J'ai pensé que vous aimeriez rester pour dîner après la grosse journée que vous avez eue tous les deux !

— Merci. Qu'est-ce qu'il y a au menu ? demanda Stacey, soudain affamée.

— Du poulet chasseur, servi avec ma fameuse purée de pommes de terre et des petits légumes.

— Ça a l'air génial !

— Tu veux du thé, ma chérie ? demanda son grand-père, qui revenait du jardin, appuyé sur sa canne.

— Oui, merci. Où est Jack ? Comment ça s'est passé, à l'école ?

— Il est dans la cabane, dans l'arbre. Pourquoi ne vas-tu pas le rejoindre ? Je suis sûre qu'il t'attend !

Avec une certaine appréhension, Stacey sortit dans le jardin. Il lui était très familier, pourtant, avec son sentier sinueux qui traversait la pelouse soigneusement taillée et ponctuée de buissons de graminées. L'abri de jardin de son grand-père, fraîchement repeint en bleu, était bordé de ruches, et la serre, un peu plus loin, était remplie de plants de tomates. Tout au fond se trouvaient le saule, puis un chêne où son grand-père lui avait construit une cabane quand elle avait sept ans.

Elle avait une foule de souvenirs de cet endroit, où elle avait passé des heures entières assise dans les branches, à écouter les oiseaux et les abeilles, ou plongée dans un livre pour oublier quelques instants la douleur causée par la perte de ses parents. La cabane était devenue une sorte de sanctuaire, un lieu qui n'appartenait qu'à elle. Cela faisait si longtemps qu'elle n'était pas grimpée là-haut...

— Permission de monter à bord ? demanda-t-elle au bas de l'échelle.

Elle remarqua que les vieilles marches de bois fixées dans le tronc du chêne avaient été remplacées par une échelle métallique.

— Permission accordée ! lança Jack en passant la tête par la fenêtre de la cabane. Salut, maman.

— Salut, mon chéri...

Il n'y avait que huit barreaux sur l'échelle, qu'elle gravit avec une détermination farouche avant de se hisser sur la plate-forme et d'entrer dans la cabane. Elle y découvrit de nouvelles étagères, une petite table, une couverture et quelques coussins. Ses initiales étaient encore gravées dans le bois, près de l'entrée.

— C'est génial, ici. Ça te plaît ?

Jack hocha la tête.

— Grand-père m'a dit que c'était ton refuge quand tu étais petite.

— C'est vrai. Il l'a construite pour moi. Mais elle est à toi, maintenant.

— Oh ! merci !

— Alors ? Comment ça s'est passé aujourd'hui ?

Il haussa les épaules.

— Bien.

— Bien comment ?

— Juste bien.

— T'es-tu fait de nouveaux amis ?

— La maîtresse m'a dit de m'asseoir à côté d'un garçon qui s'appelle Sam.

— Oh ! d'accord. Et il est comment, Sam ?

— Gentil.

— C'est super !

— Il est sourd. Il a un appareil. Et Mme Dale doit porter un micro pour qu'il puisse l'entendre quand elle lui parle.

— Je vois... De quoi avez-vous discuté, tous les deux ?

— Sam aime les vaisseaux spatiaux, alors nous avons parlé de l'espace. Il veut être astronaute.

— Eh bien, pourquoi pas ? C'est une aventure incroyable !

— Il dit que le son n'existe pas dans l'espace. C'est vrai ?

— Euh... Oui, sûrement.

— Moi, je lui ai dit que je voulais être médecin, comme toi.

Elle sourit.

— Donc, c'était une bonne journée, alors ?

— Oui. Et toi, maman, comment s'est passé ton premier jour au travail ?

Stacey songea à Sarah et à son bébé, puis hocha la tête.

— C'était génial.

— As-tu aidé beaucoup de gens ?

— Je l'espère.

La voix de sa grand-mère retentit.

— On dîne dans dix minutes !

Stacey ébouriffa les cheveux de son fils.

— Que dirais-tu de descendre se laver les mains et de voir si mamie a besoin d'aide à la cuisine ?

— D'accord !

Stacey posa le pied sur l'échelle, puis fit descendre Jack. Elle se sentait rassurée. Son fils semblait aller bien, et avoir pris un bon départ. Sam et lui pourraient sans doute devenir amis.

Ils entrèrent dans la cuisine au moment où Genevieve égouttait les pommes de terre.

— On va te donner un coup de main, grand-mère.

— Pas besoin ! C'est presque prêt ! répondit Genevieve, comme toujours.

Stacey et Jack allèrent se laver les mains dans la petite salle de bains du rez-de-chaussée puis, alors qu'ils regagnaient le salon, Stacey s'arrêta net. Daniel Prior, en tenue décontractée, se tenait près de sa grand-mère et l'aidait à écraser les pommes de terre !

Celle-ci se retourna, rayonnante.

— Ma chérie ! J'ai invité Daniel à se joindre à nous !

Stacey demeura muette de stupéfaction.

Daniel était bien la dernière personne qu'elle s'attendait à voir ici !

Daniel ignorait totalement que Stacey se trouverait au cottage de ses grands-parents, ce soir-là. Une fois par semaine, le lundi généralement, il dînait avec les Clancy, un couple qui l'avait beaucoup aidé au moment de la disparition de sa femme et de son fils, et auquel il était très attaché.

La plupart des habitants de Greenbeck – et en premier lieu ses patients – s'étaient montrés si compatissants, si aimables, qu'il leur en serait éternellement reconnaissant. Tous avaient patiemment attendu qu'il entame son deuil et revienne au cabinet et, lorsqu'il avait été de retour, il avait reçu de nombreux témoignages d'amitié et de soutien.

Genevieve était passée chez lui dès son retour de vacances

– des vacances qui avaient tourné au cauchemar. Elle lui avait apporté un repas complet en l'assurant qu'elle repasserait le lendemain, et le jour d'après. Et elle avait tenu parole, lui rendant visite tous les jours, bien après que tout le monde eut cessé de le faire. Elle l'invitait sans cesse à venir manger chez eux, mais il refusait poliment. Et puis un jour, il avait cédé, heureux de ne pas passer une nouvelle soirée seul chez lui.

Depuis, c'était devenu un rendez-vous hebdomadaire, un moment qu'il attendait avec impatience. Il appréciait beaucoup la compagnie de Genevieve et de William, malgré leur différence d'âge. Il trouvait du réconfort à être avec eux, car ils ne lui demandaient rien. Il n'était pas obligé de parler s'il n'en avait pas envie, et souvent ils restaient assis au salon dans un silence paisible, ou jouaient à un jeu de société. Il avait conscience de leur devoir beaucoup, car ils lui avaient donné la force de continuer malgré tout.

Bien sûr, ils lui avaient parlé de leur petite-fille dont ils étaient très fiers. Il savait qu'elle avait traversé une période difficile, une rupture, mais Genevieve et William n'étaient pas entrés dans les détails. Ils avaient toujours souhaité la voir se rapprocher d'eux, afin de pouvoir être présents auprès de Jack, leur arrière-petit-fils, récemment victime de harcèlement à l'école.

Daniel avait connu cela lui aussi, dans son enfance, et il savait à quel point cet isolement, cette mise à l'écart étaient difficiles à vivre. Il avait senti son cœur se serrer en entendant le récit des difficultés qu'avait dû affronter l'enfant. Sa guérison serait longue, songea-t-il amèrement.

D'une certaine manière, il avait l'impression de déjà connaître Jack et Stacey alors qu'en réalité il n'en était rien. Avait-il bien fait de leur proposer d'être ses locataires ?

Il avait perdu sa femme et son enfant, et voici qu'une mère célibataire et son fils avaient emménagé à deux pas de chez lui à peine. Il doutait de la sagesse de cette décision, et craignait de mal vivre la présence d'un garçon de l'âge de Mason. Il ne savait pas comment gérer ça, et avait conscience de s'être montré jusque-là un peu distant avec Stacey. Mais comment lui expliquer que c'était par prudence, ou plutôt par instinct ?

— Bonjour, dit-il en regardant Stacey d'un air incertain, avant de baisser les yeux vers son fils.

— Vous m'aviez dit que vous aviez rendez-vous, répondit-elle, abasourdie, mais j'ignorais que c'était avec mes grands-parents !

— J'aurais dû vous le dire, mais j'ignorais totalement que vous seriez là, vous aussi. Si vous préférez que je parte, alors...

— Mais non, voyons ! intervint Genevieve. Assieds-toi, Daniel. Je vais finir ces pommes de terre. Stacey, veux-tu aller chercher un verre pour notre invité ?

Stacey disparut aussitôt, puis revint très vite.

— Qu'est-ce que je vous sers ?

— Un jus de fruits, s'il vous plaît, dit-il en désignant le grand pichet rempli d'orangeade bien glacée au centre de la table.

Il prit une chaise, et tout le monde le rejoignit.

— Servez-vous ! lança Genevieve avec un grand sourire en posant le plat de poulet chasseur devant eux, ainsi que de la purée, des légumes et quelques petits pains chauds.

Rien ne rendait Genevieve plus heureuse que d'avoir une maison pleine d'invités et une table bien garnie. Ici, Daniel se sentait chez lui et il avait le sentiment de faire partie de la famille. Cela serait-il encore ainsi, maintenant que Stacey et Jack étaient de retour ?

— Alors... comment s'est passé ton premier jour, Stacey ? demanda William. J'espère que notre Daniel ne t'a pas fait travailler trop dur ?

Notre Daniel...

— Ça s'est bien passé. Nous avons aidé une jeune femme à accoucher.

— Ah oui ? s'écria Genevieve. C'est merveilleux !

Daniel surprit Stacey en train de le regarder, et détourna rapidement les yeux. Puis il attrapa le plat de légumes et le lui tendit.

— Merci.

— De rien.

Quand ses doigts frôlèrent les siens, il comprit qu'il devait garder ses distances. Mais il commençait à soupçonner Genevieve de ne pas partager son avis, bien au contraire.

— Alors, Daniel, j'ai appris qu'on t'avait demandé d'aider à organiser la fête du village, cet été ? lança-t-elle.

— En effet. Mais je n'ai pas encore décidé si j'allais accepter.

— Oh ! mais tu devrais, pourtant ! Tu te souviens de l'année dernière, n'est-ce pas ? C'était très amusant, ce concours de costumes !

Genevieve adressa à sa petite-fille un sourire radieux.

— Tu devais y participer, toi aussi ! Cela te permettrait de rencontrer beaucoup de monde et de renouer avec d'anciennes connaissances !

Comme Stacey ne répondait pas, sa grand-mère changea de sujet et s'adressa à Jack.

— Et toi, mon chéri, comment s'est passé ton premier jour ? Raconte à Daniel !

— C'était bien, dit simplement l'enfant.

— Il s'est fait un ami, ajouta Stacey. Sam.

— C'est très bien, dit Daniel. Je suis sûr que tu t'en feras bientôt beaucoup d'autres...

Le reste du dîner se déroula paisiblement. Genevieve parla du prochain conférencier invité par son club de lecture, un auteur local qui l'avait enthousiasmée et dont elle avait lu tous les livres. Will leur décrit les légumes qu'il cultivait pour participer au concours de la fête du village, concours qu'il espérait bien remporter.

Lorsqu'ils quittèrent la table, Daniel proposa de faire la vaisselle.

— Oh ! tu es gentil ! dit Genevieve. Mes jambes me jouent des tours aujourd'hui. Stacey, ma chérie, tu veux bien essuyer ? Tu sais où tout se range. Jack, tu viens m'aider à finir mon puzzle ?

Daniel commençait à voir clair dans le jeu de Genevieve. Peut-être voulait-elle juste que Stacey et lui soient amis ? L'atmosphère autour de la table du dîner avait clairement montré qu'ils n'étaient pas très à l'aise l'un avec l'autre, et elle voulait sans doute y remédier. Ils vivaient tout près l'un de l'autre, après tout, et travaillaient ensemble.

— Je suis... euh... désolé pour tout à l'heure, dit Daniel en secouant la tête, comme s'il avait du mal à trouver les bons mots. Je ne suis pas très réceptif, ces derniers temps.

Elle hocha la tête.

— Je comprends. Nous passons tous par des moments comme ça.

— Tes grands-parents sont vraiment des gens adorables, reprit-il, passant soudain au tutoiement. Je leur dois beaucoup.

Stacey acquiesça en souriant.

— Ils sont adorables, c'est vrai. Ils ont un grand cœur et aiment voir les gens heureux autour d'eux.

— C'est vrai. Ils ont beaucoup parlé de toi quand tu vivais en Écosse. Tu leur manquais, et Jack aussi. J'avais presque l'impression de déjà vous connaître, tous les deux.

Elle garda un instant le silence, puis répondit d'un ton léger :

— C'est bizarre qu'ils ne m'aient jamais parlé de toi.

— Que veux-tu savoir ? demanda-t-il en se retournant pour poser une assiette sur l'égouttoir. Je les considère comme de bons amis, et peut-être plus que ça. Ils m'ont aidé et soutenu quand j'étais en difficulté, et je leur en serai éternellement reconnaissant.

— Je n'ai pas besoin de savoir quoi que ce soit, tu sais. J'ai confiance en leur jugement, et ils sont assez grands pour savoir ce qu'ils font. S'ils veulent aider quelqu'un, je le comprends. Ils m'ont entourée quand je n'avais plus personne. Jamais ils ne m'ont laissée tomber.

— Tu as perdu tes parents assez jeune, je crois ?

Stacey hocha la tête avec un soupir.

— Oui.

— Quel âge avais-tu ?

— Cinq ans. Je venais de commencer l'école.

— Je suis désolé. Ça a dû être affreux...

Elle soupira de nouveau.

— Oui. Tout a basculé en un instant, et les gens qui comptaient le plus au monde pour moi m'ont été brutalement enlevés.

Il savait ce qu'elle avait éprouvé pour l'avoir vécu lui-même. Et la souffrance qu'il percevait si clairement dans sa voix faisait écho à la sienne. Certes, son deuil était beaucoup plus ancien que le sien, mais le chagrin était le même, il n'en doutait pas.

Il commençait à considérer Stacey Emery sous un nouveau jour, maintenant qu'il en savait un peu plus à son sujet.

Enfin, elle croisa son regard et lui adressa un faible sourire.

— Mes parents sont morts dans l'incendie d'une salle de concert. C'était un accident tragique, et mes grands-parents, malgré leur chagrin d'avoir perdu leur fille, ont tout fait pour alléger le mien. Et depuis que je les connais, chaque fois que quelqu'un a été dans le besoin, ils lui ont tendu la main.

— Je suis sûr que le fait de t'avoir auprès d'eux leur rappelait la fille qu'ils avaient perdue et leur faisait du bien.

— Je suis sûre aussi que je leur ai fait passer quelques moments difficiles, surtout à l'adolescence !

— Mais ils t'aiment, et c'est ça l'important.

— Ils m'ont beaucoup aidée après le départ de Jerry.

— Jerry ?

— Le père de Jack. Il ne s'est jamais occupé de lui...

Elle s'interrompit, un instant songeuse, puis reprit :

— Quand je suis tombée enceinte, j'ai pensé qu'un nouveau chapitre s'ouvrait pour nous, et qu'il serait aussi heureux que moi d'avoir un bébé.

Elle eut un rire amer.

— C'est fou comme on peut se tromper sur les gens !

— Alors vous avez rompu ? voulut savoir Daniel.

— Oui. Et c'était difficile car nous travaillions tous les deux dans le même cabinet médical. Il était là depuis plus longtemps que moi... Les gens ont pris parti, les ragots ont commencé à circuler, et ça a mal fini. Jerry était d'accord pour participer financièrement à l'éducation de Jack, mais pas pour jouer son rôle de père au quotidien. L'homme que je pensais connaître avait changé de visage. Donc nous avons divorcé, et j'ai postulé au cabinet de Greenbeck...

Elle lui sourit, les yeux brouillés par les larmes, et malgré son envie de poser la main sur son bras pour lui faire savoir qu'il était là, comme il l'aurait fait avec n'importe quel ami, il se retint, de crainte que ce geste soit jugé maladroit.

Au lieu de cela, il lui tendit un mouchoir en papier.

— Merci. Dire que je suis en train de pleurer devant mon nouveau collègue !

Il sourit.

— Non, corrigea-t-il. Devant ton nouvel ami.

4

Debout devant l'évier, Stacey était en train de laver quelques bols pour le petit déjeuner. Depuis sa cuisine, elle voyait celle de Daniel. Il y avait des herbes aromatiques sur le rebord de sa fenêtre, et un petit arrosoir vert. Elle se demanda s'il cuisinait beaucoup. Elle aimait les hommes qui savaient cuisiner. Il y avait quelque chose d'excitant chez un homme aux fourneaux, et elle l'imagina lui préparant un plat raffiné, exotique, qui aurait un goût de paradis et...

Qu'est-ce que je fais ? C'est ridicule ! Il faut que j'arrête de penser à Daniel Prior !

Soudain, elle aperçut une silhouette, dans sa cuisine. Son cœur se mit à battre la chamade, et tout son corps se tendit. Quand il s'approcha de la fenêtre, elle le fixa, tout en continuant de s'interroger sur cet homme qui l'intriguait tant. Elle aurait voulu simplement lui parler, en savoir plus sur lui...

Ils discuteraient et riraient ensemble autour d'une tasse de café. Ce serait agréable...

Quand il leva les yeux et croisa son regard, elle détourna la tête, gênée d'avoir été surprise en train de l'espionner. Elle attrapa un torchon, se sécha les mains à la hâte et disparut.

Sa patiente suivante était une femme enceinte, Helena Farrow. Elle franchit la porte de son cabinet avec une poussette double et un enfant d'environ quatre ans. Enceinte, elle était pâle et semblait épuisée. Ses cheveux n'étaient pas lavés, et de grands cernes ombraient ses yeux.

Elle se laissa tomber dans le fauteuil réservé aux patients.

— Bonjour, docteur.

— Bonjour, répondit Stacey. Comment puis-je vous aider ?

Helena laissa échapper un long soupir.

— Je me sens très fatiguée. Je ne dors presque pas, parce que les jumeaux me réveillent plusieurs fois par nuit. Je n'ai plus l'énergie que j'avais auparavant.

— S'occuper de trois jeunes enfants peut être épuisant, surtout quand on est enceinte. Où en êtes-vous dans la grossesse ?

— Six mois...

Helena se pencha et dit à voix basse :

— Pour être honnête, je ne voulais pas d'un quatrième enfant, mais mon mari en voulait un, et je suppose qu'il a obtenu gain de cause !

— Est-ce qu'il travaille ?

— Oui. À la distillerie.

— Donc il ne peut pas vous aider avec les enfants pendant la journée ?

— Non. Il travaille à plein temps.

— Et la nuit ?

— Il essaye de m'aider, mais il n'entend pas souvent les bébés pleurer, alors c'est généralement moi qui me lève pour m'occuper d'eux.

Stacey vérifia les dernières analyses de sang de Helena. Elle avait un taux de fer assez bas, mais cela n'était pas alarmant. Peut-être était-il temps de lui apporter une aide supplémentaire ?

— Et dans votre famille, personne ne peut venir pour aider ?

— Mes parents vivent en France. Ils ne sont pas venus depuis la pandémie. Papa a un Covid long. C'est difficile...

— Vous vous alimentez correctement ?

— J'essaye mais, comme je n'ai pas vraiment le temps de prendre un vrai repas, je grignote beaucoup.

— Je pense que nous devrions vérifier votre taux de fer. Et peut-être aussi votre thyroïde. Et nous ferons une numération sanguine complète. Mais en attendant, je vais vous prescrire des comprimés de fer. Vous êtes très pâle. Commencez à les prendre tout de suite et, quand j'aurai les résultats sanguins, je vous appellerai pour vous dire si vous devez continuer. Je vais juste prendre votre tension et votre température...

Stacey effectua ses examens avec soin. La température de Helena était bonne, et sa tension artérielle n'était que légèrement élevée. Rien d'inquiétant.

— Essayez de manger sainement, lui conseilla-t-elle. Je vous contacterai dès que j'aurai les résultats, d'accord ?

— Merci, docteur.

— Et demandez à la réception des adresses de centres de loisirs susceptibles d'accueillir votre aîné. Cela vous soulagerait un peu, et il pourrait se dépenser tant qu'il veut.

Quand elle partit, la pièce parut tout à coup très calme, et Stacey ressentit une forte empathie envers Helena. Cela devait être difficile d'élever trois enfants sans pouvoir compter sur ses proches ! Beaucoup de familles avec de jeunes enfants avaient lutté pendant la pandémie.

Stacey elle-même avait été seule en Écosse avec Jack, et cela avait été difficile. Elle avait dû continuer à travailler en tant que médecin et mettre Jack à la crèche - un endroit qu'il n'aimait pas - et dans un centre de loisirs. Chaque jour, elle rentrait à la maison épuisée, et désemparée par ce qu'elle avait dû affronter. Quand les problèmes de harcèlement s'étaient ajoutés à ceux du quotidien, elle avait failli craquer...

Au fur et à mesure que Jack sombrait dans le repli sur soi, elle avait vu grandir ses craintes pour la santé et le bien-être de son fils, et avait compris qu'il fallait prendre des mesures radicales et rentrer à Greenbeck.

Quand Stacey alla remplir sa bouteille d'eau, Daniel se trouvait dans la salle de repos du personnel.

Il lui sourit.

— Bonjour.

— Bonjour.

Pourvu qu'elle ne rougisse pas ! Elle sentit son cœur s'accélérer et ne put s'empêcher de remarquer à quel point il était beau, ce matin, avec son pantalon noir et sa blouse blanche.

— Comment vas-tu ?

— Bien. Et toi ?

— Très bien, répondit-il. J'ai un cas intéressant à traiter aujourd'hui.

— Raconte...

— Une de mes patientes a eu une fasciite nécrosante à l'hôpital et a subi une importante perte musculaire à la jambe causée par cette pathologie. Elle vient pour qu'on lui enlève quelques points de suture. Si tu es libre et que tu veux passer jeter un coup d'œil, ma patiente ne s'y opposera pas.

— En effet, c'est intéressant. Je n'ai jamais eu l'occasion de traiter un tel cas.

— Eh bien, si tu es libre à 11 heures, tu seras la bienvenue.

— J'essayerai de me libérer. Merci.

Elle regagna son cabinet, heureuse qu'ils aient tous deux surmonté leurs réserves pour commencer une relation de confiance et d'entraide. Cependant, depuis le dîner chez sa grand-mère, quelque chose avait changé entre eux, et son corps tout entier réagissait à sa présence. Comment combattre l'attirance qu'elle éprouvait pour lui ?

Elle retourna dans son cabinet et vit ses patients du matin. Puis elle consulta l'écran de son ordinateur. L'heure du rendez-vous de Daniel avec sa patiente approchait, et elle ne voulait pas s'imposer. Devait-elle l'appeler ou attendre qu'il lui fasse signe ?

Soudain, un message instantané apparut sur son écran.

Pauline est là. Elle dit que tu es la bienvenue, si tu veux venir.

Aussitôt, elle se leva et alla frapper à la porte du cabinet de Daniel.

— Entre !

Elle s'exécuta et découvrit une dame d'environ soixante-dix ans.

— Vous devez être le docteur Emery ? J'ai tellement entendu parler de vous ! s'exclama celle-ci.

Stacey lui sourit.

— En bien, j'espère ?

— Oui. Je suis ravie de vous rencontrer. Vous êtes la petite-fille de Genevieve, n'est-ce pas ? Vous ne vous souvenez sans doute pas de moi, mais vous êtes venue une fois chez moi avec votre mère. Vous avez pris le thé dans mon jardin avec vos ours en peluche ! J'ai entendu dire que vous aviez un fils ?

Stacey hocha la tête.

— Oui. Jack.

— Et vous l'élevez seule ?

Comme Stacey acquiesçait de nouveau, la vieille dame ajouta :

— Une jolie femme comme vous trouvera vite chaussure à son pied, j'en suis certaine !

Stacey rougit malgré elle.

— Et vous, Pauline ? demanda-t-elle. Êtes-vous mariée ?

— J'ai été mariée et divorcée trois fois ! répondit la vieille dame en souriant. Mais c'est de l'histoire ancienne.

Lentement, Daniel enleva les bandages autour de sa jambe, et Stacey vit que la quasi-totalité du muscle du mollet avait disparu. Pauline avait subi plusieurs greffes de peau. Elle avait également des points de suture.

— Ma jambe ne voulait pas guérir, mais ça a l'air un peu mieux maintenant, vous ne trouvez pas ?

Stacey jeta un coup d'œil à Daniel, qui hocha discrètement la tête.

— Oui, ça a l'air plutôt bien. Pas de signe d'infection... pas de rougeur. Vous cicatrisez correctement.

Après s'être lavé les mains, Stacey enfila des gants et retira les points de suture avec une lame coupe-fils et une pince à épiler. Puis elle fit un nouveau pansement avec l'aide de Daniel.

— Alors, quand pourrai-je reprendre mes cours de danse ? demanda Pauline.

— Je ne vois aucune raison de ne pas le faire maintenant. Mais allez-y doucement. Vous n'avez plus autant de muscles qu'avant dans cette jambe, donc vous risquez de perdre l'équilibre ou de vous fatiguer plus vite.

— Au fait, et vous, Daniel, est-ce que votre jambe va mieux ?

Daniel sourit à sa patiente, avant de jeter un regard gêné à Stacey.

Il avait un problème à la jambe ? Elle n'avait pas remarqué. Que lui était-il arrivé ?

Comme le silence s'installait, Stacey sourit.

— Je vais... vous laisser, maintenant. Merci de m'avoir autorisée à vous voir aujourd'hui, madame Ronson.

— Appelez-moi Pauline, je vous en prie !

Quand Stacey quitta le cabinet de Daniel, c'était l'heure du déjeuner et elle était affamée. Il faisait si beau dehors qu'elle décida d'emporter son panier-repas et de se rendre au parc, près du petit pont qui enjambait la mare aux canards.

C'était une journée d'été britannique parfaite. Le ciel était clair et bleu, et le soleil brillait, pas trop ardent. Comme le banc qu'elle convoitait était déjà occupé, elle s'assit sous un arbre et sortit ses sandwichs.

Elle ferma les yeux pour savourer la caresse de la brise tiède sur sa peau. Elle entendait les oiseaux chanter dans les branches au-dessus d'elle, ainsi que les battements d'ailes des canards et le rire d'un jeune enfant qui leur jetait des miettes de pain...

— Tu as pris ma place.

Elle ouvrit les yeux et découvrit Daniel, son propre panier-repas dans une main et une bouteille d'eau dans l'autre. Il était à contre-jour, mais elle comprit qu'il souriait.

— Tu es le bienvenu, répondit-elle en lui indiquant une place, à côté d'elle.

— Merci.

— Tu n'as pas de visites à domicile aujourd'hui ?

— Non. C'est au tour de Zach.

Elle le vit allonger sa jambe avec précaution et demanda :

— Tu vas bien ?

— Oui, juste un peu raide. Mais c'est pire quand il fait froid ou humide.

— C'est de l'arthrite ?

— Non. J'ai eu un accident il y a quelques années. Je me suis cassé la hanche.

— Oh...

Sur l'étang, deux cygnes fendirent le groupe de canards pour atteindre les friandises jetées par le petit garçon.

Quel genre d'accident avait-il eu ? Et était-ce le bon moment pour le lui demander ? Elle avait l'impression que Daniel était assez secret...

Elle décida de changer de sujet.

— Je n'ai pas pu m'empêcher de remarquer les photos dans ton cabinet. Tu as une femme et un enfant ?

Ce fut comme si un nuage noir passait, même si le soleil brillait toujours aussi fort dans le ciel azur. Daniel détourna le regard.

Avait-elle dit quelque chose de mal ?

— J'avais. Ils ne sont plus là...

— Oh. Je... je suis désolée.

Elle était sincère.

— Ils sont morts il y a deux ans, ajouta-t-il d'une voix étouffée.

Soudain, elle eut l'impression que son cœur manquait un battement, et elle eut envie de le serrer dans ses bras. Elle ne pouvait pas s'imaginer survivre à une telle épreuve. Leur mort était-elle liée à l'accident qu'il avait mentionné ?

Quand elle se pencha pour poser la main sur la sienne, il la serra avec force.

— Je suis vraiment désolée, Daniel. Je ne voulais pas te forcer à...

— Tu l'aurais découvert tôt ou tard.

Elle hocha la tête. C'était un petit village, et tout se savait. Ses grands-parents étaient au courant, et c'était pour ça qu'ils l'avaient recueilli. Parce qu'il était seul. Connaissant Genevieve, cela n'avait rien d'étonnant. Mais que faire face à une telle tragédie ?

— Nous étions en vacances à Oahu, à Hawaï. Le paradis sur terre. Un endroit incroyable. Tu y es déjà allée ?

— Non.

— C'est unique. Les gens sont amicaux, la nature si généreuse, et à chaque coin de rue on découvre une nouvelle plage, une forêt ou une chute d'eau sublime. Nous nous étions levés très tôt ce jour-là, pour nous rendre sur cette crique et regarder les bébés tortues retourner à la mer. C'était la chose la plus merveilleuse que j'avais jamais vue. Après, bien sûr, la naissance de mon fils Mason.

Il sourit, puis laissa échapper un long soupir.

— Nous avons passé des heures à admirer le lever du soleil et à observer ces minuscules créatures se dandiner et faire des pirouettes pour commencer l'aventure de leur vie. Comme nous avions faim, nous sommes remontés dans la voiture pour trouver un café qui servait le petit déjeuner. Au détour d'un virage, nous avons été percutés par un conducteur ivre qui a perdu le contrôle de son véhicule.

— Oh ! mon Dieu, Daniel...

— Nous avons fait plusieurs tonneaux avant d'être projetés dans un ravin et de nous écraser contre un gros rocher qui a stoppé notre chute.

Elle redoutait la suite, mais se tut et attendit qu'il poursuive.

— Penny, ma femme, était piégée. Tout comme Mason. De leur côté, la voiture était froissée comme un accordéon. J'avais des blessures à la hanche et à la jambe, et mon bras droit était cassé aussi. J'ai tenté de les aider, mais ma ceinture de sécurité était coincée et je ne pouvais pas bouger. J'ai essayé de leur faire ouvrir les yeux. Je les ai suppliés de ne pas s'endormir... Hélas, c'était trop tard.

Elle ferma les paupières, effarée.

— Je suis resté coincé dans le véhicule pendant deux heures avec leurs corps inertes tout près de moi. Lorsque l'équipe de secours est arrivée, j'ai voulu rester avec eux. Mais bien sûr, c'était impossible. J'avais besoin d'une opération, alors ils m'ont emmené. Je ne les ai plus jamais revus...

Elle lui ouvrit les bras. Pendant un long moment, ils restèrent enlacés sans dire un mot. Au-dessus de leurs têtes, le soleil brillait et les oiseaux chantaient...

Lorsqu'elle se rendit compte qu'elle caressait doucement

son dos, elle se figea, sachant qu'elle avait dépassé les bornes. Après tout, elle le connaissait à peine...

Elle le lâcha et s'écarta avec un sourire gêné.

— Excuse-moi...

— Non, ce n'est rien. C'était bon, dit-il doucement en plantant ses yeux dans les siens.

Puis il se pencha pour ouvrir son sac et dit d'un ton léger :

— Si on déjeunait, maintenant ?

5

— Qu'est-ce que tu fais ?

Daniel leva les yeux et vit que Jack l'observait.

— Je me débarrasse des mauvaises herbes. Regarde...

Il montra au jeune garçon le liseron qu'il était en train d'arracher, puis jeta un coup d'œil par-dessus son épaule, mais Stacey n'était pas dans les parages. Peut-être était-elle occupée dans la maison ?

— Pourquoi ? demanda Jack.

— Pour éviter qu'elles étouffent les autres plantes qui vivent dans ce jardin, expliqua-t-il.

— Pourquoi ?

Daniel sourit. Il avait oublié que les enfants pouvaient poser plusieurs fois la même question.

— Parce que le liseron pousse plus vite que les autres plantes, et prend leur place. Tu vois cette fleur blanche, juste là ?

Jack hocha la tête.

— C'est une fleur de liseron. Elle est très jolie, mais elle empêche les autres plantes de pousser en s'enroulant autour de leurs tiges. Regarde, ici...

— Je vois, dit l'enfant. Je peux t'aider ?

Daniel regarda le garçon vêtu d'un short et d'un T-shirt. Sa mère ne serait pas trop contrariée s'il se salissait un peu.

— Bien sûr. Je vais te montrer comment faire.

Agenouillés l'un près de l'autre, ils travaillèrent ensemble un bon moment.

— Comment ça se passe à l'école ? demanda Daniel.

— Pas mal, répondit l'enfant. Tu sais, on se moquait de moi quand j'étais plus petit.

— Ah oui ?

— Oui. Billy était le plus costaud de la classe, et il me faisait très peur ! Moi, j'étais le plus jeune et j'avais des grosses lunettes... Billy a commencé à me taper, et maman m'a expliqué que, s'il embêtait les autres enfants, c'était parce qu'il était malheureux, chez lui. Ce qu'il faisait était très mal, un peu comme cette plante, mais il ne pouvait pas s'en empêcher.

Stupéfait, Daniel regarda Jack. Il était très mature pour son âge !

— Tu as raison, dit-il. Il faut faire tout ce qu'on peut pour arrêter les harceleurs. Et un jour, on finit par y arriver, tu sais.

Jack hocha la tête et sourit, tout en arrachant un gros pied de liseron tortueux.

— Je l'ai eue, cette méchante herbe !

Tout à coup, Daniel sentit une présence derrière eux.

— Vous travaillez dur, tous les deux ! lança Stacey.

Jack lui sourit.

— Regarde, maman ! J'aide Daniel.

— C'est très bien, mon chéri. Tu as mérité un bon goûter. Viens !

En les regardant s'éloigner, Daniel sentit une étrange douleur lui serrer le cœur.

Le lundi suivant, Daniel se sentait beaucoup plus détendu à l'idée d'aller dîner chez Genevieve et William Clancy. Il était désormais plus à l'aise avec Stacey depuis qu'il la connaissait un peu mieux, et qu'il était libéré de son lourd secret, maintenant qu'il lui avait confié sa douleur d'avoir perdu Penny et Mason.

Il avait cru que ses grands-parents lui avaient raconté le drame qu'il avait vécu, mais ils avaient visiblement choisi la discrétion, ce qui était très respectable. C'étaient des gens bien, et Stacey aussi. Quant à Jack, c'était un enfant très attachant.

Dès qu'il sonna, Genevieve apparut dans l'embrasure de la porte.

— Daniel ! Comment s'est passée ta journée ?

Il pensa à son déjeuner, assis au soleil avec Stacey, et répondit :

— C'était génial, merci.

— Merveilleux ! Désolée de te demander ça, mais Jack m'a dit que le plancher de sa cabane était un peu bancal et, comme William ne peut plus y monter, je me demandais si…

— N'en dites pas plus ! Je m'en occupe, répondit-il. La remise est ouverte ?

— William t'attend dans le jardin.

Il trouva William Clancy en train de bricoler dans son abri, dont la porte était maintenue ouverte par une boîte à outils contenant un marteau et des clous. Il sourit à Jack qui jouait sur la pelouse.

— Salut, Jack.

— Daniel ! Tu veux jouer au football ?

Il sentit son cœur se serrer. Comme son petit Mason aurait été heureux de taper dans un ballon avec lui !

— Bien sûr. Mais je vais d'abord réparer ta cabane.

— Je peux t'aider ?

— Pourquoi pas ?

C'était étrange. Alors qu'il avait commencé par se tenir éloigné de Stacey et de Jack, il appréciait désormais tant leur compagnie qu'il ne se faisait pas prier pour passer du temps avec eux ! Certes, ils étaient l'incarnation de tout ce qu'il avait perdu, mais leur présence apaisait son âme meurtrie, lui laissant entrevoir un avenir possible.

Il grimpa dans la cabane en premier, puis aida Jack à monter.

— Peux-tu me montrer la planche qui n'est pas bien fixée ?

— Oui, celle-ci, répondit Jack en désignant une latte, au centre de la toute petite pièce.

— On va arranger ça tout de suite, dit Daniel. Sais-tu te servir d'un marteau ?

— Je n'ai jamais essayé…

Bien sûr que non. Ce petit garçon n'avait jamais eu de figure paternelle dans sa vie pour lui apprendre ce genre de choses. Et même si Stacey était plutôt débrouillarde, il ignorait si elle était douée pour le bricolage.

— Tu vois ces trous ? C'est là que nous voulons enfoncer les nouveaux clous. Il nous en faudra quatre. Choisis les plus grands dans ce paquet.

— D'accord.

Daniel planta deux clous à chaque extrémité de la latte et les enfonça à moitié, avant de passer le marteau à Jack.

— Tape doucement pour commencer. Et bien droit, pour ne pas tordre les clous.

Jack suivi ses instructions à la lettre. Le premier clou entra un peu en diagonale, mais Daniel le redressa, puis rendit le marteau à Jack pour qu'il termine.

— On a réussi ! s'écria l'enfant, ravi.

— Oui, vite fait bien fait !

Daniel tendit la main à Jack qui la frappa avec enthousiasme.

— Daniel ? Jack ? Le dîner est prêt ! appela Genevieve depuis la maison.

— Après manger, on pourra jouer au foot ?

— Bien sûr. Tu n'as pas joué à l'école, aujourd'hui ?

— Si. On a fait une partie de balle au prisonnier, mais mon équipe a perdu ! J'ai invité Sam à venir jouer chez nous, mais maman a dit que nous devions d'abord te demander si tu étais d'accord.

— Pourquoi pas ? C'est chez toi aussi, tu sais.

— Oui, mais maman dit que, comme Sam veut amener son chien avec lui, il faut demander la permission.

— Je vois. C'est quel genre de chien ?

— Un petit chien.

Daniel sourit à l'enfant.

— Je suis d'accord. Je le dirai à ta mère, si tu veux.

Le garçon hocha la tête et courut jusqu'à la maison. Daniel entendit William lui dire d'aller se laver les mains, et une délicieuse odeur de poulet biryani lui flatta les narines.

Dès qu'il entra dans la maison, il découvrit Stacey, et surprit le sourire de Genevieve.

— Qu'est-ce qu'il y a ? demanda-t-il.

— Oh ! rien..., répondit la vieille dame d'un air innocent.

Il se tourna vers Stacey.

— Bonsoir. Ta journée s'est bien passée, Stacey ?

— Oui. Une patiente a appelé juste après ton départ. Elle s'inquiétait pour son bébé qui avait une éruption cutanée, alors je suis restée pour la recevoir.

— Et tout allait bien ?

— Oui. Juste un peu d'eczéma.

Elle regarda autour d'elle.

— Où est Jack ?

— Parti se laver les mains, répondit Genevieve en déposant un bol de chutney à la mangue sur la table. Il a aidé Daniel à réparer la cabane, tu sais ?

— Oh... Il a passé une bonne journée, aujourd'hui ?

— Oui, répondit Daniel. Il m'a raconté qu'il avait joué au ballon.

— Cela fait plaisir à entendre, dit Stacey, qui paraissait plus détendue, soudain.

Il savait combien elle était inquiète pour son fils. Il l'aurait été aussi, à sa place, et il ne pouvait qu'imaginer la période de stress que Stacey et son fils avaient traversée.

Jack se jeta dans les bras de sa mère.

— Maman ! Daniel t'a dit qu'on avait réparé la cabane ? J'ai utilisé un marteau !

— Ah oui ? Bravo, mon chéri !

Stacey le serra contre elle, et le regarda avec un sourire si radieux qu'il sentit une douce chaleur se répandre en lui. Cela lui avait manqué. Le sourire d'une femme, d'un enfant... Tout à coup, il eut le sentiment de ne plus être seul au monde.

William prit place à table à son tour, et ils se servirent. Le biryani sentait merveilleusement bon, et les naans au fromage qui l'accompagnaient étaient délicieux.

— J'ai vu dans le journal que l'appartement des Stowell était à louer, annonça William. J'ai gardé l'annonce pour toi, Stacey, au cas où tu serais intéressée. Il y a deux chambres.

— Où se trouve-t-il ? voulut savoir Stacey.

— Au-dessus de chez le marchand de journaux.

— Ah oui, j'avais oublié...

Cet échange troubla Daniel. Il savait que son logement ne pouvait être qu'un arrangement temporaire pour Stacey et Jack, mais il n'avait pas songé qu'ils pourraient déménager si vite.

C'était peut-être une bonne chose, après tout. Cela lui permettrait de mettre un peu de distance, entre eux. Pourtant, inexplicablement, cela le contrariait.

— Au-dessus du magasin ? répéta Genevieve d'un ton réprobateur. Ils seraient réveillés à l'aube par la livraison des journaux. Je ne pense pas que ce soit une bonne idée !

Daniel observa la réaction de Stacey. Était-elle prête à déménager, ou préférait-elle rester ? Elle semblait intéressée, et pensait probablement qu'elle s'imposait en restant chez lui.

— Hum... Grand-mère a sans doute raison, mais je pourrais quand même aller le voir, dit-elle.

Spontanément, il déclara :

— Vous pouvez rester chez moi aussi longtemps que vous le voulez, tu sais.

Le sourire complice de Genevieve le mit mal à l'aise.

— C'est très gentil de ta part, Daniel. Merci, balbutia Stacey.

Puis, comme Jack engloutissait une grosse bouchée de naan au fromage, elle le gronda :

— Jack, ne mange pas si vite ! Ce n'est pas une course, tu sais !

Heureux de cette diversion, Daniel sourit.

— Tu devrais écouter ta mère, insista-t-il. Si tu as mal au ventre, tu ne pourras pas jouer au foot avec moi, tout à l'heure !

— Pas grave, répliqua l'enfant. Si j'ai mal au ventre, toi et maman vous pourrez me soigner.

Daniel et Stacey échangèrent un regard, et tous éclatèrent de rire.

Un peu plus tard, alors que Stacey essuyait le comptoir de la cuisine, des cris dans le jardin attirèrent son attention. Daniel et Jack jouaient au football, et Daniel était si gentil avec son fils qu'elle en eut les larmes aux yeux. Il le laissait le tacler doucement et lui prendre le ballon, puis tirer fièrement dans les buts improvisés avec deux gros pots de fleurs qu'ils avaient déplacés au centre de la pelouse.

Tout à coup, Jack poussa un hurlement de joie, les mains en l'air.

— But !

— Ils s'entendent bien, n'est-ce pas ? dit sa grand-mère, qui s'était glissée sans bruit derrière elle.

Stacey acquiesça, rougissant d'avoir été surprise en train de les observer.

— Oui...

— C'est bien pour Jack d'avoir une présence masculine dans sa vie.

— Tu as raison.

— Je ne dis pas que tu ne l'élèves pas bien toute seule ! Au contraire. Ce garçon est le plus gentil que j'aie jamais rencontré ! Je ne suis pas objective, mais je suis sincère. Pourquoi ne pas aller les rejoindre et t'amuser un peu ? suggéra Genevieve. Je vais préparer de la limonade.

— Je ne veux pas les déranger.

— Mais pas du tout, voyons ! Je suis sûre que Jack adorerait jouer contre vous deux !

Stacey regarda sa grand-mère qui hochait la tête pour l'encourager, puis elle sortit dans le jardin

— Voilà maman ! cria Jack avec enthousiasme, un sourire radieux aux lèvres.

— Je ne peux pas vous laisser vous amuser tout seuls, les garçons ! lança-t-elle alors.

Daniel sourit en le voyant approcher.

— Tu veux garder les buts ?

— D'accord !

Elle prit place entre les deux pots de fleurs tandis que Jack tentait de prendre le ballon à Daniel. Il réussit et commença à dribbler dans sa direction, puis tira...

— But !

Jack leva les mains en l'air et, triomphant, courut vers Daniel qui lui saisit les mains et le fit tournoyer dans les airs.

Rapidement, le match reprit et, quand Daniel tira, elle bloqua le ballon avec son pied, avant de le renvoyer sur le terrain.

— Maman ! Viens tirer, toi aussi ! lança Jack.

— D'accord. Mais je ne suis pas très forte, tu sais.

Elle courut vers Daniel et Jack, et tenta d'intercepter le ballon. Alors qu'ils riaient tous les trois, leurs jambes s'emmêlèrent et ils tombèrent à terre. Stacey atterrit sur le dos et Daniel roula sur elle, tandis que Jack s'affalait à leurs côtés.

Elle resta allongée un instant, le visage tout proche de celui de Daniel, qui lui souriait, appuyé sur ses bras. L'espace d'un instant, le temps sembla s'être arrêté, puis le rire de Jack déchira le silence.

Daniel s'écarta d'elle et lui tendit la main pour l'aider à se relever.

— Ça va ?

Stacey hocha la tête, sans lâcher sa main.

— Oui.

Elle rougit, puis entreprit de frotter l'herbe collée sur ses vêtements pour dissimuler sa gêne.

— But ! hurla Jack derrière eux.

La soirée se termina dans la bonne humeur et, une fois rentré chez lui, Daniel s'installa sur son canapé, en proie à une étrange agitation. Son esprit refusait de se calmer, et il avait l'impression que son corps était inondé d'adrénaline.

Il avait failli embrasser Stacey, tout à l'heure, dans le jardin !

Les images de leur match mouvementé lui revenaient sans cesse dans la tête. Quand Stacey les avaient rejoints, il avait d'abord été étonné, puis ravi. Ils s'étaient bien amusés, tous les trois. Puis, quand ils étaient tombés, bras et jambes enchevêtrés, ses mains avaient amorti la chute... et il s'était retrouvé tout près d'elle, trop près. Ses yeux rieurs, ses cheveux roux étalés dans l'herbe et son souffle mêlé au sien l'avaient ensorcelé !

Il avait senti son cœur battre tout près du sien et, soudain, une folle envie de l'embrasser s'était emparée de lui.

Qu'est-ce que ça ferait, de sentir la chaleur de sa bouche sous la sienne ?

Il avait été si surpris qu'il s'était écarté aussitôt, comme s'il s'était brûlé. En apercevant Genevieve, appuyée contre le montant de la porte du jardin, un sourire satisfait aux lèvres, il avait ressenti un étrange malaise...

Assez vite, il avait trouvé un prétexte pour prendre congé.

— On se voit demain, au cabinet ? avait-il dit.

Elle avait acquiescé.

— Oui. D'accord.

— Et si Jack a envie de faire une partie de foot un de ces jours, je serais ravi de jouer avec lui.

— C'est gentil de ta part...

Daniel haussa les épaules, vaincu. Il en avait envie. Le petit garçon comblait un besoin, chez lui, dont il s'aperçut soudain qu'il le rongeait depuis un certain temps. Passer du temps avec Jack soulageait la douleur dans son cœur.

À l'idée qu'il avait failli embrasser Stacey, il frissonna. Non, il ne pouvait pas faire ça ! Il n'était pas prêt à s'engager dans une nouvelle relation, et il essaya de chasser de son esprit le souvenir de son regard, de sa bouche qui semblait appeler son baiser...

Il lui avait fallu fournir un immense effort de volonté pour résister à la tentation. Pourtant, il n'était pas du genre à céder à un désir soudain. Il n'avait jamais eu d'aventures. C'était un homme d'engagement, de devoir, pas un play-boy uniquement soucieux de conquête.

De plus, Stacey était une collègue. Une amie. Une mère ! Il aurait beaucoup à perdre en entamant une histoire avec elle. Et si cela ne fonctionnait pas entre eux, la situation deviendrait vite inconfortable, pas seulement pour lui, ou pour eux deux, mais aussi pour son petit garçon, qui avait déjà subi tant de traumatismes dans sa courte vie !

Non, il devait tout faire pour éviter que cela se produise, se promit-il, avant de saisir sa télécommande et d'allumer la télévision.

6

— Salut ! Tu as une minute, s'il te plaît ?

Stacey passa la tête par l'entrebâillement de la porte du bureau de Daniel, entre deux patients. Elle avait quelque chose d'important à lui demander.

Il lui sourit quand elle prit place en face de lui.

— Ce matin, j'ai reçu un mail de la responsable de formation du cabinet. Elle souhaite que je participe à une journée sur la démence, mercredi prochain. Mais c'est à Southampton, et je ne serai pas rentrée avant 19 heures ce soir-là. C'est malheureusement le jour qu'ont choisi mes grands-parents pour partir en excursion à Brighton, et je n'ai donc personne pour s'occuper de Jack.

Elle le regarda dans l'espoir qu'il comprendrait le message avant qu'elle n'ait à le solliciter directement.

— Et tu veux que je le garde, c'est ça ?

Elle laissa échapper un soupir de frustration.

— Je sais que c'est un grand service, et je ne te le demanderais pas si j'avais le choix, mais j'ai vu que tu n'étais pas de garde ce soir-là, alors...

Il sourit.

— Bien sûr, compte sur moi.

— Tu es sûr ?

— Oui. On va jouer au foot... commander une pizza. Une soirée entre mecs, quoi !

Quel soulagement ! Elle était ravie.

— Merci. Tu n'imagines pas à quel point je te suis reconnaissante !

— J'aime bien Jack. C'est un gentil garçon. Nous allons passer un bon moment.

— Merci.

Elle se leva, un peu gênée. Devait-elle lui serrer la main, l'embrasser, ou...

L'embrasser ?

Elle pensait à ça depuis qu'ils s'étaient retrouvés tous les deux allongés dans l'herbe, chez ses grands-parents. Cette image passait et repassait sans cesse dans son esprit, tel un mantra.

Ce serait plus facile s'il n'était pas aussi séduisant, et si elle ne se sentait pas si seule. Depuis que Jerry les avait abandonnés, elle et son fils, elle avait tout vécu seule : sa grossesse, son accouchement, les premiers mois de la vie de Jack. Tout le temps, elle se remettait en question et doutait de prendre les bonnes décisions. Avoir quelqu'un à qui parler lui manquait. Quelqu'un sur qui se reposer, parfois...

Sa rencontre avec Daniel avait réveillé son désir de femme, un désir en sommeil depuis trop longtemps !

Comme elle ne faisait pas mine de partir, il demanda :

— Je peux faire autre chose pour toi ?

Oui : embrasse-moi...

— Non, c'est tout, balbutia-t-elle en rougissant et en reculant vers la porte, mal à l'aise.

— Bonne fin de matinée, alors...

— À toi aussi.

Une fois dans le couloir, elle laissa échapper un énorme soupir de soulagement et s'accorda quelques instants pour se ressaisir avant de voir sa patiente suivante, une femme d'âge moyen appelée Daisy Goodman.

Dès qu'elle entra dans son cabinet, celle-ci éclata en sanglots.

— Je suis désolée, docteur...

— Je suis là pour vous aider, dit Stacey d'un ton rassurant. Que se passe-t-il ?

— Je crois que la ménopause approche. J'ai d'importantes

sautes d'humeur qui sont sans doute dues à un bouleversement hormonal. Mon mari dit que c'est comme vivre avec le Dr Jekyll et Mr Hyde. Je m'emporte très vite, puis je me calme tout aussi vite.

— Avez-vous remarqué un changement dans votre cycle ?

Daisy hocha la tête et prit un mouchoir.

— J'ai toujours eu des règles très régulières, mais ces derniers temps elles sont de plus en plus abondantes.

— Quels autres symptômes avez-vous notés ?

— Je suis complètement insomniaque ! Et j'ai des sueurs nocturnes et des bouffées de chaleur qui me gâchent complètement la vie. Je n'en peux plus !

— Je vais vous examiner.

Stacey se leva pour prendre la tension de sa patiente. Elle était légèrement élevée, ce qui était probablement dû à son état émotionnel.

— Des maux de tête ? demanda-t-elle.

Daisy acquiesça en se tamponnant les yeux.

— Oui.

— Souffrez-vous de sécheresse vaginale ? De douleurs pendant les rapports ?

— Oui. Devrai-je faire une prise de sang ? J'ai très peur des piqûres !

— Non. Nous nous fondons sur les antécédents et les symptômes des patientes pour déceler la ménopause, mais il me semble qu'il s'agit bien de cela. Vous avez cinquante et un ans, donc c'est tout à fait cohérent. Avez-vous réfléchi à ce que vous aimeriez faire pour essayer de combattre ces symptômes ?

— Je n'aime pas prendre des comprimés, mais je voudrais essayer un traitement hormonal de substitution, si c'est possible.

— Je peux vous en prescrire un sous forme de gel ou de patch.

— Un patch me paraît bien.

Stacey sourit.

— D'accord. Des antécédents de caillots sanguins dans la famille ?

— Non.

— Des cancers du sein ?

— Non.

— Très bien. Eh bien, je peux vous prescrire un patch à faible dose – 25 milligrammes pour commencer. Vous verrez comment cela se passe, puis vous reviendrez dans trois mois pour un contrôle avec l'infirmière. Si vous avez besoin d'une dose plus forte, nous pourrons l'augmenter.

Elle imprima l'ordonnance et la signa avant de la lui tendre.

— Aviez-vous autre chose à me dire, aujourd'hui ?

— Non. Merci de m'avoir écoutée, docteur.

— Mais je vous en prie ! Je suis là pour ça.

Daisy se leva et prit congé, tandis que Stacey commençait à rédiger ses notes dans son dossier.

— Tu penses à ta maman ?

Daniel s'accroupit devant Jack, dans le jardin. Le garçon ne semblait pas lui-même, aujourd'hui. Il hocha la tête.

— Tu as passé une mauvaise journée, à l'école ? demanda-t-il doucement.

— Non.

— Personne ne t'a contrarié ?

L'enfant secoua la tête.

— Tu n'as pas beaucoup mangé, au dîner.

Il posa le dos de sa main sur le front de Jack. Il avait un peu chaud et il était très pâle.

— Tu te sens bien ?

— J'ai mal au ventre.

Les enfants se plaignaient souvent d'avoir mal au ventre. La plupart du temps, cela n'était pas grave, mais Daniel était tout de même un peu inquiet. Il était censé s'occuper de Jack et il voulait se montrer digne de la confiance que lui accordait Stacey. Il ne fallait pas que son fils soit malade quand elle rentrerait.

— Où est-ce que ça fait mal ? Montre-moi.

Jack désigna son nombril.

— Ici.

— Je peux regarder ?

Gêné, Jack répondit d'une petite voix :

— Je ne montre pas mon ventre aux gens.

Daniel sourit.

— Laisse-moi te dire un secret : moi non plus, je ne montre pas mon ventre aux gens.

— Toi aussi, tu as une tache de naissance sur le tien ? demanda Jack.

— Oui, mais elle est toute petite.

— La mienne, elle est très grosse.

— Je suis médecin, tu sais, et j'ai déjà vu plein de taches de naissance.

Jack réfléchit un instant, avant de dire :

— D'accord. Mais dans la maison.

Daniel acquiesça et suivit le jeune garçon dans l'annexe, où il lui proposa de s'allonger sur le canapé.

— J'ai une question à te poser avant, ma question préférée : as-tu fait caca aujourd'hui ?

Jack sourit.

— Maman dit qu'on ne doit pas parler de ça à table.

— Eh bien, nous ne sommes pas à table. Alors ?

Jack secoua la tête.

— Et tu as fait pipi ?

Jack acquiesça, puis souleva lentement son T-shirt.

Daniel veilla à ne pas changer l'expression de son visage. Il ne fut pas choqué par ce qu'il découvrit, mais il comprenait parfaitement pourquoi Jack ressentait le besoin de cacher son ventre. La tache de naissance s'étendait de la hanche droite jusqu'au mamelon gauche. Elle n'était ni rouge ni en relief, mais elle était grande, et il était de tout cœur avec ce petit garçon qui avait souffert des moqueries de ses camarades.

Il frotta ses mains l'une contre l'autre pour les réchauffer.

— Je peux appuyer un peu sur ton ventre ?

Jack hocha la tête.

— Si tu as mal quelque part, tu me le dis, d'accord ?

Le ventre de Jack était doux et palpable, et celui-ci ne protesta pas lors de la palpation

Daniel se demanda si le problème de l'enfant n'était pas simplement que sa mère lui manquait. Tout était nouveau pour lui : le cadre de vie, l'école, les camarades de classe...

Il consulta sa montre.

— Tu veux appeler ta maman ? Elle doit être en train de rentrer chez elle, mais je sais qu'elle a connecté son téléphone à l'ordinateur de sa voiture, alors elle peut sûrement te parler.

Le visage de Jack s'éclaira.

— D'accord.

Stacey appuya sur le bouton du haut-parleur quand le téléphone sonna.

— Allô ?

— Salut. J'ai un garçon un peu malade ici, qui veut parler à sa mère.

Jack était malade ? Aussitôt, Stacey fut sur ses gardes. Quand il fréquentait son ancienne école, Jack feignait souvent d'être malade pour échapper aux camarades qui le harcelaient. S'il recommençait, ce n'était pas bon signe...

— Cela s'est mal passé à l'école ?

— Il dit que non. Tu veux lui parler ? Je t'ai mise sur haut-parleur.

— Bien sûr. Salut, Jack ! Comment ça va, mon chéri ?

— Ça va. J'ai mal au ventre.

— D'accord. Daniel ? Il a de la fièvre ?

— Il est un peu chaud, mais rien d'alarmant.

— Il y a du paracétamol pédiatrique dans un des placards de la cuisine.

— D'accord.

— Quand rentres-tu ? demanda Jack.

— Bientôt, mais je suis coincée dans les embouteillages en ce moment. Je fais de mon mieux, d'accord ? Jack ? Fais ce que Daniel te dit, et essaye de dormir un peu ou de regarder un film. Tu dois être au lit à 20 heures au plus tard.

— D'accord, maman.

— Je t'aime, mon chéri.

— Moi aussi, maman.

— À bientôt.

— Bisous, maman.

Quand elle eut raccroché, elle continua de songer à Jack, les yeux fixés sur la vitre arrière du véhicule qui se trouvait devant elle.

Et si son fils lui mentait ? S'il avait eu un problème à l'école et n'osait pas lui en parler ?

Tout à coup, elle ressentit une vive douleur, puis se rendit compte qu'elle s'était mordu la lèvre jusqu'au sang.

Daniel commençait à s'inquiéter. Cela faisait plus d'une heure qu'il avait appelé Stacey, et elle n'était toujours pas rentrée. Et Jack se plaignait encore de douleurs au ventre.

— Ça ne va pas mieux depuis que je t'ai donné le médicament ?

— Non. Ça fait encore plus mal.

— Montre-moi où.

Jack désigna un point entre son nombril et sa hanche droite.

— Je peux toucher ?

Jack hocha faiblement la tête. Il était pâle, et ses cheveux étaient trempés de sueur.

Daniel palpa son abdomen, et Jack gémit quand il appuya sur le point de McBurney.

— Est-ce que ça fait plus mal quand j'appuie ou quand je m'arrête ?

— Quand tu t'arrêtes.

Il présentait les symptômes d'une appendicite, mais Daniel ne voulait pas réagir de manière excessive, ni attendre trop longtemps. Si quelque chose arrivait à Jack, il ne se le pardonnerait jamais. Il était médecin, et Stacey lui avait confié son enfant. Il avait peut-être été incapable d'aider sa femme ou son propre fils, mais il pouvait aider Jack. Or il valait mieux prévenir que guérir, il le savait.

— Je pense que tu as besoin de voir un autre docteur, Jack.

— Pourquoi ?

— Il y a quelque chose dans ton ventre qui s'appelle l'appendice, et je crois que c'est ce qui te dérange. Je peux me tromper, mais je vais appeler une ambulance. N'aie pas peur, d'accord ?

— Je veux Grover ! pleurnicha l'enfant.

Daniel lui passa son ours en peluche. C'était un vieux doudou élimé, mais Jack l'adorait. Mason, lui, avait un ours qu'il avait baptisé Butters. Il trônait aujourd'hui dans le bureau de Daniel, sur une étagère, près du portrait du garçon qui l'avait tant aimé.

Le cœur battant, il prit son portable et composa le numéro des urgences.

En apprenant que Daniel avait appelé une ambulance, Stacey sentit son angoisse monter d'un cran. Le pire, c'était qu'elle était toujours coincée dans les embouteillages, même si elle était très proche de la sortie qu'elle devait emprunter. La voie se trouvait là, à quelques dizaines de mètres devant elle, mais elle ne pouvait pas l'atteindre ! Il n'y avait pas de bande d'arrêt d'urgence sur cette partie de la route, et aucun moyen pour elle de contourner les voitures qui la précédaient. Elle n'avait plus qu'à attendre.

Elle tenta de se raisonner en se disant que son fils était entre de bonnes mains, les meilleures même. Ses grands-parents appelèrent pour lui dire qu'ils étaient de retour à la maison et filaient à l'hôpital. Au ton de sa voix, Stacey comprit que sa grand-mère était aussi inquiète qu'elle.

— J'arrive, mon chéri, dit-elle tout bas, quand les voitures devant elle avancèrent de nouveau.

Elle se retrouva coincée derrière un apprenti conducteur qui roulait en dessous de la limite autorisée, mais elle réussit à le dépasser et elle accéléra en direction de l'hôpital. Si son fils devait subir une appendicectomie, elle voulait être à ses côtés !

Elle songea à tout ce qui pouvait mal tourner. Infection. Péritonite. Septicémie… Il lui fallut faire preuve d'un énorme effort de concentration pour se remémorer les statistiques. Des milliers de personnes étaient opérées de l'appendicite chaque année et se rétablissaient parfaitement. Sans complications.

Mais en médecine, rien n'était jamais gagné d'avance, n'est-ce pas ?

Elle réussit à trouver une place de parking, puis se précipita aux urgences.

— Stacey ?

Elle se retourna et découvrit son grand-père, qui attendait son thé près du distributeur automatique.

— Ta grand-mère est très inquiète, tu sais, dit-il. J'ai pensé qu'un thé pourrait la calmer, et je lui ai que je passerais voir si tu étais arrivée.

— Comment va Jack ?

— Il a été transféré en chirurgie.

— Quoi ? Pourquoi personne ne m'a appelée ?

— On n'a pas eu le temps, ma chérie. Les médecins craignent que son appendice éclate, alors ils veulent l'opérer le plus tôt possible.

Il prit son bras.

— Viens, je vais te conduire auprès de lui.

Elle acquiesça et suivit son grand-père, sans accélérer le pas pour ne pas le fatiguer. Elle connaissait ses limites et, si Jack était déjà en chirurgie, il n'y avait aucune raison de se précipiter.

Elle essayait de ne pas penser à lui, tout seul en salle de pré-op.

Dans la salle d'attente familiale, sa grand-mère fait les cent pas et Daniel était assis sur une chaise en plastique verte, le regard dans le vague.

— Regardez qui est là ! lança son grand-père.

Quand ils levèrent tous deux la tête, elle vit des larmes dans les yeux de sa grand-mère et un grand soulagement dans ceux de Daniel.

— Des nouvelles du bloc ?

— Non, dit sa grand-mère en acceptant volontiers la tasse de thé que lui tendait son mari.

Daniel se leva et posa la main sur son bras.

— Tu vas bien ? demanda-t-il.

Elle lui fut reconnaissante de se préoccuper ainsi d'elle.

— Oui. Mais j'ai peur.

— C'est normal. Je sais exactement ce que tu ressens, répondit-il avec calme, les yeux embués.

— Ont-ils dit combien de temps ça pourrait durer ?

— Non. Mais une infirmière a promis qu'elle viendrait nous donner des nouvelles dès qu'elle le pourrait, précisa sa grand-mère.

— Viens, assieds-toi, suggéra Daniel.

Elle prit place à côté de lui, dans l'un de ces affreux sièges verts. Elle ne s'était jamais sentie aussi impuissante de toute sa vie. Quand ses larmes commencèrent à couler, sa grand-mère lui tendit un mouchoir.

— Nous avons passé une si belle journée à Brighton ! dit celle-ci en secouant la tête d'un air accablé.

— Je sais, dit Stacey. Ce qui se passe est tellement... irréel.

Daniel lui prit la main et la serra. Il voulait lui faire comprendre qu'il était là. Qu'il comprenait.

Sans réfléchir, elle posa la tête sur son épaule. Elle se sentait bien. C'était ce dont elle avait besoin, en ce moment. Un peu de soutien de la part de quelqu'un qui, elle le savait, était probablement aussi terrifié qu'elle. Et qui comprenait son désarroi.

— Je vais aller me dégourdir un peu les jambes, dit soudain sa grand-mère.

— Je t'accompagne ! répondit aussitôt son grand-père en prenant le bras de sa femme.

Ils disparurent, laissant Daniel et Stacey seuls.

— Devrais-je appeler quelqu'un ? demanda soudain Stacey, comme une foule de pensées tourbillonnaient dans sa tête.

— Qui ? Toute la famille est ici.

Elle resta silencieuse pendant un moment, puis souffla :

— Pas tous. Jerry n'est pas là.

Daniel lui tendit son portable.

— Si tu as besoin de l'appeler, fais-le.

Elle lui jeta un regard, puis se ravisa.

— Non, il n'a jamais demandé de nouvelles de Jack, après tout.

Elle déglutit, soudain très triste pour son fils à qui elle se sentait coupable de ne pas avoir réussi à donner un père.

Elle chercha des réponses dans les yeux de Daniel. Comment était-elle censée faire face à une telle épreuve ? Elle se perdit dans les profondeurs de ses yeux bruns, où brillait une lueur rassurante.

Son visage était tout près du sien, et sa main toujours dans la sienne. Il aurait suffi qu'elle s'approche pour…

— Vous êtes les parents de Jack ?

La voix la ramena à la réalité, et elle lâcha précipitamment la main de Daniel pour se tourner vers l'infirmière qui venait d'entrer dans la salle d'attente.

— Oui, je suis sa mère.

— L'opération s'est bien passée. Il est en salle de réveil. Voulez-vous venir le voir ?

Oh ! quel soulagement !

— Oui.

Quand elle leva les yeux vers Daniel, elle eut l'impression qu'il était devenu un autre homme. Un homme absent, qui fuyait son regard.

Jack était allongé sur le lit d'hôpital, son ours posé sur son cœur. Une perfusion pendait à son bras et, bien qu'il soit toujours pâle, il avait l'air beaucoup mieux.

Stacey se précipita à son chevet et vit son petit visage s'éclairer.

— Mon chéri ! souffla-t-elle avant de déposer un baiser sur son front. Comment te sens-tu ?

— Ça va.

— Tu n'as plus mal ?

— Non. Plus maintenant. Où est Daniel ?

— Je suis là, dit Daniel en s'avançant à son tour vers le lit.

Le petit garçon sourit et ferma les yeux, avant de plonger à nouveau dans le sommeil.

Le lundi suivant, Daniel avait pris sa décision : il voulait prendre ses distances avec Stacey, avant d'aller trop loin et de commettre une grossière erreur. Tout à l'émotion de l'instant, il avait failli l'embrasser l'autre jour, dans la salle d'attente ! Il fallait à tout prix éviter que ce genre de situation se reproduise. Voilà pourquoi il ne voulait pas aller dîner chez les Clancy, ce soir. De toute façon, il était de garde et avait aussi une visite à domicile à effectuer. Il appela chez ses amis pour les prévenir, et ce fut Will qui décrocha.

— Allô ?

— Bonjour, c'est Daniel.

— Ah ! notre héros ! Comment vas-tu ? Merci de t'être si bien occupé de Jack et d'avoir été là pour Stacey.

Il n'avait rien d'un héros, mais ne releva pas.

— Je vais très bien, merci. J'ai une visite à domicile ce soir après le travail et j'enchaîne avec une garde, alors je ne pourrai pas venir dîner.

— Oh ! quel dommage ! Je sais que Genevieve voulait cuisiner un plat spécial pour toi – pour te remercier de ce que tu as fait pour Jack.

— Ce n'est pas la peine, voyons !

— Tu plaisantes ! Que vas-tu manger ce soir ? Probablement un sandwich acheté au supermarché, n'est-ce pas ? Ce n'est pas bon pour la santé, tu le sais mieux que moi. Je vais demander à Gen de te garder une part que tu pourras passer prendre en rentrant chez toi. Tu la réchaufferas au micro-ondes.

— Je ne veux vraiment pas qu'elle se donne du mal…

— Ne fais donc pas tant d'histoires, Daniel ! Tu fais partie de la famille et tu sais bien que Genevieve aime nourrir tout le monde ! Si tu refuses, elle va se tracasser parce que tu ne prends pas soin de toi. Si tu ne le fais pas pour toi, fais-le pour moi !

Il sourit.

— D'accord. Mais ce sera une visite éclair.

— Parfait !

Lorsqu'il arriva chez les Clancy ce soir-là, il resta assis dans la voiture un court moment et prit une profonde inspiration. Il appréhendait de revoir Stacey. Elle n'était pas venue travailler depuis la semaine dernière, car elle s'était occupée de la convalescence de Jack, mais il supposait qu'elle serait chez ses grands-parents aujourd'hui, comme tous les lundis soir.

Une fois qu'il se sentit prêt, il s'engagea dans l'allée, tout en inventant une foule de prétextes pour ne pas rester, afin de ne pas mettre Stacey mal à l'aise. Ou lui-même ! Mais quand il entra dans la maison, seuls William et Genevieve l'attendaient.

— Stacey et Jack ne sont pas là, ce soir, l'informa Genevieve.

— Jack a encore besoin de se reposer, précisa William en fermant son journal et en se levant pour attraper un plateau couvert de nourriture. C'est encore chaud, si tu préfères manger ici ?

— Non merci, mon patient m'attend, dit Daniel en prenant le plateau recouvert d'une serviette.

— Tout va bien entre toi et Stacey ? demanda Genevieve, curieuse.

Il hocha la tête et lui adressa un sourire rassurant.

— Oui.

— Elle ne t'en veut pas, tu sais. Pour l'appendicite de Jack. Elle sait que ça serait arrivé même si elle avait été présente.

— Je sais, et tout va bien, je vous assure.

Genevieve eut une moue dubitative, et ne put s'empêcher d'insister.

— Hum… Tu sais que tu peux tout nous dire, Daniel. Nous sommes là pour toi. Nous l'avons toujours été.

Elle se leva et le serra brièvement dans ses bras.

— Très bien. Eh bien, tu ferais mieux de partir, si tu es pressé !

— Oui, j'y vais.

Il les remercia une fois de plus et regagna sa voiture. Il se détestait de leur avoir menti. Mais qu'aurait-il pu dire ?

Votre petite-fille et moi avons failli nous embrasser, et depuis un malaise s'est installé entre nous. Et ni elle ni moi ne sait gérer la situation…

Honteux de s'être montré aussi lâche, Daniel démarra le moteur et s'éloigna à toute allure.

7

Stacey retourna au travail le jour où Jack reprit l'école. Elle avait apprécié de passer du temps avec lui à la maison.

Juste au moment où elle se préparait et enfilait une jupe bleu marine, sa grand-mère l'avait appelée pour lui dire qu'elle avait vu Walter, l'organisateur de la fête du village, et que celui-ci avait accepté qu'elle fasse partie du jury du concours de bébés costumés avec Zach et Daniel. Cette nouvelle l'avait plongée dans la plus grande perplexité. Comment échapper à ce qui ressemblait à une obligation ?

Elle n'avait pas eu de mal à éviter Daniel ces derniers temps. Il travaillait tous les jours, sauf le week-end, et elle avait laissé les rideaux fermés et baissé les stores de la fenêtre de la cuisine pour regarder des films en mangeant du popcorn avec son fils.

Jack se rétablissait à merveille. Au début, il avait eu un peu peur de se lever et de marcher mais, lorsqu'il s'était rendu compte qu'il n'avait plus mal – grâce aux puissants antalgiques qu'on lui avait administrés –, il avait redoublé d'efforts. Quelques jours auparavant, à sa grande surprise, il avait même demandé quand il pourrait retourner à l'école.

— Sam me manque, maman. Et George et Toby aussi !

Elle avait ri, ravie de la tournure que prenaient les événements. Malgré ses difficultés avec Daniel, peut-être que déménager ici avait été une bonne chose pour son fils ?

Quand elle arriva au cabinet, après avoir déposé Jack à l'école, elle se précipita dans son bureau et ferma la porte derrière elle. Elle espérait pouvoir s'éclipser pour déjeuner sans croiser Daniel, puis revenir finir ses consultations et rentrer chez elle.

Hélas, sa journée ne se déroula pas comme prévu car, à peine arrivée, elle entendit frapper à sa porte.

— Entrez...

En découvrant Daniel, elle sentit son cœur battre douloureusement dans sa poitrine. Elle fixa l'écran de son ordinateur.

— Il faut qu'on parle, dit-il sans préambule.

— Ah oui ? répliqua-t-elle sans lever la tête.

— Oui. De ce qui s'est passé.

— Ce n'est pas le moment, Daniel.

— Quand, alors ? Tu m'évites depuis la convalescence de Jack. J'ai frappé chez toi le week-end dernier. Tu étais là, mais tu n'as pas répondu.

Daniel prit place en face d'elle, dans le fauteuil réservé aux patients.

— Nous sommes des adultes, alors comportons-nous comme tels, proposa-t-il. Il ne s'est rien passé entre nous, il n'y a aucune raison pour que nous ne puissions pas être amis.

Elle leva vers lui un regard incrédule.

— Tu crois peut-être que c'est aussi simple ?

— Oui ! J'ai été aussi marqué que toi par ce qui a failli se passer. Crois-moi, je ne veux pas développer des sentiments pour toi et Jack, car je ne pense qu'à ce qui se passera quand ça sera fini. J'ai tellement peur de ce que je ressentirais si tout tournait mal que je ne veux même pas commencer. Alors soyons amis, d'accord ?

Sa franchise et son honnêteté étaient surprenantes et forçaient l'admiration ! Elle aurait dû se douter qu'il n'était pas comme Jerry...

— Tu as raison, dit-elle enfin. J'ai ressenti la même chose.

— Ah oui ?

Elle acquiesça.

— Je suis peut-être pessimiste mais, quand on a vu sa vie

entière bouleversée par une relation amoureuse, on est terrifié par la suivante !

— Je ne veux pas que tu te sentes obligée de partir d'ici sans véritable raison, reprit-il.

— Je ne l'ai pas vraiment envisagé, répondit-elle avec un sourire. En tout cas, pas encore.

— Alors, on continue comme ça ? On reste amis ?

Elle lui tendit la main, qu'il serra dans la sienne.

Elle continua de sourire, ignorant le frisson qui parcourait tout son corps.

— OK. On se voit plus tard, alors ?

— D'accord.

Elle le regarda partir, ne relâchant son souffle que lorsque ses pas s'éloignèrent dans le couloir.

Daniel se sentit beaucoup mieux après avoir parlé à Stacey. Il se félicitait d'avoir suivi les conseils de Zach à ce sujet, qui lui avait recommandé de se montrer direct et honnête envers Stacey.

Zach – dont Daniel savait qu'il avait des sentiments secrets pour Hannah, la nouvelle infirmière – hésitait encore à lui proposer un rendez-vous, de crainte de l'effrayer. Il pensait que, puisque Daniel et Stacey n'étaient pas encore engagés, ils devaient parler, mettre les choses au clair.

C'était précisément ce que Daniel avait fait. Il était terrifié, mais il avait réussi ! Cependant, il n'était pas tout à fait vrai qu'ils n'étaient pas encore engagés l'un envers l'autre. Il se sentait impliqué, et c'était à cause de cela qu'il devait s'éloigner, avant d'être trop attaché à la famille de Stacey, à son histoire, à son fils… Il avait quasiment été adopté par ses grands-parents. Il avait gardé Jack, s'était occupé de lui quand il était malade. De plus, il travaillait avec Stacey.

Et puis, surtout, il y avait eu ce moment, à l'hôpital, où ils avaient failli s'embrasser…

Il devait se libérer d'elle. C'était la seule façon de protéger son cœur désormais si fragile.

Sa première patiente de la journée était une jeune femme de vingt-six ans, Brooke Miller, qui s'assit en face de lui avec un sourire nerveux.

— Bonjour. Qu'est-ce qui vous amène ?

— Je veux arrêter de fumer. J'ai déjà essayé par moi-même mais, comme je n'ai pas réussi, j'ai besoin de conseils avisés.

— En général, je demande au patient quelle est sa motivation, demanda Daniel. Si la motivation est forte, alors c'est une bonne base.

— Je veux un bébé. Avec Jacob, nous souhaitons fonder une famille. Mais je m'inquiète de l'effet du tabac sur ma grossesse.

— D'accord. C'est une excellente raison !

Daniel ouvrit le tiroir de son bureau pour prendre un prospectus sur le sevrage tabagique qui listait les groupes de soutien et des sites web utiles.

— Combien de cigarettes fumez-vous par jour ?

— Une vingtaine.

— Et comment avez-vous arrêté, la première fois ? Juste la volonté ?

— Oui. Mais j'ai commencé à manger tout le temps et à prendre beaucoup de poids.

Daniel sourit.

— Je pourrais vous prescrire des patchs et des chewing-gums à la nicotine ? Le chewing-gum est sans sucre, et il est vraiment utile, combiné aux patchs.

Elle acquiesça.

— Ça me paraît très bien. Je pense que j'ai des tendances à l'addiction et peu de volonté, alors j'ai vraiment besoin d'aide.

— Essayez et revenez me voir dans un mois environ.

Elle prit l'ordonnance qu'il lui tendait, puis ajouta :

— C'est vraiment difficile, vous savez ? Quand on veut quelque chose, qu'on sait ce qu'il faut faire pour y arriver, mais qu'on ne peut pas s'y résoudre… Ça semble insurmontable. Mais c'est encore plus difficile d'abandonner sans avoir essayé, vous ne croyez pas ?

Il la regarda en hochant la tête.

— Oui, parfois cela vaut la peine de se battre, conclut Daniel.

Brooke sourit.

— C'est vrai. Et c'est le cas ici. Merci, docteur Prior...

C'était Hannah, l'infirmière, qui lui avait parlé d'une maison à vendre.

Stacey savait qu'elle devait trouver un logement. Il était hors de question qu'elle reste chez Daniel. L'autre soir, alors qu'elle se tenait devant l'évier de la cuisine, occupée à faire la vaisselle, elle n'avait pas pu s'empêcher de remarquer que Daniel faisait la même chose, à quelques pas de là. Elle avait commencé à l'observer, et l'espace entre eux lui avait soudain paru impossible à franchir. Depuis l'« explication » qui avait eu lieu dans son bureau, elle se demandait ce qu'il pensait. Avait-il autant de mal qu'elle à faire face à la situation ?

Il lui arrivait même de rêver de lui, et c'était de plus en plus frustrant de le savoir si près et en même temps si loin...

Après avoir couché Jack, elle s'était servi un verre de vin et avait vu que Daniel prenait le frais, lui aussi, dans son patio. Il était penché sur un livre et, quand il avait levé les yeux un instant, elle avait reculé d'un pas, de crainte qu'il la surprenne en train de l'espionner.

Elle avait alors compris que rester vivre ici serait trop difficile, et qu'elle devait chercher de toute urgence un nouveau logement.

Mais, maintenant qu'elle venait de visiter le pavillon témoin du lotissement en cours de construction à la périphérie de Greenbeck, elle n'était pas tout à fait sûre de son choix.

Certes, la maison était magnifique, et les décorateurs d'intérieur avaient fait du beau travail. Tout était de bon goût, bien agencé, et l'agent l'avait autorisée à rester un peu pour prendre la température des lieux, après une visite détaillée. Elle prit une profonde inspiration et essaya de s'imaginer le lotissement une fois construit. Toutes les familles qui finiraient par emménager, tous les nouveaux patients qui demanderaient à être pris en charge au cabinet...

Certes, c'était un bel endroit, mais elle et Jack pourraient-ils vraiment vivre ici ?

Les plans prévoyaient un jardin partagé, avec une aire de jeux pour les plus petits, ce qui serait très pratique.

Elle se demandait ce qu'elle devait faire lorsque l'agent se précipita dans l'escalier en criant son nom.

— Docteur Emery ?

— Oui ?

— Je suis désolé de vous déranger, mais nous avons besoin de vous.

Elle fronça les sourcils.

— Comment ça ?

— Un des charpentiers s'est blessé à la main. Pourriez-vous venir l'examiner en attendant qu'on le conduise à l'hôpital ?

Sans hésiter, elle répondit :

— Oui, bien sûr.

Cela arrivait parfois quand elle sortait, à Greenbeck. Les gens savaient qu'elle était médecin et l'appelaient en cas d'accident. Elle n'avait pas sa trousse avec elle et n'était pas sûre de l'aide qu'elle pourrait apporter, mais elle suivit tout de même l'agent, qui la conduisit sur un chantier où l'attendait un jeune homme, la main enveloppée dans une serviette.

Elle le fit asseoir, puis demanda :

— Que s'est-il passé ?

— J'ai trébuché sur un morceau de bois et j'ai tendu les mains pour arrêter ma chute. Je suis tombé sur une scie. C'est impressionnant, mais je suis sûr que les coupures sont superficielles. Tout va bien…

Elle sourit.

— Laissez-moi en juger, d'accord ? Je peux jeter un coup d'œil ?

Il acquiesça, et Stacey découvrit une blessure assez importante à la base de la paume de l'homme. Un centimètre ou deux de plus et les dents de la scie auraient entaillé son poignet, là où passent tous les nerfs et artères délicats. Il faudrait bien nettoyer la blessure et faire des points de suture.

— Vous sentez quelque chose quand je pose le doigt ici ? demanda-t-elle.

— Oui.

— Et là ?

Elle testa son temps de remplissage capillaire, qui lui parut bon.

— Je ne sais pas si vous aurez besoin d'une chirurgie de la main, mais dans un premier temps il faut aller à l'hôpital et suturer cette blessure.

Il fronça les sourcils.

— Vous êtes sûre ?

— Oui. Il faut commencer par nettoyer correctement cette blessure. Vous êtes à jour dans vos vaccins contre le tétanos ?

— Je ne sais pas.

— Eh bien, il faudra le vérifier.

— Vous ne pouvez pas le faire pour moi, au cabinet ?

— Nous ne prenons pas les patients sans rendez-vous, et nous ne sommes pas équipés pour traiter les traumatismes et les blessures.

— D'accord. Très bien. Merci, docteur.

— De rien.

Elle rentrait chez elle quand elle croisa Daniel, qui sortait ses poubelles.

— Salut.

— Salut.

Elle vit son regard se poser sur la brochure qu'elle tenait à la main et, l'espace d'un bref instant, il eut l'air perplexe, presque peiné. Mais très vite son visage s'éclaira, et il afficha un beau sourire.

— Tu cherches un nouveau logement ?

Elle haussa les épaules.

— Oui, je commence à me renseigner. Je ne veux pas m'imposer chez toi trop longtemps.

— Ce n'est pas un problème. Je t'ai dit que tu pouvais rester aussi longtemps que tu le souhaitais.

— C'est gentil de ta part.

— Tu as trouvé un logement qui te plaît ?

Elle rougit, puis réalisa qu'il parlait des pavillons du nouveau lotissement

— Oh... euh... ce genre d'endroit est très beau et bien conçu, mais je cherche un logement qui ait un peu plus de charme, de caractère.

Il acquiesça.

— Je comprends.

Elle resta plantée là, incapable de trouver un seul mot à ajouter. Puis elle dit :

— Au fait, j'ai accepté de faire partie du jury des costumes pour la fête du village.

— Ah oui ?

— Oui.

Elle rit d'un air gêné.

— Grand-mère a tellement insisté que j'ai fini par craquer.

— C'est super. J'ai hâte d'y être. Comment va Jack ?

— Il va toujours bien. Il est de retour à l'école.

— C'est génial. Cela doit lui faire du bien de revoir ses amis.

— Oui.

De nouveau, un silence embarrassant s'installa, que Daniel rompit par une question.

— Tu te souviens que c'est l'anniversaire de Shelby, demain ?

— Oui. Je suis au courant.

— J'ai dit que j'apporterai un gâteau, mais je ne suis pas très doué en pâtisserie. Tu as une idée de ce qui serait à ma portée ?

Les amis de Shelby allaient organiser une petite fête pour leur collègue de travail à l'heure du déjeuner, lorsque le cabinet était fermé. Ils avaient tiré au sort ce que chacun devrait apporter, et Stacey était tombée sur les biscuits apéritifs au fromage tandis que Daniel – le pauvre ! – devrait se charger du dessert.

— Je peux t'aider, proposa-t-elle gentiment. Nous sommes amis, après tout, non ?

Elle afficha un sourire qu'elle espérait serein, alors que Daniel hochait la tête, incrédule.

— Tu ferais ça ?

Elle haussa les épaules.

— Bien sûr ! Pourquoi pas ?

— Veux-tu venir chez moi, ou préfères-tu que je vienne chez toi ?

— Je viendrai chez toi. Je demanderai à ma grand-mère de garder Jack. Je peux passer vers 20 heures ? C'est d'accord ?

— Bien sûr.

— J'apporterai tous les ingrédients dont nous aurons besoin.

Ce soir-là, à l'heure dite, Stacey se présenta chez Daniel, un panier à la main, et sourit lorsqu'il lui ouvrit la porte.

Il avait changé de chemise, remarqua-t-elle, et ses cheveux étaient humides. Avait-il pris une douche ? En tout cas, il sentait bon ! Une subtile fragrance ambrée et fleurie lui flatta les narines, et elle ne put s'empêcher d'admirer – discrètement bien sûr – le beau spécimen masculin qu'était le Dr Daniel Prior.

Tout à coup, elle songea que venir chez lui n'était peut-être pas une bonne idée, mais elle se ressaisit bien vite. Quoi de plus naturel pour des amis que de cuisiner ensemble ? Et puis, elle avait promis de l'aider !

— Alors, qu'est-ce qu'il y a dans ce sac ? demanda-t-il, curieux.

— Plein d'ingrédients pour faire de la pâtisserie. Et toi, qu'est-ce que tu as dans tes placards ?

Daniel sourit.

— J'ai fouillé partout. J'ai trouvé des œufs, de la farine, de l'essence de vanille qui, étonnamment, n'est pas périmée, et du sucre glace.

— Parfait ! Commençons, alors ! J'ai trouvé une recette qu'il faudrait essayer.

Elle posa son sac sur le comptoir, puis lui montra la recette qu'elle avait imprimée un peu plus tôt.

Daniel leva un sourcil.

— C'est… ambitieux. Un gâteau arc-en-ciel ? Tu en as déjà fait un ?

— Oui, je maîtrise. Épatons nos collègues de travail, d'accord ?

Après s'être lavé les mains, ils se mirent à l'ouvrage. Stacey chargea Daniel de peser les ingrédients, tandis qu'elle sortait les bols et les moules, puis dosait les colorants alimentaires qu'elle avait apportés.

— Tu es sûre de ça ? On peut vraiment faire un gâteau à six couches ? demande Daniel.

— Bien sûr qu'on peut ! Pourquoi pas ?

Elle sourit, puis ajouta pour le rassurer :

— Tout se passera bien, tu verras.

— Sucre cristallisé, œufs, farine, lait, tout y est ! Où est l'extrait de vanille ?

— Juste là...

Stacey le lui tendit, comme elle lui aurait passé un scalpel lors d'une opération.

Il sourit et ajouta quelques gouttes à sa préparation.

— Mixeur, s'il te plaît...

Elle lui passa le batteur électrique, et il plongea les fouets dans le mélange.

— Ta grand-mère doit être contente de garder Jack, non ?

— Oui. Elle m'a donné quartier libre toute la soirée !

Lorsqu'il eut terminé de mélanger la pâte, elle l'aida à la répartir dans trois bols et commença à ajouter des colorants alimentaires rouge, orange et jaune dans chacun d'eux.

— C'est amusant ! dit Daniel. Bien plus que de faire brûler pour la énième fois un gâteau au yaourt !

— Tu ne cuisines pas très souvent, n'est-ce pas ?

— Non. Pas vraiment. C'est Penny qui cuisinait... avant. Elle aimait beaucoup ça, et préparait toujours des pâtisseries pour la fête du village.

— Peut-être que nous devrions participer, cette année, tu ne crois pas ? J'aimerais bien gagner un prix ! lança-t-elle en ajoutant une goutte de colorant jaune au mélange.

— Tu ne crois pas que ça ferait jaser si nous nous présentions ensemble au concours de pâtisserie ?

— Écoute, Daniel, tout le monde à Greenbeck sait que je vis chez toi, et que nous travaillons ensemble au cabinet. Nous sommes tous les deux célibataires. Si tu crois que les ragots ne courent pas déjà, c'est que tu es vraiment naïf !

Il éclata de rire.

— Tu as raison.

— Bon, mettons ces trois couches-là au four et préparons une autre fournée pour les couches verte, bleue et violette.

Lorsque tous les gâteaux furent cuits, puis mis à refroidir sur des grilles, ils commencèrent à préparer le glaçage, en mélangeant le sucre, le fromage frais et le beurre jusqu'à obtenir une pâte épaisse et homogène.

— On peut les superposer maintenant ? demanda Daniel.

— Il faut d'abord vérifier qu'ils sont bien froids. Sinon, le glaçage risque de fondre et le gâteau peut s'effondrer.

— D'accord. C'est toi le chef !

Elle lui sourit.

— Dans cette cuisine, en tout cas.

Daniel commença à glacer et à coller les différentes couches du gâteau. Ils travaillaient avec application, riant chaque fois que le glaçage s'étalait sur le bout de leurs doigts.

— Maintenant, je comprends pourquoi je suis médecin et non pâtissier, déclara Daniel. C'est beaucoup trop salissant !

Plus le gâteau grandissait, plus ils s'amusaient et, quand ils eurent enfin fini de le glacer, ils riaient tellement qu'ils avaient complètement oublié le malaise qui les avait tenus si longtemps séparés.

Stacey mit le gâteau au frais.

— Je ferais mieux de nettoyer un peu... Je ne voudrais pas que le propriétaire pense que j'ai laissé les lieux en désordre.

— Je vais t'aider...

Un quart d'heure plus tard, la cuisine était de nouveau propre, et le lave-vaisselle plein.

Stacey essuya le comptoir, satisfaite de ce qu'ils avaient accompli.

Elle se tourna vers Daniel et lança :

— Fini !

— Pas tout à fait, répondit-il.

Elle regarda autour d'elle.

— J'ai oublié quelque chose ?

Comme Daniel s'avançait vers elle, elle remarqua qu'il avait le regard fixé sur son visage.

— Tu as un peu de farine juste là, dit-il doucement en levant la main pour effleurer la tache sur son menton.

Elle retint son souffle. Lorsqu'elle leva les yeux et croisa son regard, elle sut qu'elle était vaincue. Elle désirait cet homme. Et elle luttait contre ce désir depuis leur première rencontre, au Buttered Bun. Elle avait tout de suite senti qu'il représentait pour elle un danger. Une menace pour son équilibre. Et pourtant, elle était là, dans sa cuisine ! Deux heures durant, ils avaient préparé un gâteau d'anniversaire en riant comme des fous.

Et maintenant, il attendait peut-être qu'elle fasse le premier pas...

Le cœur battant la chamade, le sang bouillonnant dans ses veines, elle s'approcha de lui, posa les mains sur sa poitrine et se hissa sur la pointe des pieds pour poser les lèvres sur les siennes.

Cela faisait si longtemps qu'elle n'avait pas embrassé un homme ! Qu'elle ne s'était pas sentie femme, au plus profond d'elle-même, et n'avait pas éprouvé le sentiment d'être autre chose qu'une mère, un médecin...

Daniel l'avait compris, et elle sut qu'il la voyait désormais telle qu'elle était. Dès que sa bouche se posa sur la sienne, son corps réagit avec force, se lovant contre le sien.

Les mains dans ses cheveux, Daniel laissa échapper un son à la fois rauque et doux, et elle eut envie de lui comme jamais auparavant elle n'avait eu envie d'un homme.

Elle gémit de plaisir quand il la poussa doucement contre le comptoir de la cuisine, avant de laisser courir ses mains sur sa peau. Puis elle sentit qu'il la soulevait, et elle enroula instinctivement les jambes autour de ses hanches en l'attirant à elle.

C'était comme si le temps était suspendu, tout à coup, et que le reste du monde avait sombré dans le néant. Il ne restait plus qu'elle et Daniel.

Elle le goûta, le cœur battant, le souffle court, avide de lui appartenir, enfin. Cela faisait si longtemps qu'elle en rêvait qu'elle avait du mal à se maîtriser.

Stacey gémit de plaisir quand il commença à promener les mains sur son corps, sa langue cherchant la sienne… Depuis la naissance de Jack, elle s'était autorisé quelques rendez-vous, mais cela n'avait jamais rien donné, car au fond elle n'était pas prête. Elle était même terrifiée à l'idée d'aller plus loin avec ces rencontres d'un soir.

Mais avec Daniel, tout était différent.

Elle attrapa sa ceinture et entreprit de défaire la boucle, qui lui résista. Avec un petit rire, Daniel lui vint en aide, avant de reprendre sa bouche avec ardeur. Galvanisée par le grondement sourd qu'il laissa échapper quand elle prit son sexe dans sa main, elle gémit à son tour.

Fou de désir, il lui arracha son slip, avant de l'attirer à lui et de la pénétrer d'un puissant coup de reins.

Elle s'abandonna, haletante. Jamais elle n'avait connu une telle extase, une telle envie de prendre tout ce qu'un homme avait à lui offrir. Éperdue, elle se cambra contre lui, tandis qu'il faisait courir ses lèvres sur sa gorge, murmurant son nom d'une voix rauque…

Tout à coup, une petite voix s'éleva dans sa tête. Était-ce raisonnable de se donner ainsi à lui ? Ne risquait-elle pas d'avoir le cœur brisé ? Mais elle la fit taire en fermant les yeux, vaincue. Comment quelque chose d'aussi bon pouvait-il lui faire du mal ?

Ce n'est qu'après, lorsqu'il l'eut fait jouir comme jamais elle n'avait joui auparavant, qu'elle reprit ses esprits et son souffle, et que la petite voix revint, insistante.

Toujours lovée contre lui, elle reprit peu à peu pied avec la réalité. C'est alors qu'elle comprit avec effroi qu'elle venait de commettre l'irréparable.

Ils se séparèrent dans un silence gêné, comme s'ils n'arrivaient pas à croire ce qui venait de se passer. Daniel l'aida à ramasser ses sous-vêtements et, lentement, il la rhabilla. Il effleura ses mollets, ses cuisses, puis planta ses yeux dans les siens.

De nouveau, elle eut envie de recommencer, au mépris de toute prudence. Mais elle réfréna ses ardeurs, se rappelant que sa grand-mère attendait qu'elle rentre chez elle.

— Je ferais mieux d'y aller. Genevieve m'attend.

Il déposa un léger baiser sur ses lèvres et laissa échapper un soupir déçu.

— Je sais. Est-ce que... tout va bien ?

Elle hocha la tête, lissa ses vêtements et se passa les mains dans les cheveux dans l'espoir d'effacer toute trace de leur étreinte.

— Est-ce que j'ai l'air présentable ?

Daniel lui sourit.

— Bien sûr. Comme toujours.

— On se voit demain au travail ?

— Oui.

Sur le seuil de la porte, elle se retourna et dit :

— N'oublie pas d'apporter le gâteau.

— Ne t'inquiète pas.

Comme elle scrutait son visage pour tenter d'en déchiffrer l'expression, elle perçut de la culpabilité dans ses yeux. Bien sûr qu'il se sentait coupable ! Elle était probablement la première femme avec laquelle il couchait depuis qu'il avait perdu son épouse. Du moins l'espérait-elle car, maintenant qu'elle y pensait, elle se rendait compte que, pris dans l'urgence de leur désir, ils n'avaient pas utilisé de préservatif.

Je prends la pilule. Ça ira...

Sa grand-mère l'attendait devant la porte.

— Oh ! Stacey ! Je commençais à m'inquiéter pour toi. Tout va bien ?

— Oui. Tout va bien.

— Le gâteau est réussi ?

— Il est parfait. Je pense que Shelby sera très contente.

— Toi aussi, tu as l'air contente. Est-ce parce que tu t'es bien amusée avec Daniel ?

Elle rougit.

— Qu'est-ce que tu veux dire ?

Sa grand-mère pencha la tête.

— Je sais qu'il te plaît, ma chérie. Tu crois que je n'ai pas remarqué que tu es différente quand tu parles de lui ?

— Différente ? Qu'est-ce que tu racontes ?

— C'est ta voix ! Ta voix change quand tu prononces son nom… Comme si… c'était quelqu'un de spécial.

— C'est mon propriétaire ! Et un collègue de travail.

— Et… ? ajouta sa grand-mère avec un sourire entendu.

— Et rien ! Désolée de t'avoir fait attendre, grand-mère, mais, maintenant que je suis là, tu peux aller retrouver grand-père. Tu veux que je te commande un taxi ?

— William est déjà en route pour venir me chercher.

— D'accord. Merci d'avoir gardé Jack.

— Tout le plaisir était pour moi.

Genevieve s'avança vers elle et leva la main.

— Qu'est-ce que tu as dans les cheveux ?

C'était une paillette. L'une des nombreuses paillettes que Daniel et elle avaient saupoudrées sur le gâteau une fois le glaçage terminé.

De nouveau, sa grand-mère sourit, mais elle ne fit aucun commentaire.

Son grand-père mit une éternité à arriver, et Stacey fut soulagée de le voir les rejoindre. Une fois ses grands-parents partis, Stacey referma la porte avec un énorme soupir, et songea aux moments magiques qu'elle venait de vivre.

Elle avait fait l'amour avec Daniel, en plein jour, sur le comptoir de la cuisine ! Elle n'avait jamais fait une chose pareille auparavant ! Avec Jerry, même au début, ils faisaient l'amour dans leur lit, et elle était très satisfaite de leur vie sexuelle…

Mais avec Daniel, c'était… bien mieux. C'était merveilleux.

Elle entrouvrit la porte de la chambre de Jack et vit qu'il dormait profondément. Elle gagna ensuite sa propre chambre, se brossa les dents dans la salle de bains attenante, puis se coucha après avoir enfilé son T-shirt et son short préférés.

Quand elle vit dans le tiroir de sa table de chevet la plaquette de pilules contraceptives qu'elle prenait pour lutter contre ses règles abondantes, elle se rendit compte que les jours ne correspondaient pas. Elle avait oublié de prendre sa dose de la veille, et de l'avant-veille aussi !

Envahie par une onde de chaleur soudaine, elle avala la pilule du jour en se disant que tout irait bien. Elle n'avait pas d'autre choix. Elle ne pouvait pas prendre la pilule du lendemain, car elle était allergique à sa substance principale, le lévonorgestrel. Elle l'avait appris au début de sa relation avec Jerry.

Tout ira bien, Inutile de t'inquiéter...

Allongé dans son lit, Daniel ne parvenait pas à trouver le sommeil. Il se retourna, et son regard se posa sur sa photo de mariage. Penny et lui se tenaient à l'entrée de l'église, main dans la main, et souriaient au photographe. Ils étaient tous deux rayonnants de bonheur, absolument certains que leur couple durerait toujours. Qu'ils seraient heureux et vieilliraient ensemble. Qu'une fois le grand âge atteint ils livreraient aux journalistes venus les interviewer le secret d'une union réussie.

Ils avaient même plaisanté à ce sujet, une fois. Daniel avait dit à Penny à quel point il l'aimait et avait juré qu'à l'avenir il dirait à qui voudrait bien l'entendre que pour qu'un couple dure il suffisait d'être loyal et honnête avec son partenaire, quoi qu'il arrive. Et il en était vraiment convaincu. Ces deux qualités étaient essentielles à ses yeux, et il s'était juré de ne jamais trahir sa femme, même après sa mort.

Or qu'avait-il fait avec Stacey, si ce n'était trahir Penny ?

Il ne s'était jamais imaginé avec quelqu'un d'autre et il avait du mal à accepter d'avoir franchi le pas. Il ne s'intéressait d'ailleurs plus aux femmes quand Stacey était entrée dans sa vie. Mais Stacey était belle, généreuse, parfaite, et il avait succombé à son charme !

Aucun d'eux n'avait prévu ce qui s'était passé ce soir. C'était inattendu, et merveilleux ! Dès que ses lèvres avaient touché les siennes, il avait senti sa vie basculer et un immense bonheur l'envahir tout entier. Cela faisait si longtemps qu'il combattait l'attirance qu'il éprouvait pour elle ! La tenir enfin dans ses bras, la posséder avait été...

Il n'y avait pas de mots pour décrire ce qu'il avait ressenti.

Mais la seule chose à laquelle il pouvait penser maintenant était qu'il avait trahi la parole donnée. Jamais il n'avait imaginé cela quand il avait épousé Penny. Ils auraient dû être ensemble pour toujours, mais la mort les avait séparés. Elle et Mason lui avaient été enlevés trop tôt, et il était resté seul. Parce qu'il s'était montré incapable de les aider, de les protéger. Et à cause de cela, il ne méritait pas de trouver le bonheur avec quelqu'un d'autre.

Mais était-ce important qu'il n'ait pas tenu sa promesse ? Qui le savait, après tout, à part lui et Stacey ? Certains seraient ravis qu'il trouve le bonheur avec quelqu'un d'autre. Genevieve et William le seraient, c'était certain.

Nous n'avons pas utilisé de protection.

Dans le feu de l'action, il n'y avait pas pensé. Faire l'amour avec Stacey lui avait semblé si juste, si normal, si nécessaire, qu'il avait oublié de prendre des précautions !

Ils étaient tous deux médecins. Ils se devaient de se montrer raisonnables à ce sujet. Si tant est qu'on puisse l'être après...

Se détournant de la photo, il fixa de nouveau son regard au plafond, dans l'espoir de trouver enfin le sommeil.

Depuis le début de la matinée, Stacey avait traité un cas de dépression post-natale, un ongle d'orteil fongique, un épanchement de synovie et un cas de scarlatine. Quand Daniel frappa à sa porte et entra, elle se leva, rougissante.

— Bonjour.

Il s'avança vers elle, puis s'arrêta. Il sembla hésiter sur la manière de la saluer, puis opta pour un bref baiser sur la joue.

— Bonjour. Comment ça va aujourd'hui ?

Elle acquiesça.

— Bien. Et toi ?

— Bien.

— Tant mieux.

— Je… euh… voulais vérifier qu'après ce qui s'était passé la nuit dernière nous étions… protégés.

Se trompait-elle, ou était-il un peu gêné ? C'était charmant !

— Je prends la pilule, si c'est ce que tu veux savoir.

Il eut un petit rire.

— Oui, c'est ça. Ouf ! Bon…

Devait-elle lui dire qu'elle l'avait oubliée à deux reprises ? Mais était-ce bien utile de l'inquiéter, alors qu'elle se faisait déjà du souci elle-même ? Il n'y avait aucune raison de le stresser.

— Je n'ai rencontré personne depuis la mort de ma femme, dit-il. Donc tu n'as pas à t'inquiéter au sujet des MST.

— C'est bon à savoir. Moi, je n'ai fréquenté personne depuis Jerry, alors…

Il hocha la tête, rassuré.

— Je pense qu'aucun de nous n'a besoin de ce genre de complication, reprit-il.

— Non, en effet…

Comme il s'approchait et posait son front contre le sien, elle lui tendit ses lèvres…

Ce n'est qu'en entendant frapper qu'ils se séparèrent. Ils échangèrent un regard coupable avant de se rasseoir à la hâte.

— Entrez ! dit Stacey.

C'était Hannah, l'infirmière.

— Oh ! salut. Désolée… Je vous dérange ?

— Non ! Pas du tout ! protesta Stacey en s'efforçant de ne pas rougir. Comment puis-je vous aider ?

— J'ai une patiente qui présente une éruption cutanée sur la poitrine et je palpe une grosseur. Voulez-vous venir l'examiner ?

Stacey consulta sa liste du matin. Son prochain patient n'était pas encore arrivé, elle avait donc un peu de temps.

— Bien sûr !

Daniel se leva et lui sourit.

— On se voit plus tard ? Au déjeuner ?

Stacey hocha la tête.

— D'accord.

La fête d'anniversaire de Shelby fut très réussie. La jeune femme n'avait manifestement pas deviné que ses collègues avaient prévu une surprise pour elle, et elle versa des larmes de joie en voyant le buffet qu'ils avaient préparé.

— Et ce gâteau ! Qui l'a fait ? C'est toi, Gayle ? demanda Shelby à l'une des réceptionnistes, réputée pour ses talents de pâtissière.

— Non, répondit celle-ci.

— C'est qui, alors ?

Daniel leva la main.

— C'est moi. Avec l'aide de Stacey.

— Qui aurait cru que tu avais des talents cachés ? répliqua Shelby, ravie.

Daniel était heureux de voir sourire sa collègue. Il se tourna vers Stacey et lui fit un clin d'œil, avant de regarder Zach, qui avait surpris leur échange.

Zach eut un sourire entendu, mais ne fit aucun commentaire. Il se tourna vers Shelby et lui passa un grand couteau, tandis que tous entonnaient « Joyeux anniversaire » en chœur.

Lorsque Shelby s'empara du couteau pour trancher le gâteau, des exclamations retentirent dans la pièce.

— Un gâteau arc-en-ciel ! Oh ! mon Dieu, c'est génial !

Shelby serra très fort Daniel dans ses bras, avant de se retourner et d'enlacer Stacey.

— Vous êtes super, tous les deux !

Stacey sourit, aux anges.

Daniel se sentait merveilleusement bien, lui aussi. Ça lui avait manqué. Il n'avait pas réalisé à quel point il s'était retiré du monde, ces deux dernières années. C'était comme si sa douleur et son chagrin l'avaient isolé de tous, même si tout le monde avait essayé de l'aider. C'était lui qui avait gardé ses amis à distance.

Auparavant, lorsqu'il y avait eu des fêtes d'anniversaire au travail, ou d'autres occasions de se réunir, il avait fait une apparition et bu un verre avant de s'éclipser pour regagner son cabinet. Il préférait rester seul que de voir les autres s'amuser alors qu'il souffrait encore du deuil cruel qui l'avait frappé. Il ne leur en voulait pas d'être heureux, mais leur bonheur le rendait triste parce qu'il savait qu'il ne le connaîtrait jamais plus.

Et puis, Stacey était arrivée au cabinet, et s'était installée chez lui avec Jack. Grâce à eux, il avait renoué avec les choses du quotidien et avait peu à peu recommencé à vivre. La veille, par exemple, il avait préparé ce gâteau pour sa collègue de travail, avec Stacey. Et voir la joie briller dans les yeux de Shelby lui avait procuré un plaisir fou... Oui, grâce à Stacey, il se sentait merveilleusement bien.

Au début, il avait eu l'impression qu'elle allait briser les défenses qu'il avait si soigneusement érigées autour de lui pour ne plus souffrir. Mais il ne pouvait pas se protéger d'elle, et c'était cela qui rendait leur relation à la fois si terrifiante et si excitante. Être avec elle l'avait ramené à la vie, et désormais il savait qu'il pouvait à nouveau participer au bonheur des autres – parce que lui-même avait repris goût à la vie.

Tout ça grâce à elle.

Et puis, il y avait Jack... Un petit garçon merveilleux, qui avait eu son lot de malheurs et avait commencé à guérir en arrivant à Greenbeck.

Il aimait à penser qu'il y était pour quelque chose. Que, d'une certaine façon, il avait joué un rôle important auprès de l'enfant, ces derniers temps. Il était devenu son ami. Il avait joué au football avec lui, lui avait appris à bricoler, à jardiner. Il lui avait lu des histoires et, surtout, il avait établi un vrai dialogue avec lui, une relation de confiance. Ils riaient beaucoup ensemble et partageaient une vraie complicité. Jamais Daniel ne se serait cru capable de tisser des liens aussi forts avec un garçon qui lui rappelait tant le sien.

Oui, il se sentait coupable, mais c'était naturel après tout ce qu'il avait traversé. Ça ne voulait pas dire qu'il n'aimait pas Penny. Ou qu'il allait les oublier, elle et Mason. Comment le pourrait-il ? Cela n'était pas possible.

Mais peut-être commençait-il à accepter qu'il n'était pas obligé de rester seul pour le restant de ses jours ?

Il jeta un coup d'œil à Stacey qui, de l'autre côté de la pièce, discutait avec Hannah. C'était une belle personne, à l'intérieur comme à l'extérieur. Il était heureux d'avoir pu les aider, elle et Jack. Cela avait rendu sa vie meilleure. Cela l'avait, lui, rendu meilleur. Tout ça grâce à eux !

Il alla la rejoindre et lui souffla :

— Le gâteau est un succès. Merci beaucoup.

Elle lui donna un discret coup de coude.

— Je t'en prie.

Shelby distribuait des parts de gâteau à tout le monde, et Daniel devait admettre que ces couleurs étaient du plus bel effet. C'était parfait, et il n'y serait jamais parvenu sans Stacey. Sans elle, il serait allé acheter une vulgaire tarte à la pâtisserie, qu'il aurait goûtée sans plaisir. Mais grâce à ce que lui et Stacey avaient créé, tout le monde était heureux, et il aimait le sentiment que cela lui procurait.

Si seulement Stacey et lui pouvaient être *tout le temps* heureux ensemble !

Assise dans la cuisine de ses grands-parents, Stacey prenait une tasse de thé avec sa grand-mère, le week-end suivant, quand celle-ci s'exclama :

— Plus que quelques semaines avant la fête du village !

— Je sais, répondit Stacey. Tu t'es inscrite à l'un des concours ?

— J'ai fait une confiture de prunes et de gingembre que je veux présenter. Et je sais que ton grand-père va montrer une de ses courges géantes. Il a remporté le second prix l'année dernière, tu te rappelles ?

— Je me souviens de l'article de journal que tu m'as envoyé, oui.

Dehors, dans le jardin, Jack jouait au football avec Daniel.

— Ces deux-là s'entendent à merveille, n'est-ce pas ? dit Genevieve.

Stacey les observa. Jack poussait des cris de joie, tandis que Daniel essayait de dribbler pour lui prendre le ballon et marquer un but.

— Oui. C'est agréable de le voir si heureux.

— Jack ? Ou Daniel ?

Stacey se retourna pour regarder sa grand-mère qui lui offrit un sourire innocent.

— Qu'est-ce que tu veux dire ?

— Oh… je te l'ai déjà dit. Daniel et toi avez des sentiments très forts l'un pour l'autre, cela crève les yeux.

Stacey secoua la tête en riant.

— Qu'est-ce que tu racontes, grand-mère ? Nous sommes amis, rien de plus.

— Oh ! j'ai bien vu comment il te regardait ! Il recherche tout le temps ta compagnie. Et je vous ai observés quand vous vous croyez seuls !

— Grand-mère !

Sa grand-mère sourit.

— C'est adorable, ma chérie. Ce pauvre homme a vécu l'enfer ces dernières années, et le voir sourire me fait chaud au cœur… vraiment. Il mérite d'être heureux et toi aussi. Vous êtes tous les deux passés par des moments si difficiles !

Stacey aurait voulu protester, mais à quoi bon ? Genevieve voyait tout. Elle aurait pu installer un stand à la fête du village avec une boule de cristal…

— Je l'aime bien, oui, mais je dois aussi faire attention.

— À cause de Jack ?

Elle hocha la tête.

— Daniel aime beaucoup Jack. Regarde-les ! S'occuper de Jack ramène Daniel à la vie. Je comprends ta prudence, mais ne la laisse pas t'aveugler. Connaissant Daniel, peu importe ce qui se passe entre vous deux, il sera toujours là pour ton fils.

— Tu crois ? demanda Stacey, songeuse, sans quitter Jack des yeux.

Sa grand-mère avait raison. Daniel et elle étaient bien ensemble. Mais Stacey avait déjà vu sa vie ruinée par une relation amoureuse au travail qui avait mal tourné. Elle ne pourrait pas le supporter si cela se reproduisait et qu'elle perdait tout. Parce que c'était elle, l'intruse, ici. Même si elle avait grandi à Greenbeck, elle en était partie, alors que Daniel y vivait depuis des années. Cette ville était sa ville, et leurs collègues de travail étaient avant tout les siens. Si leur relation était un échec, perdrait-elle tout à nouveau et serait-elle obligée de déménager ?

Je ne pourrais pas. Jack est heureux à l'école, et son bonheur doit passer en premier.

— Daniel est un homme bien, conclut sa grand-mère.

Daniel n'était pas du tout comme Jerry. Si quelque chose devait mal se passer entre eux, elle n'imaginait pas Daniel la chasser du cabinet, comme Jerry l'avait fait. Et puis, elle en avait assez de fuir. Greenbeck était l'endroit où elle voulait s'installer, vivre pleinement sa vie.

Dehors, Jack marqua un but et revint en courant vers Daniel, les bras en l'air, en poussant des cris de joie. Daniel lui tapa dans la main, puis le fit tournoyer dans les airs, visiblement ravi pour lui.

Les voir ensemble lui réchauffait le cœur.

Après leur partie de football, Jack et Daniel s'allongèrent dans l'herbe pour reprendre leur souffle, et regardèrent les nuages blancs qui passaient au-dessus d'eux.

— Regarde, celui-là ressemble à un chien ! dit Jack en pointant le doigt vers le ciel.

— C'est vrai ! Un petit terrier. Et celui-là ?

— Un cerf-volant ?

— Oui ! Tu sais, j'ai fait un cerf-volant une fois...

Jack regarda Daniel.

— C'est vrai ? Comment as-tu fait ça ? Tu peux m'apprendre ?

— Bien sûr ! J'ai appris dans mon groupe de scouts quand j'avais ton âge.

— Qu'est-ce qu'on fait d'autre chez les scouts ?

— Eh bien... beaucoup de choses. On apprend à cuisiner, à coudre, à faire des cabanes... Tout ce que tu peux imaginer. C'est très amusant !

— Ça a l'air génial.

— Eh bien, il y a un groupe de scouts ici, à Greenbeck. Peut-être que tu devrais en parler à ta mère ?

— Je ne sais pas si elle sera d'accord.

— Tu t'inquiètes à cause des autres enfants ? demanda gentiment Daniel.

— Un peu.

— Crois-moi, il n'y a pas de méchants chez les scouts. Tout le monde travaille ensemble et on veille les uns sur les autres. On forme un groupe. Une équipe. Je pense que cela te plairait beaucoup.

— Tu crois ?

— J'en suis sûr ! Tu as déjà fait d'énormes progrès depuis que tu es ici. Je pense que tu pourrais conquérir le monde si tu le voulais !

Jack sourit, et Daniel en fut heureux. Il insista :

— Alors, tu veux que j'en parle à ta mère ?

Jack hocha la tête.

— D'accord. Prêt pour la seconde mi-temps ?

Jack se leva d'un bond en riant de plaisir.

Ils rentrèrent tous les trois, à pied. C'était une belle soirée, fraîche et parfaite pour une promenade. Daniel et Stacey marchaient derrière Jack, occupé à jouer avec son ballon de football.

Ils couchèrent l'enfant en rentrant, puis s'installèrent sur le canapé pour regarder un film. Après le générique de fin, Stacey posa la tête sur son épaule, parfaitement détendue.

Il savoura cet instant les yeux fermés. Finalement, elle releva la tête et, plantant ses yeux verts dans les siens, elle lui demanda :

— Tu veux rester ?

— Oui, murmura-t-il. Mais... Jack ?

— Si tu pars avant qu'il ne se réveille, demain matin, il n'en saura rien, dit-elle avant de lui offrir ses lèvres.

Leur baiser fut fougueux, passionné, plus encore que ceux qu'ils avaient échangés auparavant.

Quand ils se séparèrent, Daniel éteignit la télévision, puis se leva et l'entraîna vers la chambre, dont il referma doucement la porte derrière eux.

Pendant un moment, il se contenta de la regarder. Ses boucles rousses caressaient ses épaules, et dans la pénombre ses yeux verts brillaient de désir. Puis, soudain, incapable d'attendre un instant de plus, il l'attira dans ses bras. Ils basculèrent sur le lit, et il prit sa bouche avec ferveur, avant de lui arracher ses vêtements dans sa hâte de sentir sa peau contre la sienne, tandis qu'elle faisait de même avec les siens.

Une fois nus, ils approfondirent encore leur baiser, pressés de se donner de nouveau l'un à l'autre. Il avait tellement envie d'elle ! Ces derniers jours passés à se poser une foule de questions sur elle, sur eux, avaient eu raison de sa patience. Il l'avait tellement désirée qu'il avait cru perdre la raison.

Stacey le rendait fou de désir mais, même s'il brûlait d'être en elle, de la posséder encore et encore, il se retint, savourant leurs caresses et leurs baisers.

Enfin, enhardi par ses soupirs toujours plus langoureux, il entra en elle, lentement. Les yeux dans les siens, il accéléra peu à peu le rythme, jusqu'à ce qu'elle se noie dans la vague de plaisir qui la soulevait, toujours plus haut. Alors, il la rejoignit, et ils jouirent dans un même cri.

Longtemps après qu'ils eurent repris leur souffle, il l'embrassa, encore et encore, comme s'il ne voulait jamais la laisser partir. Puis elle se blottit contre lui, glissa une jambe entre les siennes et laissa échapper un délicieux soupir.

Ils n'avaient pas besoin de parler pour se comprendre. Leurs corps avaient dit tout ce qu'ils avaient besoin de dire.

Une fois qu'elle fut profondément endormie, il se laissa à son tour happer par le sommeil.

Toutes les nuits suivantes, Daniel partagea son lit, se levant vers 6 heures du matin pour se glisser hors de la chambre et retourner chez lui.

C'étaient des moments difficiles pour Stacey. Leurs nuits

étaient torrides, leurs rêves merveilleux, mais, lorsque sa douce alarme les réveillait au petit matin, ils devaient quitter leur cocon et se séparer pour revenir à la réalité.

Daniel gémissait lorsqu'il devait quitter son lit, et parfois, ne supportant pas qu'il parte, elle l'attirait de nouveau à elle pour lui prodiguer des caresses qui, elle le savait, le rendraient fou.

Mais il l'arrêtait toujours et disait :

— Je dois y aller. Jack va bientôt se réveiller.

Alors elle le laissait partir...

Ils avaient raison de se comporter ainsi, songea-t-elle. Elle ne voulait pas donner de faux espoirs à Jack, lui faire croire que Daniel était entré pour de bon dans leur vie. C'était déjà assez difficile comme ça. Jack adorait Daniel. Ils jouaient tout le temps au football et au badminton ensemble, et s'entendaient à merveille. Stacey en était ravie, mais elle ne pouvait pas s'empêcher de penser à ce qui arriverait si cela se passait mal, entre Daniel et elle.

Elle se devait d'être un peu fataliste, pour éviter les déconvenues. Toutes les autres relations qu'elle avait eues avaient mal tourné. Pourquoi celle-ci serait-elle différente ?

Pourtant, son histoire avec Daniel ne ressemblait à aucune autre. Elle ne comprenait pas pourquoi, mais cela signifiait-il qu'elle pouvait avoir confiance en l'avenir ? Certainement pas, et d'ailleurs elle passait son temps à redouter le pire.

Parfois, Daniel la surprenait dans ces moments sombres, et faisait de son mieux pour la réconforter. Certes, ni elle ni lui ne savait ce que l'avenir leur réservait, mais ils pouvaient au moins tenter d'apprécier ce que chaque jour leur offrait.

Elle finissait par acquiescer, convenant que, si elle passait tout son temps à s'inquiéter de l'avenir, elle ne pourrait jamais profiter du présent. Or ces rares moments de bonheur étaient trop bons pour y renoncer, ou pour les gâcher. Daniel lui apportait beaucoup, et sa présence au quotidien lui faisait du bien.

Pendant trop longtemps, elle avait été si stressée, si inquiète pour Jack ! Afin de lui apporter un peu de bien-être, elle avait décidé de déménager, de construire une nouvelle vie dans un endroit où ils pourraient tous les deux s'épanouir. Grâce à Daniel, elle commençait à croire que ce rêve était à sa portée, et elle ne voulait pas laisser passer sa chance.

Un matin, alors qu'elle se rendait au travail, elle vit que les préparatifs de la fête du village avaient commencé. Des banderoles étaient accrochées un peu partout, dans le parc, devant les magasins et le pub, et même au cabinet médical. Les gens travaillaient dur pour embellir leurs jardins, et les fleurs étaient en abondance partout où le regard se posait. Roses, violettes, clématites, digitales et lupins embaumaient l'air ambiant. Et tout le monde semblait avoir le sourire.

Sa première patiente venait pour la pose d'un stérilet. Elle avait accouché d'un deuxième enfant un peu plus de deux mois auparavant.

Phoebe Harrow entra dans la pièce avec son bébé endormi dans la poussette.

— Je suis désolée. Je n'ai trouvé personne pour le garder. Mais il devrait dormir encore une heure, du moins je l'espère...

Stacey sourit.

— Ce n'est pas un problème.

Elle expliqua à Phoebe la procédure qui allait se dérouler, ce à quoi elle devait s'attendre et comment vérifier que le dispositif intra-utérin était toujours en place après l'intervention. Elle décrivit les éventuels effets secondaires et lui expliqua comment faire face à une gêne ou à des saignements consécutifs à la pose.

Lorsque Phoebe fut parfaitement renseignée, Stacey envoya un message écran à Rachel, leur interne, pour lui dire que tout était prêt. Celle-ci arriva avec du papier bleu pour protéger le champ stérile posé sur un chariot qu'elle installa à côté du lit d'examen où Phoebe était allongée.

Stacey utilisa un spéculum pour bien voir le col de l'utérus et fit signe à Rachel d'ouvrir le paquet contenant le stérilet.

— Respirez doucement et essayez de vous détendre.

Elle posa le stérilet sans problème, et seul un léger saignement se produisit. Une fois Rachel sortie, Stacey montra à sa patiente comment vérifier que son stérilet était toujours en place.

— Tout va bien ?

— Parfait ! Je pensais que ce serait beaucoup plus douloureux que ça. Maintenant, je peux me détendre un peu.

Phoebe se leva pour se rhabiller.

— J'aime mes enfants... mais je n'en veux pas d'autres ! ajouta-t-elle en riant.

Stacey sourit, avant d'ôter ses gants et de se laver les mains dans le petit évier.

— Deux mois est un âge parfois difficile. Quel âge a votre autre enfant ?

— Sept ans. Ils ont beaucoup d'écart, je sais. Juste au moment où je commençais à revivre, je suis tombée de nouveau enceinte. De mon bébé surprise. J'ai eu du mal à accepter l'idée, mais il est tellement adorable que je ne peux plus imaginer la vie sans lui. C'est étrange, n'est-ce pas ?

— Quand on ne s'y attend pas, une grossesse peut être vraiment compliquée à gérer.

Elle secoua la tête.

— Avec mon mari, nous n'étions pas prêts du tout ! Nous utilisions des protections, mais elles ne sont pas fiables à cent pour cent. La preuve !

Elle rit de nouveau, et fit rouler doucement la poussette car le bébé commençait à se réveiller.

— N'oubliez pas que vous pouvez prendre du paracétamol en cas de douleur, précisa Stacey. Les crampes ou les saignements devraient cesser très vite, mais vous pouvez toujours nous appeler en cas de symptômes persistants. Prenons rendez-vous pour un contrôle dans environ... un mois ? Pour vérifier que tout est en place.

Phoebe acquiesça.

— D'accord.

Stacey consulta son agenda sur son ordinateur et trouva un créneau juste avant l'heure du déjeuner.

— Cette date vous convient-elle ?

— Oui.

Elle prit congé de Phoebe et de son bébé, et commença à taper son compte rendu. Puis elle s'aperçut qu'elle avait faim et mangea la moitié du sandwich jambon-salade qu'elle avait apporté.

Elle le finirait dehors et profiterait un peu du soleil à l'heure du déjeuner…

Daniel vit Stacey assise sur un banc, près du parc. Les yeux fermés, le visage tourné vers le soleil, elle profitait simplement de la chaleur et de cette belle journée. Il resta quelques instants immobile, à l'observer.

Il aimait la voir heureuse et satisfaite.

Il aimait passer du temps avec elle et Jack.

Mais il voulait plus.

Le sourire aux lèvres, il traversa la route et alla s'installer sur le banc, à côté d'elle.

Elle ouvrit les yeux et lui sourit.

— Salut.

— Salut.

— Tu avais l'air si bien que je me suis dit que je voulais profiter du soleil, moi aussi.

— Pourquoi pas ? C'est magnifique ici. Ça m'a manqué, en Écosse. Ne te méprends pas. Il y avait de belles journées, mais elles étaient rares. Et quand je sortais pour déjeuner, il n'y avait pas de parc ou d'espace vert près du cabinet, alors je sortais une chaise et je m'asseyais sur le parking.

— Ce n'est pas la même chose, n'est-ce pas ?

— Non. En effet !

Elle cligna des yeux et le regarda ouvrir son panier-repas. Un délicieux arôme s'en dégageait.

— Qu'est-ce que tu as au menu ? demanda-t-elle.

— Du poulet au citron. Tu en veux ?

— Oui, je veux bien ! Je n'ai mangé qu'un sandwich et j'ai encore un peu faim.

— La matinée a été longue ?

— Oui, mais tout s'est bien passé.

Il sourit.

— Super. On peut se voir, plus tard ?

— Bien sûr ! Je peux nous préparer un dîner. Qu'est-ce que tu veux ?

— J'aime tout ! Mais j'ai une idée en tête.

Elle posa sur lui un regard curieux.

— En fait, je voulais te parler de Jack.

Son visage se tendit.

— Pourquoi ? Qu'est-ce qui ne va pas ?

— Tout va bien. L'autre jour, je lui ai raconté que j'avais été scout dans ma jeunesse, et il m'a paru intéressé. Il m'a demandé de t'en parler.

— Mais… pourquoi ? Il n'ose pas m'en parler lui-même ?

Elle était visiblement contrariée, alors il s'expliqua :

— Je ne sais pas mais, comme je lui ai raconté mes histoires de feu de camp et de chasse au trésor, il m'a dit qu'il aimerait bien essayer mais qu'il n'était pas sûr que tu sois d'accord. J'ai dit que je te demanderais si je pouvais l'emmener. Ils organisent des journées portes ouvertes, juste pour voir si les enfants aiment cela ou pas…

— Oh ! pourquoi ai-je l'impression qu'il grandit trop vite, tout à coup ?

— Parce que tu as été une bonne mère au moment où il avait le plus besoin de toi. Maintenant, il déploie ses ailes, comme le font tous les petits garçons de son âge.

Elle hocha la tête et eut un sourire un peu triste.

— D'accord. Tu peux l'emmener, si tu veux. Ou peut-être qu'on devrait y aller ensemble ?

Maintenant, c'était son tour d'être surpris.

— Cela te plairait ?

— Oui.

— C'est d'accord, alors.

8

Stacey était si nerveuse qu'elle en avait la nausée.

Elle allait laisser partir Jack, le confier à d'autres adultes. Elle avait fait confiance à l'institutrice pour le protéger, et maintenant cette confiance serait placée entre les mains des chefs scouts.

Elle reconnut quelques élèves de l'école de Jack, ce qui était bon signe. Tous étaient réunis dans la cabane des scouts, en bas de la route de l'église. Derrière ce refuge se trouvait une rangée de bancs où elle prit place avec Daniel.

Elle sentit l'angoisse monter en voyant son fils à l'écart des autres enfants. Juste au moment où elle allait se lever pour lui prendre la main et lui dire qu'il pouvait rentrer à la maison, son ami Sam le vit et l'entraîna dans la cabane, où il fut accueilli par un concert de cris.

— Tu vois ? dit Daniel. Tout se passe bien.

Elle lui sourit.

— Oui, je sais, mais je ne peux pas m'empêcher de couver cet enfant.

Il posa la main sur la sienne pour la rassurer.

— Je vois ça. Essaye de t'imaginer en train de te prélasser sur ce banc, comme l'autre jour. Oublie que tu es entourée d'une bande de gamins surexcités munis de sifflets.

Elle sourit en cherchant de nouveau Jack du regard. Il avait l'air à l'aise, avec ses nouveaux amis.

Au bout de deux longues heures, après s'être amusé comme

un fou, Jack vint rejoindre Stacey et Daniel, et demanda s'il pouvait rester pour la journée.

— Eh bien, si cela t'a plu, je te promets qu'on reviendra la semaine prochaine pour toute la journée, mais pas aujourd'hui, mon chéri. Tu dois être affamé !

Jack hocha la tête, et s'élança vers la voiture.

— Tu vois ? Pas de quoi s'inquiéter ! lança Daniel en posant la main sur ses reins, tout en veillant à ce que Jack ne remarque pas son geste – une attention à laquelle Stacey fut très sensible.

Jack n'arrêta pas de bavarder pendant tout le trajet jusqu'au stand, et sur tout le chemin du retour. L'odeur du *fish and chips* au sel et au vinaigre imprégnait la voiture, et Stacey avait hâte d'arriver car elle mourait de faim.

— Mangeons dans le jardin ! suggéra Daniel.

Ils se dirigèrent vers son patio, s'assirent et commencèrent leur repas. La nourriture était délicieuse : des frites bien croustillantes et du poisson frais et charnu. Stacey réussit à tout manger, et termina même ce festin par un grand verre de jus d'orange frais que Daniel avait préparé plus tôt et laissé dans son réfrigérateur.

— Tu as hâte d'aller à la fête du village ? demanda-t-il une fois Jack parti faire la sieste.

— Oh oui ! Je n'y ai plus participé depuis que j'ai quitté Greenbeck, mais j'en ai de bons souvenirs. Je suis sûre que Jack l'appréciera aussi, maintenant qu'il a pris confiance en lui et qu'il s'est fait des amis.

— Ta grand-mère t'a inscrite au jury du concours du plus beau bébé costumé, n'est-ce pas ?

Elle gémit.

— J'ai cru comprendre, hélas ! Je n'ai rien demandé, tu t'en doutes, car je n'ai aucune idée de la façon dont on doit juger les enfants. N'est-on pas censé dire qu'ils sont tous merveilleux ? Comment faire pour choisir un gagnant ?

Daniel haussa les épaules.

— Je ne sais pas... Donner son avis sur le costume, peut-être ?

Elle n'aimait pas du tout cette idée, et le simple fait d'y penser la mettait incroyablement mal à l'aise.

— Et les parents ? Ils sont bien sûr tous convaincus que leur enfant est le plus beau. Mais si ce n'est pas le cas… j'espère qu'ils ne s'en prennent pas au jury !

— Mais non, voyons ! Tout le monde sait que c'est juste pour s'amuser.

Elle devait avoir l'air dubitative car Daniel demanda :

— Tu veux aller faire un tour, une fois que Jack sera réveillé ?

Elle le regarda et acquiesça, ravie.

Ils se dirigèrent vers le village, emportant avec eux un sac de petits pois secs pour que Jack puisse nourrir les canards et le couple de cygnes qui avaient élu domicile sur l'étang. Soudain, Daniel glissa sa main dans la sienne.

Elle se retourna et lui sourit.

— Es-tu heureuse ?

— Oui. Et toi ?

Il acquiesça.

— Oui. Si on m'avait dit il y a quelques mois que ma vie entière allait changer avec l'arrivée d'un nouveau médecin généraliste au cabinet, j'aurais éclaté de rire !

— Et si on m'avait dit que je reviendrais à Greenbeck et que je tomberais amoureuse d'un collègue, j'aurais fait la même chose !

Il sourit.

— Parce que tu crois que tu es tombée amoureuse de moi ?

Des canards avaient entouré Jack, et caquetaient en se dandinant pour réclamer de la nourriture, tandis que d'autres flottaient tranquillement sur l'eau. Comme il se baissait pour distribuer une poignée de pois, Jack reçut le coup de bec d'un volatile furieux d'avoir été oublié.

Comme il s'élançait vers elle, Stacey retira prestement sa main de celle de Daniel.

— Viens, Jack, on s'en va !

Un chemin traversait le village, avant de s'enfoncer dans la forêt au sud et de grimper vers la colline et le château en ruines au nord. Comme Jack était avec eux, ils optèrent pour le château.

Ce qui commença comme une promenade agréable se transforma vite en épreuve sportive ! Jack grimpait avec aisance, enjambant les troncs d'arbres et cassant des branches mortes pour se faire un bâton. Daniel semblait monter facilement lui aussi, mais Stacey, elle, soufflait et haletait. Les muscles de ses jambes la brûlaient.

— Je pensais que j'étais plus en forme que ça ! lâcha-t-elle.

Le rire clair de Jack retentit.

— Allez, viens, maman !

Quand Daniel se retourna pour l'encourager, elle lui fit signe qu'elle devait s'arrêter.

— J'ai besoin de cinq minutes, pas plus...

Elle s'assit sur un tronc d'arbre, les mains sur les genoux, et se mit à respirer bruyamment. Comment une simple promenade pouvait-elle l'avoir fatiguée de la sorte ? En temps normal, elle se considérait en bonne forme physique, mais quand était-elle allée à la salle de sport ou à la piscine pour la dernière fois ?

— Il va falloir travailler un peu le cardio ! plaisanta Daniel.

— Voilà ce que c'est que de rester assise au travail toute la journée !

Daniel rit et lui tendit la main.

— Viens. Je crois que Jack aimerait atteindre le château avant la nuit.

D'après ses souvenirs, le château surplombait ce qui était à l'origine un petit hameau appelé Greenbeck, avant de se développer durant le XVIIIe siècle, jusqu'à devenir un gros bourg.

Le château lui-même avait été construit pour Lord Edwin Merrick, un homme qui avait eu trois épouses, perdant les deux premières en couches et la troisième d'une maladie respiratoire. De ses cinq enfants, quatre avaient été tués au combat ; la cinquième, la seule fille, était entrée au couvent. La lignée des Merrick s'était donc éteinte, et le château était tombé en ruines. Aujourd'hui, il ne s'agissait plus que d'une attraction touristique, avec une boutique de souvenirs et un café attenant.

Ils étaient tous deux fermés, en raison de l'heure tardive, mais ils visitèrent les ruines. Maintenant que la montée était terminée, les muscles des jambes de Stacey étaient un peu moins douloureux, mais cette marche l'avait vraiment épuisée, et elle ne rêvait que d'une chose : s'allonger et faire une sieste !

Mais Jack explorait les ruines avec enthousiasme, et Daniel tenait toujours sa main dans la sienne, alors elle se laissa entraîner.

— Fatiguée ?

— C'est à cause des nuits que je passe avec toi ! lança-t-elle avec un sourire entendu.

— Tu t'en plains ? demanda-t-il en feignant d'être vexé.

Stacey éclata de rire.

— Pas du tout !

— Très bien, dans ce cas...

Il jeta un coup d'œil autour de lui, puis l'attira à lui. Ses hanches se pressèrent contre les siennes tandis qu'il prenait son visage entre ses mains et l'embrassait.

C'était excitant ! Et même si elle savait qu'elle n'aurait pas dû faire ça, car Jack pouvait les surprendre, elle n'avait pas le courage de le repousser. Elle le désirait tant !

Lorsqu'ils se séparèrent, le sourire aux lèvres, Jack se tenait près d'eux et les regardait d'un air perplexe.

Stacey rougit et s'écarta rapidement de Daniel, affichant un air innocent.

— As-tu vu la grande porte, Jack ?

Mais son fils n'était pas stupide. Tourné vers Daniel, il lui demanda :

— Tu es le petit ami de ma maman ?

Comme Daniel restait muet, elle songea que c'était à elle de répondre, mais que dire ? Elle ne voulait pas mentir à Jack.

— Eh bien... euh... que dirais-tu si c'était le cas ?

Jack se contenta de hausser les épaules.

— Ça me va !

Stacey leva les yeux vers Daniel, qui laissa échapper un soupir de soulagement. Contrairement à ce qu'elle redoutait, cela ne semblait pas déranger Jack d'apprendre qu'il y avait un homme dans sa vie. Cette réaction apparemment positive cachait-elle un malaise que l'enfant n'osait pas exprimer ?

— Très bien, balbutia-t-elle, nous... en reparlerons plus tard, d'accord ?

— D'accord ! répondit Jack avant de repartir en courant pour explorer les ruines.

— Eh bien, ça s'est mieux passé que je ne le pensais, dit Stacey en se tournant vers Daniel.

— Il me connaît. Ce n'est pas comme si j'étais un étranger.

— Oui. Et tu passes beaucoup de temps avec lui. Je sais qu'il t'aime bien.

— C'est important pour moi, tu sais. Presque autant que le fait que, toi, tu m'aimes bien !

Alors qu'elle s'élançait vers lui, elle trébucha sur une grosse pierre. Elle tendit les mains pour amortir sa chute, mais sa tête heurta le sol et elle ressentit une vive douleur au visage. Très vite, Daniel fut près d'elle et, quand il l'aida à se redresser, du sang coulait sur son front.

— Tu saignes ! dit celui-ci, inquiet.

Une forte douleur lui arracha un gémissement, et elle porta la main à sa tête.

Daniel fouilla dans sa poche pour prendre son téléphone.

— Qu'est-ce que tu fais ?

— J'appelle une ambulance.

— Je vais bien !

— Tu t'es cogné la tête sur un rocher et tu as une coupure qui nécessite des points de suture. Tu ne peux pas rentrer à pied. Jack ?

Jack apparut, tout sourires, puis fronça les sourcils quand il vit sa mère assise, se tenant la tête.

— Qu'est-ce qu'il y a, maman ?

— Ta maman est tombée, expliqua Daniel. Mais ça va aller, ne t'inquiète pas. Je vais m'occuper d'elle.

Jack hocha la tête et s'allongea dans l'herbe à côté d'elle, avant de lui prendre la main.

Elle lui adressa un sourire rassurant

— Ce n'est rien, mon chéri…

Les secours mirent un certain temps à arriver, et les ambulanciers s'excusèrent : ils étaient débordés. Ils les firent monter tous les trois à l'arrière de l'ambulance, appliquèrent un pansement sur le front de Stacey, puis prirent la route de l'hôpital.

Une fois aux urgences, Stacey fut examinée par un médecin.

— C'est une blessure assez superficielle, expliqua celui-ci. Nous allons la nettoyer et faire quelques points de suture. Qu'est-ce qui a causé l'accident ?

Stacey expliqua ce qui s'était passé.

— Et vous n'aviez pas de vertiges avant la chute ? Vous avez juste trébuché ?

— Oui. J'étais fatiguée par la montée, mais pas étourdie.

— Eh bien, ça paraît assez simple. Nous allons faire une radio juste pour confirmer que tout va bien. Vous avez une grosse bosse.

Stacey grimaça.

— D'accord. Merci.

— Êtes-vous enceinte ? demanda le médecin. À cause des radiations…

Elle cligna des yeux et regarda Daniel, qui lui sourit.

— J'emmène Jack boire un chocolat, dit-il avant de s'éclipser avec l'enfant.

— Je ne pense pas, dit Stacey. Je veux dire… Je prends la pilule, mais…

— Mais ?

— Mais dernièrement je l'ai oubliée par deux fois. J'ai recommencé à la prendre dès que je m'en suis aperçue, et je suis sûre que ce n'est rien, mais je préfère vous en informer.

— Nous allons faire un test de grossesse, par précaution.

Elle hocha la tête, rassurée.

— D'accord.

Les chances qu'elle soit enceinte étaient minces, songea-t-elle, mais pas nulles, et une petite voix lui soufflait qu'elle avait eu raison d'en parler. Que pensait Daniel ? Avait-il perçu son hésitation ?

Elle s'isola quelques instants, puis revint avec un échantillon d'urine pour le test, qu'elle remit à une infirmière avant de s'installer sur le lit. Pendant un moment, elle resta allongée, en essayant de se détendre. Puis elle ferma les yeux. Juste un instant…

Elle fut réveillée par le bruit du rideau du box. Elle cligna des yeux et vit Daniel à son chevet. Jack était endormi sur ses genoux.

— J'ai dormi combien de temps ?

— Environ vingt minutes, dit Daniel.

— Docteur Emery ? demanda le médecin.

Puis il regarda Daniel et ajouta :

— C'est votre mari ?

Stacey rougit.

— Non…

— Vous préférez être seule pour la communication des résultats, ou… ?

— Non, répondit-elle, Daniel est médecin lui aussi. Vous pouvez parler devant lui.

— Vous êtes sûre ?

Elle hocha la tête.

— Le test montre que vous êtes enceinte, docteur Emery. Le taux d'HCG dans votre sang indique que vous êtes dans votre premier trimestre.

Incrédule, Stacey fixa le confrère qui venait de lui annoncer la nouvelle, puis elle se tourna vers Daniel. Il avait l'air aussi choqué qu'elle !

— Vous êtes certain que… qu'il n'y a pas d'erreur ? balbutia-t-elle.

— Bien sûr, nous pouvons prendre un échantillon de sang pour confirmer, mais je pense que le premier test est fiable. Vous dites que vous prenez la pilule ?

Elle acquiesça.

— Oui, mais… je l'ai oubliée à une ou deux reprises.

— Comment vous sentez-vous ces derniers temps ?

Soudain elle se rappela ces dernières semaines, la fatigue, les maux de tête, la sensation de faim permanente. Et maintenant qu'elle y pensait, elle avait senti une certaine sensibilité dans ses seins, mais elle avait mis cela sur le compte du nouveau soutien-gorge qu'elle portait et qui lui avait semblé un peu petit.

— Et la radio ? demanda-t-elle, se rappelant soudain sa blessure.

— Nous pourrions vous donner un tablier de protection, ou vous pourriez décider de ne pas faire de radiographie. À la palpation, aucune fracture n'est présente, mais il pourrait être conseillé de vérifier. Je vous laisse un instant pour décider.

Puis le médecin s'éclipsa, refermant le rideau derrière lui.

Interdite, Stacey regarda tour à tour Daniel puis son fils, et dit d'une voix blanche :

— On rentre à la maison !

9

— Pas tout de suite, dit Daniel, encore sous le choc de la nouvelle.

Sur ses genoux, Jack dormait toujours, complètement inconscient de la tension qui régnait dans le box.

— Pourquoi n'as-tu pas pris la pilule du lendemain ?

Sur la défensive, elle répondit :

— Je ne peux pas ! J'y suis allergique.

Daniel aurait voulu se lever, bouger, aller prendre l'air. Mais il ne pouvait pas, sous peine de réveiller Jack.

Il se sentait coupable. Il aurait dû être plus prudent, lui poser davantage de questions, être plus clair !

Sans réfléchir, il se leva et allongea Jack sur le lit, à côté de Stacey.

— Où vas-tu ? demanda Stacey. Il faut qu'on parle.

— Je ne peux pas discuter maintenant. Je... J'ai juste... besoin de réfléchir à tout ça.

Et il quitta le box en trombe, comme s'il avait le diable aux trousses.

Stacey le suivit du regard, les larmes aux yeux. Sans réfléchir, elle prit son téléphone portable et appela sa grand-mère.

— Allô ?

— Grand-mère ? C'est moi.

— Chérie, qu'est-ce qu'il y a ? Pourquoi pleures-tu ?

— Je suis à l'hôpital.

— L'hôpital ! Tu vas bien ? C'est Jack ?

— Non, ce n'est pas Jack. J'ai fait une chute. Je me suis cogné la tête. Je vais bien, mais… Vous pouvez venir me chercher ?

— Bien sûr, chérie. Nous partons tout de suite. Jack est avec Daniel ?

— Non, il est ici, avec moi. Il dort. Vous partez bientôt ?

— Nous serons là dans une vingtaine de minutes, d'accord ?

Elle mit fin à l'appel, laissa tomber son téléphone sur le lit et se blottit contre Jack pour se réconforter.

Daniel était parti. Parti ! Au moment où elle avait le plus besoin de lui. Alors qu'elle venait juste d'apprendre qu'elle était enceinte.

De lui !

Elle ne s'y attendait pas du tout. Certes, elle avait oublié quelques fois sa pilule, mais…

Elle gémit et serra Jack dans ses bras.

La dernière fois qu'elle avait été dans cette situation, ça ne s'était pas bien passé. Jerry l'avait abandonnée, arguant qu'il ne se sentait pas capable d'être père. Qu'il avait déjà bien du mal à s'occuper de lui-même et n'avait pas de temps dans sa vie pour un bébé. Et puis il lui avait demandé si elle voulait vraiment garder l'enfant. Daniel allait-il faire de même ? Il savait ce qui lui était arrivé dans le passé, avec un autre homme. Mais Daniel n'était pas comme Jerry, n'est-ce pas ? Il était différent. Meilleur.

Avoir un enfant avait bouleversé l'univers de Stacey, surtout après la perte de ses parents. Oui, elle avait ses grands-parents, mais ils vivaient loin et elle était seule, en manque d'affection. Jamais elle ne se serait débarrassée de ce bébé, qui avait redonné un sens à sa vie.

Et aujourd'hui ?

Pour l'heure, Daniel avait disparu. Pour de bon ? Elle l'ignorait mais, connaissant son passé et ce qui était arrivé à Mason et à Penny, elle n'avait aucune idée de ce qu'il ressentait en ce moment. Était-il en proie à la panique ? Avait-il du mal à réfléchir clairement ? Parce que, si c'était le cas, alors ils étaient deux !

Que croyait-il donc qu'elle ressentait ? Elle n'avait pas prévu ça. Elle ne voulait pas d'un autre bébé et n'avait pas cherché à le piéger. C'était une surprise pour elle aussi !

Quand ses grands-parents arrivèrent, Daniel n'était toujours pas à ses côtés. Elle songea qu'il ne reviendrait probablement pas maintenant. Elle essayait de faire bonne figure, d'accepter de faire face à nouveau à un événement inattendu.

Sa grand-mère et son grand-père se précipitèrent dans son box, et laissèrent échapper un cri lorsqu'ils virent sa tête bandée et son visage tuméfié.

— Oh ! mon Dieu ! dit sa grand-mère en s'approchant d'elle. Que s'est-il passé ?

— J'ai trébuché sur un rocher. Au château.

— Au château ? répéta son grand-père. Qu'est-ce que tu faisais là-haut ?

— Nous sommes allés nous promener avec Daniel.

Son grand-père regarda autour d'eux.

— Et où est-il ?

Elle baissa les paupières pour cacher les larmes qui lui montaient aux yeux.

— Parti ? Je ne comprends pas...

Sa grand-mère se tourna vers son mari.

— Will, pourquoi n'emmènerais-tu pas Jack à la voiture pour qu'il s'installe ? Je te rejoins dans quelques minutes, d'accord ?

Son grand-père hocha la tête et réveilla doucement Jack.

Quand ils furent partis, sa grand-mère se tourna vers elle.

— Qu'est-ce qui se passe ?

Stacey prit une grande inspiration.

— Je suis enceinte.

Genevieve Clancy se figea, mais se ressaisit aussitôt, réalisant sans doute que ce n'était pas le moment de dramatiser.

— De Daniel ?

Stacey acquiesça.

— Et il ne l'a pas très bien pris ?

— Non.

— J'imagine... Où est-il en ce moment ?

— Je ne sais pas. Il a dit qu'il avait besoin de temps pour réfléchir, mais...

— Ne t'inquiète pas. Vous avez juste besoin de parler tous les deux. De régler les choses. Vous êtes sous le choc.

— Tu crois qu'il pourrait revenir ? demanda-t-elle avec de l'espoir dans la voix.

Sa grand-mère sourit.

— Je sais qu'il reviendra. Je connais cet homme, et il t'aime, qu'il en ait conscience ou non. Il reviendra.

Stacey essaya de sourire à travers ses larmes. Elle voulait croire que Daniel l'aimait car, si c'était le cas, cela résoudrait tout. Pourtant, elle ne pouvait s'empêcher de se demander si elle et lui avaient vraiment un avenir en commun.

Assis dans le parc de l'hôpital, Daniel tentait de mettre de l'ordre dans ses idées. Il avait eu l'impression d'étouffer, dans ce petit box, et l'annonce de la grossesse de Stacey l'avait bouleversé. Il allait être père à nouveau !

Il avait accepté que sa famille soit morte avec Penny et Mason, et il n'avait jamais envisagé d'en fonder une nouvelle avec une autre femme.

Il avait été tellement affolé par cette révélation qu'il avait opté pour la pire des solutions : la fuite. Il s'était échappé de crainte de ne pas se montrer à la hauteur. Stacey devait beaucoup lui en vouloir, et il s'imaginait ce qu'elle ressentait. Son dernier partenaire ne l'avait-il pas abandonnée en apprenant qu'elle était enceinte ?

Je ne l'ai pas abandonnée. J'ai juste besoin d'espace.

La question était de savoir s'il serait assez fort pour se montrer à nouveau vulnérable. Le fait de voir Stacey se blesser l'avait effrayé. Quand il avait été piégé dans cette voiture à Hawaï avec Penny et Mason, le sang coulait sur le visage de Penny, et cet incident, au château, lui avait rappelé ce passé douloureux, ravivant son sentiment d'impuissance et d'inutilité.

C'était trop.

Il allait être père à nouveau, et dans le ventre de Stacey le bébé qu'ils avaient conçu grandissait déjà, pur et innocent.

Suis-je assez fort pour mettre mon cœur en jeu à nouveau ? Et si quelque chose arrivait au bébé ? À Stacey ? À Jack ? Et si je ne pouvais pas les protéger ?

Il était médecin. Comme Stacey. Ils essayaient d'aider les gens, malgré les difficultés, et ils se battaient pour leurs patients.

S'il pouvait le faire pour eux, il pouvait sûrement le faire pour sa propre famille.

Non, l'idée de s'éloigner lui était insupportable. Il le savait au fond de lui. Être père était la chose la plus merveilleuse au monde. Un enfant était un cadeau de la vie, qu'on ne pouvait pas ignorer.

Daniel se leva et regarda l'hôpital. Sa décision était prise.

10

— Vous connaissez les signes à surveiller en cas de blessure à la tête, dit le médecin. Reposez-vous pendant quelques jours, et dans une semaine votre généraliste pourra vous enlever les points de suture.

Stacey hocha la tête en souriant. Genevieve et William étaient partis coucher Jack à la maison. Sa grand-mère lui avait proposé de venir avec eux, mais Stacey avait envie d'être seule un moment et Jack avait besoin de dormir. Elle ne souhaitait pas que ses grands-parents s'attardent à l'hôpital. Elle savait que cela leur rappelait de mauvais souvenirs.

— Merci.

— De rien. Prenez soin de vous et évitez les chutes !

Elle sourit.

— Oui, docteur !

Une fois son confrère parti, alors que Stacey s'apprêtait à quitter l'hôpital, le rideau s'ouvrit à nouveau… sur Daniel !

Le cœur battant, elle sentit les larmes lui monter aux yeux.

— Si tu reviens pour me dire que tout est fini, ce n'est pas la peine.

Il s'avança vers elle.

— Ce n'est pas ce que je suis venu te dire, murmura-t-il.

Elle levait vers lui un regard interrogateur quand il lui tendit un sac.

— C'est pour toi.

Elle l'ouvrit et écarquilla les yeux en découvrant une minuscule grenouillère blanche, taille nouveau-né, avec un nounours brodé sur le devant.

— J'ai pris un truc unisexe... vu qu'on ne sait pas encore si c'est une fille ou un garçon.

— Je ne comprends pas...

Il prit sa main dans la sienne.

— J'avais besoin d'un peu de temps pour assimiler cette nouvelle et... ça m'a pris plus longtemps que prévu.

— Un peu de temps pour quoi ?

— Pour me rendre compte de la chance que j'ai de vous avoir près de moi, toi et Jack.

Il regarda son ventre.

— Et le bébé, bien sûr.

— Raconte...

— En apprenant la nouvelle, j'ai paniqué. J'ai pensé que je ne serais pas capable de te protéger. Je ne voulais pas revivre ça. Ensuite, j'ai compris que le meilleur moyen d'échouer était de fuir, de me cacher pour me protéger moi et moi seul. J'ai besoin de toi, Stacey, et de Jack. Si vous voulez bien de moi...

Il se leva pour lui caresser le visage, essuya ses yeux avec son pouce et lui sourit avec amour.

Elle rit à travers ses larmes.

— J'ai peur, Daniel. Peur des bouleversements qui sont sur le point de se produire. Je n'avais pas prévu ça. Je ne m'y attendais pas. Mais... je sais que je suis assez forte pour vivre enfin pleinement ma vie. Et ce qui me rend heureuse, c'est de t'avoir à mes côtés. Dès que j'ai posé les yeux sur toi, j'ai compris que les ennuis avaient commencé !

Elle se pencha pour déposer un baiser sur ses lèvres.

— Je t'aime. Et Jack aussi. On peut tout faire, toi et moi. On peut tout faire ensemble.

Il hocha la tête, ému aux larmes, et ils s'embrassèrent avec passion.

Épilogue

La fête du village fut un triomphe. Le soleil était au rendez-vous, ce jour-là, et l'air embaumait le hot-dog et la barbe à papa. Il y avait aussi un bar à jus de fruits, des clowns et des jongleurs !

Partout où elle regardait, Stacey voyait des visages souriants. Les gens avaient l'air aussi heureux qu'elle. Elle toucha du bout des doigts l'endroit où elle s'était blessée il y a quelques semaines. Les points de suture avaient été enlevés et le gonflement avait diminué, mais il restait encore une cicatrice qu'elle avait cachée avec du maquillage.

Comme elle passait avec Daniel devant le stand de pâtisserie, Stacey fit signe à ses grands-parents. Sa grand-mère s'affairait sur un gâteau à étages représentant un phare. Il était magnifique, et elle espérait qu'il remporterait le premier prix. Venait ensuite le stand des légumes, et elle vérifia que la courge géante de son grand-père y était exposée.

Comme ils atteignaient le chapiteau où devait avoir lieu le concours du plus beau bébé, Zach vint les accueillir. Il tapa amicalement dans le dos de Daniel et se pencha en avant pour embrasser Stacey.

— Prêts à jouer les jurés ? demanda Zach.

— Pas vraiment...

Zach désigna de la tête le ventre de Stacey.

— L'année prochaine, tu pourras inscrire ton petit !

Stacey posa instinctivement la main sur son ventre.

— Euh… on va y réfléchir ! dit-elle en riant.

Walter s'approcha d'eux et leur donna à chacun un bloc-notes. On pouvait y lire le nom et l'âge de chaque participant. Une colonne était réservée à la notation.

— Vous donnez à chaque participant une note sur dix, et à la fin nous compterons les points. En cas d'égalité, c'est au président du jury de trancher, c'est-à-dire vous, docteur Fletcher !

Zach hocha la tête et sourit à Hannah, qui l'avait rejoint.

Stacey regarda un à un tous les bébés. Elle aurait voulu leur donner à tous dix sur dix, mais elle savait que cela n'était pas possible, alors elle s'efforça de se montrer aussi juste que possible. Elle parla à chaque parent, sourit à chaque enfant et, quand elle eut terminé, elle remit sa feuille de notation à Walter, chargé d'annoncer le résultat.

— Je suis si nerveuse ! lança Stacey. Et je commence à avoir un peu faim !

— Tu veux que j'aille te chercher quelque chose ? demanda Daniel.

— Non, ça va. Je peux attendre.

— Je reviens tout de suite…

Et il disparut.

— Tu as fait de lui un homme heureux, tu sais, lui souffla Zach à l'oreille. C'est bon de le voir comme ça.

— Eh bien, il me rend très heureuse, lui aussi, répondit Stacey en souriant. Et Jack l'adore. Je n'aurais jamais espéré autant de bonheur en revenant à Greenbeck. C'est magique.

Daniel revint avec un beignet glacé, son préféré !

— Je vais devenir énorme à ce rythme ! dit-elle avant de mordre à belles dents dans la friandise.

Une fois le prix décerné – à un joli bambin en costume d'araignée ! –, Daniel et elle s'éloignèrent de la place pour aller sur le pont. En chemin, Daniel fit signe à Jack, occupé à jouer avec les enfants du village, de les rejoindre.

Soudain, il se tourna vers Stacey, puis lui sourit et planta ses yeux dans les siens.

— J'ai quelque chose à te demander.

— Oh…

Stacey regarda Jack, qui affichait un large sourire.

Daniel avait l'air nerveux, tout à coup. Quand elle le vit s'agenouiller, elle sentit son cœur battre la chamade.

Daniel fit un signe de tête à Jack, puis sortit un petit écrin de sa poche.

— J'ai déjà demandé la permission à Jack et il me l'a donnée, mais je dois encore te convaincre. Stacey Emery, veux-tu m'épouser ?

Il lui présenta une magnifique bague en diamant et saphir.

— Oui ! Oui ! Oh ! mon Dieu, oui !

Daniel se leva d'un bond et glissa l'anneau à son doigt, puis il l'embrassa.

Riant à travers ses larmes, elle tendit la main à Jack, et Daniel le souleva dans ses bras. Tout à coup, Stacey était sûre d'une chose : elle ne serait plus jamais seule. Ici, à Greenbeck, elle avait enfin trouvé le bonheur…

Elle serra plus fort encore contre elle les deux êtres qu'elle aimait le plus au monde, et ferma les yeux pour mieux graver dans sa mémoire cet instant de pure magie.

LOUISA HEATON

L'infirmière de Greenbeck

Traduction française de
VIRGINIE CANTIN

BLANCHE

HARLEQUIN

Titre original :
SECOND CHANCE FOR THE VILLAGE NURSE

1

— On peut vraiment se tromper sur certaines personnes, n'est-ce pas ? dit le Dr Zachary Fletcher une fois que la candidate eut quitté la pièce.

Il se leva, étira les muscles de son dos et poussa un soupir.

— Veux-tu un thé ? demanda-t-il à Lucy, son associée.

La journée avait été longue et épuisante : il s'agissait de sélectionner des candidats potentiels non seulement pour le nouveau poste de généraliste qu'ils allaient ouvrir, mais aussi pour remplacer leur infirmière, partie pour se rapprocher de sa famille.

Lucy et lui s'étaient mis d'accord : le Dr Stacey Emery, avec qui ils s'étaient entretenus par vidéoconférence, était la candidate idéale pour rejoindre leur équipe. Mais ils avaient du mal à trouver une bonne infirmière.

Leur cabinet médical était implanté au cœur de la petite ville de Greenbeck, et Zach avait travaillé dur pour choisir un personnel qui correspondait au style de ce qu'il essayait de créer : des professionnels chaleureux, accessibles, ayant l'esprit d'équipe… Il avait vu d'excellentes infirmières aujourd'hui, mais qui s'intégrerait le mieux à Greenbeck ?

La dernière avait un excellent CV, c'était indéniable, mais sa personnalité n'était pas celle qu'il recherchait. Lors de leur échange, elle était apparue comme un peu abrupte, répondant du tac au tac à leurs questions – presque comme si elle leur reprochait leur curiosité. Mais un entretien d'embauche était précisément fait pour cela : poser des questions afin de déceler, au-delà des compétences professionnelles, les qualités et les défauts des candidats.

Lucy prit la lettre de candidature suivante avec un soupir. Hannah Gladstone... Elle serait heureuse de s'installer à Greenbeck si on lui proposait le poste.

Zach alluma la bouilloire.

— Où vit-elle actuellement ?

Lucy parcourut la lettre et répondit :

— À Epsom.

— D'accord. Espérons qu'elle soit la bonne candidate, parce que nous avons épuisé les CV que nous avons reçus !

Il prépara le thé et offrit un biscuit à Lucy avant de s'asseoir et de prendre une gorgée.

— Es-tu prête à la recevoir ? demanda-t-il quelques instants plus tard.

Lucy sourit.

— Tout à fait prête !

— D'accord. Alors allons-y !

C'était une belle salle d'attente, moderne et lumineuse. Une grande bibliothèque remplie de livres pour enfants occupait tout un pan de mur, et un coin jeux avait été aménagé non loin.

On dirait une maison de poupées, pensa Hannah en souriant.

Il y avait les affiches habituelles, informant les patients des deux sexes de l'intérêt des tests de dépistage, et un panneau indiquant que l'allaitement était autorisé dans la salle d'attente. Derrière le bureau de la réception se trouvaient des photos du cabinet pendant sa reconstruction – médecins et infirmières, personnel de bureau et réceptionnistes. Tout le monde était souriant.

Son visage figurerait-il bientôt sur ce mur ? se demanda Hannah. Elle en doutait. Il était clair qu'elle était la dernière candidate de la journée. Les médecins devaient être fatigués, et pressés de rentrer chez eux. Ils devaient avoir déjà entendu toutes sortes de réponses intelligentes à leurs questions.

Quelles sont vos forces ?

Quelles sont vos faiblesses ?

Pourquoi devrions-nous vous engager, vous, et pas l'une des autres candidates ?

Les réceptionnistes étaient moins occupées que lors de son arrivée. Les rendez-vous se terminaient. Seules Hannah et une jeune mère attendaient encore. La maman téléphonait tandis que son bébé mâchait une biscotte, assis dans sa poussette. La jeune femme leva les yeux et regarda Hannah qui lui adressa un sourire crispé.

Elle n'était pas douée pour les entretiens d'embauche. Plus maintenant. Depuis l'accident et sa rupture avec Edward, son ex-fiancé, sa confiance en elle avait chuté. S'asseoir devant des gens qui l'évaluaient, la jugeaient, lui rappelait trop de mauvais souvenirs.

Mais j'ai besoin de ce travail ! J'ai besoin de m'éloigner de l'endroit où je suis.

— Shannon Glossop ?

La jeune maman se leva et disparut avec son bébé dans le couloir, la laissant seule dans la salle d'attente. La bouche sèche, elle chercha du regard une fontaine d'eau et en découvrit une, près de la sortie. Elle alla se verser un verre d'eau froide, et était sur le point d'en prendre une gorgée quand elle perçut une voix grave teintée d'un léger accent.

— Mademoiselle Gladstone ?

Elle sursauta, et l'eau se renversa sur son chemisier blanc, mais elle ne répondit pas.

— Tout va bien ?

Elle se retourna, rouge de honte, et ses yeux croisèrent ceux d'un homme grand, aux cheveux bruns légèrement ébouriffés. Il lui sourit.

Hannah frotta son chemisier.

— Oui, tout va bien, balbutia-t-elle. Je suis désolée, mais…

Avez-vous quelque chose pour essuyer ça ? Euh... Hannah Gladstone.

Elle lui tendit la main. Pourvu qu'il ne se rende pas compte qu'elle tremblait !

— Ne vous inquiétez pas pour ça. On va s'en occuper...

Il lui sourit de nouveau, mais elle ne le remarqua pas, troublée par son léger accent écossais. De quelle partie de l'Écosse était-il originaire ? Glasgow ? Édimbourg ? Soudain, elle aurait voulu tout savoir sur ce pays, juste pour pouvoir l'écouter parler. Il y avait quelque chose de si envoûtant dans la fluidité de son discours qu'elle en oubliait presque la raison de sa présence.

— Oh ! d'accord. Merci. Vous êtes sûr ?

Il acquiesça et sourit de nouveau, révélant une rangée de belles dents blanches.

Il s'écarta légèrement et lui indiqua qu'elle devait entrer dans la pièce, devant lui. À l'intérieur, une femme était assise derrière un bureau avec une pile de papiers. Près d'elle, une tasse de thé et une assiette de biscuits.

Elle se leva et lui tendit la main.

— Mademoiselle Gladstone ? Asseyez-vous, s'il vous plaît. Je m'appelle Lucy Dent et je suis la directrice du cabinet de Greenbeck. Voici le Dr Zachary Fletcher, l'associé principal.

Zachary... Zach... Ça lui allait bien, pensa Hannah en plaquant un sourire sur son visage, alors qu'il fermait la porte derrière elle et lui désignait un fauteuil.

— J'espère que vous nous avez trouvés facilement, dit-il.

— Oui... J'ai suivi vos indications, mais je me suis quand même perdue !

Elle rit, croyant qu'ils riraient avec elle, puis elle réalisa qu'elle passait un entretien d'embauche et que ce n'était pas le moment d'évoquer sa maladresse.

— Je veux dire... je sais m'orienter, bien sûr, mais j'ai du mal avec... les cartes.

Elle se mordit la lèvre. Elle savait qu'elle bafouillait. Elle jeta un coup d'œil à Zach et vit qu'il la fixait d'un air perplexe. Elle prit une grande inspiration, puis se ressaisit.

Arrête de paniquer.

— Je suis bien arrivée, en tout cas.

— Je suis heureux de l'entendre.

Elle saisit le regard qu'il échangea avec Lucy et sentit son cœur battre follement.

Je suis en train de tout gâcher !

— Alors, pourquoi ne pas nous parler de vous, mademoiselle Gladstone ? suggéra la directrice du cabinet.

Elle acquiesça. Elle en était capable, non ?

— Je travaille en tant qu'infirmière depuis environ dix ans maintenant. J'ai acquis cette longue expérience au sein du même cabinet de médecine générale et maintenant j'aspire à changer…

— Et vous occupiez ce poste à temps plein ? demanda le Dr Fletcher, en regardant son dossier de candidature.

— Oui. Enfin… j'ai eu un accident et j'ai été en arrêt de travail pendant un certain temps mais, quand je suis revenue, c'était à temps plein.

Il hocha la tête.

— Je suis désolé d'entendre ça. C'était il y a combien de temps ?

— Il y a deux ans.

— Vous êtes en forme et bien portante, maintenant ?

— Absolument. En pleine forme et au top !

Lucy lui sourit.

— Quels sont, selon vous, vos principaux atouts professionnels ?

— Oh ! mon Dieu… Eh bien, pas les entretiens d'embauche, c'est sûr !

Elle eut un rire ironique, auquel ils répondirent par un sourire amusé.

— Je suis compétente dans mon métier. J'aime parler à mes patients, leur expliquer ce qu'il leur arrive lorsqu'ils se posent des questions, et établir une relation de confiance avec eux. Et…

Soudain, son cerveau se vida et elle ouvrit la bouche, comme si elle cherchait désespérément autre chose à dire.

— Je suis… euh…

Elle se tut et baissa les yeux.

— Avez-vous des questions à nous poser, de votre côté ? demanda Lucy.

Hannah avait anticipé cela et préparé une réponse. Elle aurait voulu savoir si elle pourrait se former régulièrement afin d'actualiser ses connaissances mais, comme elle avait échoué à cet entretien, à quoi bon évoquer ce point ?

— Quand est-ce que je commence ? lança-t-elle alors sur le ton de la plaisanterie.

Son sourire mourut sur son visage lorsqu'elle vit les deux professionnels échanger un regard stupéfait. Elle aggravait son cas !

Dépitée, elle ajouta :

— Je vous remercie de m'avoir reçue. J'aurais pu faire beaucoup mieux, c'est sûr, mais…

Elle se leva et leur serra la main, puis, au comble de la confusion, elle jeta un dernier regard au Dr Zachary Fletcher, juste pour graver son visage dans sa mémoire.

Non qu'elle puisse vraiment l'oublier… il était si attirant !

— Je vous en prie. Nous resterons en contact, dit-il simplement.

Elle retourna à la réception, remercia le personnel, puis se dirigea vers la sortie. Dans sa précipitation, elle heurta la jeune maman qu'elle avait vue plus tôt, et qui entrait dans le cabinet.

— Mon bébé ! Il s'étouffe !

Hannah laissa tomber son sac et se précipita vers la voiture de la jeune femme. Oui, celle-ci avait raison : son bébé était attaché dans son siège auto et semblait s'étouffer avec quelque chose qu'il avait avalé.

Elle se retourna et lança :

— Allez chercher les médecins !

Elle ouvrit la portière et détacha le bébé. Elle ne voyait pas ce qu'il avait avalé, et n'osait pas mettre son doigt dans sa bouche de crainte d'enfoncer davantage l'objet. Elle posa le bébé sur la longueur de son bras, le visage vers le sol, et commença à donner quelques tapes dans son dos, entre ses omoplates.

Le bébé continua de tousser et, au moment où Hannah

pensait qu'il allait s'évanouir, un objet jaillit de sa bouche et atterrit par terre : un gros grain de raisin !

La jeune maman sortit en courant du cabinet, suivie par le Dr Fletcher et Lucy, accompagnés d'un autre homme – un médecin, semblait-il, qui portait une sacoche. Leurs visages se détendirent lorsqu'ils entendirent le bébé éclater en sanglots, après cette expérience traumatisante.

— Tout va bien, maintenant. Elle va bien, dit Hannah en rendant le bébé à sa mère. Mais vous devriez peut-être demander à un médecin de l'examiner, juste pour être certaine.

La jeune maman hocha la tête et se dirigea vers l'autre médecin, qui portait une courte barbe impeccablement taillée. Comme ils s'éloignaient vers le cabinet, le Dr Fletcher les regarda partir, puis se retourna pour lui sourire.

— Bien joué ! Vous venez de sauver la vie de ce bébé.

— Oh ! n'importe qui aurait fait la même chose, vous savez !

— Je ne crois pas, non. Beaucoup de gens auraient paniqué en voyant un bébé s'étouffer comme ça. Vous êtes restée très calme et avez fait les gestes qu'il fallait.

Il réfléchit quelques instants, puis ajouta :

— Quand pourriez-vous nous donner une réponse ?

— Pardon ? demanda-t-elle sans comprendre.

— Ce travail vous plairait-il, et pourriez-vous commencer rapidement ?

Éberluée, elle le regarda.

— Vous voulez dire que… vous me proposez le poste ? Ici, au cabinet ? demanda-t-elle.

— C'est l'endroit auquel je fais référence, en effet.

— Vous êtes sûr ?

— À cent pour cent.

Elle éclata de rire. C'était fou ! Vraiment ? Il lui offrait ce travail par sympathie ?

— Mais je me suis très mal débrouillée à l'entretien !

Il haussa les épaules.

— Vous étiez nerveuse, c'est tout.

— Pire que ça, même. J'ai été nulle !

— Non, vous avez été très bien, au contraire, dit-il avant de tourner les talons.

2

Quelques jours plus tard

Zach avait travaillé très dur pour construire cette équipe et créer une ambiance familiale au cabinet de Greenbeck. Il n'avait pas voulu d'un endroit où chacun viendrait faire ses heures, sans croiser ses collègues, puis rentrerait chez lui. Il voulait que les gens aient plaisir à se retrouver chaque jour, et apprécient de travailler ensemble.

Hannah s'était montrée quelque peu maladroite lors de son entretien, mais elle l'avait ému comme il ne l'avait pas été depuis longtemps. Il savait qu'elle était parfaitement qualifiée et possédait l'expérience qu'il recherchait rien qu'à la lecture de son dossier de candidature. S'adapterait-elle à Greenbeck, avec eux tous ?

Elle l'avait impressionné quand elle avait sauvé la vie de ce bébé, sur le parking. C'est quand Hannah avait rendu l'enfant à sa mère qu'il avait lu dans ses yeux sa confiance dans ses propres compétences et sa capacité à réagir de manière adaptée.

Elle avait su gérer la maman paniquée, avait songé à les faire appeler en renfort et, après, elle avait balayé d'un revers de main ses compliments. Quelle humilité ! Il avait su tout de suite qu'elle était l'infirmière qu'il cherchait.

Il attendait maintenant qu'elle et le nouveau médecin, le Dr Stacey Emery, arrivent pour leur premier jour. Elles avaient toutes deux des rendez-vous aujourd'hui, mais le temps alloué à chaque patient avait été doublé, passant de dix à vingt minutes, pour les aider à s'habituer à leur nouvel emploi du temps et au cabinet.

Pour une raison quelconque, il se sentait nerveux, mais il se dit que c'était parce qu'il voulait que la journée se passe bien. Et cela fonctionna jusqu'à ce que la nouvelle infirmière, Hannah Gladstone, entre dans la salle d'examen principale, avec à la main une boîte remplie de ce qui ressemblait à des biscuits, et souriant à tout le monde.

Soudain, il se rendit compte qu'il avait la bouche sèche, et que son cœur battait fort dans sa poitrine alors qu'elle s'approchait de lui.

Je suis juste content de la voir ici. C'est tout. Et satisfait de l'avoir embauchée.

Il remarqua qu'elle boitait très légèrement de la jambe gauche. Étaient-ce des séquelles de l'accident qu'elle avait mentionné ? Elle semblait être un peu mal à l'aise, nota-t-il, mais elle le cachait bien.

Soudain, elle se planta devant lui. Ses yeux pétillaient d'excitation et de nervosité.

— Bonjour, docteur Fletcher. Un cookie ?

Il leva la main pour refuser. Il essayait de faire attention à ce qu'il mangeait, et il était trop tôt pour les friandises.

— Appelez-moi Zach, s'il vous plaît. Alors, vous êtes bien installée ?

— Oui, merci. C'est un peu bizarre de se réveiller avec le chant des oiseaux et le meuglement des vaches plutôt qu'avec les alarmes de voitures ou les sirènes, mais je suis sûre que je vais m'y habituer.

— Mme Micklethwaite prendra bien soin de vous.

— J'ai eu de la chance qu'elle ait une chambre pour me loger. Trouver un appartement à Greenbeck est extrêmement difficile.

Il acquiesça.

— L'autre nouvelle venue, le Dr Emery, va loger dans l'annexe de Daniel Prior, car il n'y a pas beaucoup d'endroits à louer, à part des logements de vacances à des prix exorbitants.

En effet, depuis que Greenbeck figurait dans la liste des dix plus beaux villages d'Angleterre, les prix avaient grimpé en flèche et les biens étaient impossibles à trouver.

Zach essaya de ne pas remarquer les boucles soyeuses de ses épais cheveux châtains, ni ses iris bleus tachetés de noisette au centre. Des yeux si étranges et si beaux qu'il aurait voulu plonger dedans et s'y noyer...

Mais qu'est-ce que je fais ? Concentre-toi ! Et arrête de la fixer comme ça, tu vas lui faire peur !

Zach la présenta à l'équipe administrative, et Hannah serra la main à tout le monde. Rit, plaisanta, offrit des cookies... De nouveau, il remarqua qu'elle boitait. Il aurait aimé lui poser davantage de questions pendant l'entretien, mais à ce moment-là ça ne lui avait pas semblé correct. Peut-être en saurait-il bientôt plus ?

En entendant des pas dans le couloir, il pencha la tête et aperçut le nouveau médecin.

— Docteur Emery ! Ravi de vous rencontrer enfin en personne ! Laissez-moi vous présenter à tout le monde...

Une fois ces formalités effectuées, il montra à la nouvelle recrue son bureau et la laissa à ses occupations, avant de retourner prendre le café que Hannah avait très gentiment préparé pour lui.

— Je vous montre votre bureau ? demanda-t-il.

— Oui, s'il vous plaît !

Zach ouvrit la voie. Le bureau de Hannah était situé entre le sien et la sortie de secours donnant sur le parking réservé au personnel. Lumineux et aéré, il était un peu plus grand que les autres cabinets de consultation. D'un côté, il y avait un bureau, avec un ordinateur et une imprimante, et de l'autre, tout le matériel médical dont elle aurait besoin, ainsi qu'un lit d'examen.

— C'est ici que la magie opère, dit-elle en posant son sac à main sur le dossier de la chaise et en faisant glisser son doigt sur le bureau, avant d'ouvrir les placards et de voir ce qu'ils contenaient.

Elle découvrit du matériel pour prélever des échantillons de sang, des écouvillons, des pansements pour les blessures, des masques à oxygène et d'autres équipements qu'elle utiliserait sans doute au quotidien.

— Je suis là, si vous avez des questions. Si je ne suis pas disponible, Daniel est à deux portes d'ici, mais tout le monde peut vous aider.

— J'y penserai, merci.

— Je vais vous laisser vous installer, alors.

Mais il s'attarda sans trop savoir pourquoi.

— Est-ce que vous avez mal ? s'entendit-il dire soudain.

Elle rougit.

— Mal ? répéta-t-elle, comme si elle ne comprenait pas.

— Vous semblez ressentir de l'inconfort avec votre jambe.

— Oh ! ce n'est rien ! J'ai l'habitude. Ne vous inquiétez pas, cela n'affectera pas mon travail.

— Non, bien sûr que non. Mais si je peux vous aider, n'hésitez pas à m'en parler, d'accord ?

Elle acquiesça.

— Bien sûr.

— Bien. Je vais vous laisser...

Hannah se mordit la lèvre et fit un pas vers lui.

— Je voulais vous remercier, Zach, de m'avoir offert ce travail. Je n'ai pas eu l'occasion de vous le dire avant, mais je veux que vous sachiez que je vous suis reconnaissante de m'avoir donné cette chance. Je vous promets que je ne vous décevrai pas.

Elle plongea les yeux dans les siens et, l'espace d'un instant, il se perdit dans ces profondeurs bleu azur. Mais il se ressaisit et répondit d'un ton précipité :

— Je le sais. C'est pour ça que je vous ai engagée. Passez une bonne matinée, Hannah.

— Vous aussi.

Il hocha la tête et referma la porte derrière lui, s'arrêtant brièvement dans le couloir pour essayer de comprendre ce qu'il ressentait et pourquoi il était si mal à l'aise en sa présence.

Lorsque la porte se fut refermée derrière Zach, Hannah prit une grande inspiration afin de calmer l'emballement de son cœur.

Le Dr Zachary Fletcher était décidément très sympathique, songea-t-elle, et sûrement marié et père d'une famille parfaite. Inutile, donc, de fantasmer sur lui !

Se redressant dans son fauteuil, elle se mit au travail, mais très vite ses pensées la ramenèrent à Zach.

Il avait remarqué qu'elle boitait. Déjà ! Cela dit, elle n'avait pas essayé de le cacher. De toute façon, elle n'aurait pas pu dissimuler longtemps cette blessure à tout le monde. À quoi bon, d'ailleurs ?

Elle avait huit personnes sur sa liste, ce matin. La première devait arriver dans quinze minutes. Elle retira son gilet, l'accrocha à une patère fixée sur la porte et se prépara mentalement à recevoir son premier patient de la journée.

Quand Petra Kovalenko entra, Hannah vit tout de suite ce qui l'amenait, mais elle se garda bien de le dire à la jeune femme.

— Bonjour. Comment puis-je vous aider ?

— Ce sont mes yeux, répondit la patiente. Ils sont vraiment douloureux et me démangent depuis vendredi soir. Et ce matin, quand je me suis réveillée, j'ai dû les nettoyer à l'eau chaude avant de pouvoir les ouvrir.

— Oui, on voit qu'ils sont très rouges. Il doit y avoir une inflammation. Êtes-vous en forme, en ce moment ? Pas de problèmes particuliers ?

Petra hocha la tête.

— Avez-vous côtoyé des enfants souffrant d'infections oculaires ?

La jeune femme sourit.

— J'enseigne à l'école maternelle.

— Tout s'explique... Je vois qu'il y a beaucoup de liquide entre vos cils, ce qui laisse penser qu'il s'agit d'une conjonctivite bactérienne. Avez-vous eu un rhume récemment ? Une otite ?

— Oui, j'ai eu un peu mal à l'oreille... Mais j'ai mis ça sur le compte du niveau sonore de ma classe. Les enfants peuvent crier très fort.

Hannah sourit.

— Je vais juste vérifier vos oreilles et votre gorge, d'accord ?

Elle examina les oreilles de Petra à l'aide de l'otoscope et décela une légère rougeur dans son tympan droit, mais sa gorge semblait claire et ses amygdales étaient normales, tout comme sa température et sa pression sanguine.

— D'accord. Je vais vous prescrire des antibiotiques. Êtes-vous allergique à certains médicaments ?

— Non.

— Vous devez vous laver les mains régulièrement, car c'est contagieux.

— Je peux quand même travailler ?

— Oui, mais il ne faut pas partager vos serviettes ou vos taies d'oreiller à la maison. Si vous vous mettez à éternuer ou à tousser, couvrez-vous la bouche avec un mouchoir en papier et assurez-vous de le jeter rapidement.

— Merci. Quand cela devrait-il commencer à s'améliorer ?

— Les antibiotiques devraient agir sous quarante-huit heures. Si vous avez toujours les yeux rouges dans quatre ou cinq jours, contactez-nous.

Elle tendit l'ordonnance à Petra.

— Merci beaucoup.

— Je vous en prie. Prenez soin de vous.

— Au revoir...

Une fois Petra partie, Hannah laissa échapper un grand soupir de soulagement. Elle venait de voir sa première patiente et tout s'était bien passé ! C'était ce qu'elle aimait dans son travail. Elle s'occupait de nombreuses affections aiguës que les gens pouvaient considérer comme bénignes telles que la toux, le rhume ou les maux de gorge, mais elle avait l'impression d'être utile, ne serait-ce qu'en rassurant les patients.

Elle poursuivit ses consultations, traitant une infection urinaire, une migraine, un cas de pied d'athlète et une verrue douloureuse avant de prendre sa pause du matin.

Dans la petite salle du personnel, elle remplit la bouilloire d'eau pour faire du thé. Elle allait s'asseoir pour soulager sa jambe quand Zach entra.

— Alors, comment ça va ? Tout se passe bien ? lança-t-il.

Il y avait quelque chose de tellement sincère dans son sourire qu'elle sentit une étrange chaleur l'envahir.

— Oui ! Tout va bien, merci.

— Je suis heureux de l'entendre. Vous avez déjà mis l'eau à chauffer ? Parfait ! J'ai justement envie d'une petite tasse...

Il s'assit sur une chaise.

Hannah lui sourit, embarrassée.

— Je me trompe ou... je détecte un léger accent ?

— C'est vrai ! J'ai été élevé à Bathgate.

— Oh ! vraiment ? Combien de temps y êtes-vous resté ?

Zach haussa les épaules.

— Pendant toute mon enfance. Ensuite, je suis allé à Édimbourg pour étudier la médecine, puis je suis venu en Angleterre.

— C'est un grand changement.

— En effet... Et vous ?

— Oh ! rien d'aussi intéressant, j'en ai peur. Je suis née dans le Surrey, j'y ai grandi et travaillé longtemps. Il était temps que ça change !

Elle avait eu besoin de s'éloigner de tous ceux qu'elle connaissait, car l'humiliation était trop dure à supporter. Elle avait pensé que la période qui avait suivi la rupture de ses fiançailles avait été la pire mais, hélas, ce n'était pas le cas. C'était venu bien plus tard, quand les rumeurs s'étaient répandues. Les semaines et les mois avaient passé, et les gens avaient commencé à la regarder avec pitié...

Ses parents et sa meilleure amie, Melody, lui avaient tous dit de tenir bon, mais c'était devenu impossible. Elle avait l'impression que tout le monde l'observait, la jugeait en permanence et connaissait chaque détail de sa vie. Elle avait été mise à nu et elle avait besoin de retrouver un peu de tranquillité. Un peu de dignité. Le nouveau départ que cette opportunité à Greenbeck lui avait offert valait bien le bouleversement que représentait un déménagement ! Oui, elle avait bien fait de laisser son ancienne vie derrière elle.

Sa mère l'avait suppliée de ne pas partir, lui assurant que tout cela n'avait pas d'importance et qu'elle devait garder la tête haute car elle n'avait rien fait de mal. Mais ce n'était pas sa mère qui devait faire face à ces regards contrits !

— Parfois, les changements s'imposent, dit Zach. Vous n'êtes pas d'accord ?

Elle se frotta la jambe gauche en espérant qu'il ne le remarquerait pas.

Mais il demanda, visiblement inquiet :

— Tout va bien ?

— Oui. Je crois que j'ai trop forcé sur le jogging ce week-end. Enfin, je veux dire… sur la marche. Je fais de la marche rapide et…

Elle se mordit la lèvre. Elle cherchait les mots pour le mettre sur une fausse piste, bien décidée à ne pas lui révéler son secret. Au lieu de cela, elle s'entendit ajouter :

— Ma jambe me fait mal parfois.

— L'accident ?

Il s'en souvenait ? Impressionnée, elle confirma.

— Oui.

— Je ne voudrais pas me montrer indiscret, mais… que vous est-il arrivé ?

— J'ai eu un accident dans un parc d'attractions, répondit-elle simplement.

Son visage s'assombrit.

— Rien de grave, j'espère ?

Elle avait très envie de tout lui dire. De ne plus avoir à se cacher. Elle en avait tellement assez ! Mais ce n'était sans doute pas une bonne idée. Après tout, elle venait d'arriver ici…

Elle secoua la tête.

— Non.

Derrière eux, la bouilloire s'arrêta.

— Vous voulez du thé ou du café ?

— Un café serait parfait, merci.

— Du lait ? Du sucre ?

— Juste du lait, merci.

Elle se retourna, sans se rendre compte qu'il s'était levé et se tenait tout près d'elle.

Ses yeux bleus étaient si brillants ! Des cils épais et sombres les faisaient paraître plus vifs encore. C'était décidément un beau spécimen. Séduisant, sportif, il paraissait très... solide.

Déstabilisée par sa propre réaction, elle se détourna, laissa échapper un lent et silencieux soupir, et se concentra sur la préparation du thé en espérant que ses mains ne se mettent pas à trembler. Elle ne pouvait pas se permettre d'être attirée par cet homme ! C'était son patron, bon sang ! De plus, elle était venue ici pour en finir avec les hommes, avec les histoires d'amour et toutes les complications qui en découlaient !

Elle lui tendit son café en essayant de ne pas effleurer ses doigts. Pourvu qu'il n'ait pas remarqué qu'elle respirait plus fort et qu'elle avait rougi !

— Merci, dit-il.

Il prit une gorgée.

— Délicieux... Bien... Je retourne au travail. N'oubliez pas que vous pouvez venir frapper à ma porte en cas de question.

— Oui.

Elle le regarda sortir, et ne relâcha son souffle qu'une fois qu'il se fut éloigné.

Zach ferma la porte de son cabinet derrière lui et alla s'asseoir dans son fauteuil.

Hannah paraissait parfaitement qualifiée pour ce poste, et elle s'intégrerait sans doute très bien dans la petite équipe du cabinet, mais...

Qu'est-ce qui lui donnait envie de la regarder et de l'écouter pendant des heures ?

Il n'était pas prêt à être attiré par une femme. Pas après l'échec catastrophique de sa relation avec Milly, la vétérinaire du village. Il venait à peine de reprendre le contrôle de son existence, et il ne voulait surtout pas revivre une telle épreuve.

Maintenant, quand il croisait Milly main dans la main avec Hugh, il était capable de la saluer sans sentir sa gorge se serrer. Et les gens étaient passés à autre chose et avaient cessé de lui poser des questions sur elle. Les patients ne lui demandaient plus s'il allait bien. La vie avait repris son cours pour lui, et il aimait cela. Une vie simple et sans histoires...

Mais Hannah...

Allait-elle menacer l'équilibre qu'il avait mis si longtemps à atteindre et tout chambouler dans sa vie ?

— Tu es dans le pétrin, dit-il tout bas en cliquant sur le nom de son prochain patient.

Alors qu'il attendait l'arrivée de M. Mackenzie Parsons, il perçut le rire de Hannah dans la pièce voisine, et lutta contre l'envie d'aller voir ce qui se passait. Il aurait voulu voir son visage s'illuminer, mais il savait qu'il ne devait pas bouger. Par instinct de conservation, il devait faire mine de n'avoir rien entendu.

Soudain, la porte s'ouvrit sur M. Parsons, qui entra en boitant, appuyé sur une canne.

— Bonjour, docteur !

— Monsieur Parsons ! Comment allez-vous aujourd'hui ? Asseyez-vous donc !

— J'en ai bien besoin ! gémit son patient en se laissant tomber sur une chaise.

— Que puis-je faire pour vous ?

M. Parsons remonta son pantalon jusqu'au-dessus du genou. Un genou gonflé, rouge et visiblement très enflammé.

— J'ai besoin que vous jetiez un coup d'œil à ma jambe, répondit-il.

Celui-ci haussa les sourcils.

— Depuis combien de temps est-ce comme ça ? demanda-t-il.

Il s'approcha pour examiner le genou, palpant doucement l'articulation pour tenter de sentir les structures sous-jacentes. L'infection s'était clairement installée.

— Cela a commencé samedi soir.

— C'était déjà gonflé samedi soir ?

— Non, mais cela me faisait déjà un peu mal. Dimanche

matin, ça a commencé à empirer, et j'ai pris du paracétamol. Ma fille voulait m'emmener aux urgences, mais je ne voulais pas l'embêter avec ça.

— Je pense que votre fille aurait dû insister, Mack. Vous êtes-vous cogné le genou ?

— J'ai fait un peu de jardinage samedi matin. J'ai taillé des rosiers grimpants qui étaient devenus incontrôlables car Matilda les laisse courir librement depuis des années.

— Vous vous êtes pris les pieds dans les épines ?

— Peut-être un peu. Juste là, regardez.

Il montra un petit trou de perforation à droite de la rotule.

— Je vois...

Le genou de M. Parsons était chaud au toucher.

— Il est certain qu'une infection aiguë s'est installée. Peut-être compliquée par une cellulite, aussi, expliqua-t-il Il faut vous mettre sous antibiotiques. Vous avez toujours une amplitude de mouvement complète ?

— Oh ! oui ! C'est un peu raide, mais je peux bouger.

— Prenons votre température... Des frissons ? Des sueurs ?

— Maintenant que vous le dites, oui, un peu...

— La nausée ?

Zach attrapa son thermomètre numérique et introduisit l'embout dans l'oreille de Mack.

— Non.

M. Parsons avait un peu de température, et Zach n'aimait pas ça. Il redoutait un cas d'arthrite septique.

— Avec votre articulation artificielle du genou, je pense qu'il vaut mieux aller à l'hôpital, Mack. Quelqu'un peut-il vous conduire aux urgences ? Votre fille Matilda, peut-être ?

— Elle est à Southampton aujourd'hui.

— D'accord. Alors je vais demander à la réception d'appeler une ambulance. Je veux que vous y alliez directement. Ils vont vous garder quelques jours, le temps de vérifier que le traitement est efficace.

M. Parsons hocha la tête.

— Je m'en doutais, docteur. Mais il faut que je rentre pour préparer quelques affaires.

— Vous pouvez rentrer chez vous. Nous allons demander à l'ambulance de venir vous chercher dans deux heures.

Mack hocha la tête.

— Attendez, je vais voir l'assistante.

— D'accord.

Il alla donner ses instructions à la réception, puis regagna son cabinet.

— Quand vous rentrerez chez vous, je veux que vous gardiez cette jambe surélevée, compris ?

— Oui, docteur. Je vous remercie de m'avoir reçu aussi rapidement.

— Pas de problème. La prochaine fois, allez directement aux urgences lorsque vous soupçonnez une inflammation. Il ne faut pas attendre.

M. Parsons acquiesça.

— Quand avez-vous pris des antalgiques pour la dernière fois ?

— Il y a environ trois heures.

— Très bien.

Il mit fin à la consultation et commença à rédiger son compte rendu. Il craignait que Mack ait besoin d'une intervention chirurgicale pour remplacer son articulation artificielle, mais personne ne pouvait le savoir à ce stade. Il détestait l'idée que M. Parsons puisse s'être mis ainsi en danger pour tailler ces fichues roses !

Mais la vie était ainsi faite, songea-t-il. Des événements soudains et inattendus pouvaient vous surprendre à tout moment. Même si vous étiez en couple depuis plus d'un an et que vous vous sentiez enfin en sécurité, la vie avait le don de tout gâcher...

Une fois ses notes rédigées, Zach étudia le dossier de son prochain patient, espérant que le reste de la journée se déroulerait sans incident. Mais à peine s'était-il assis qu'une alerte apparut sur son écran. Le Dr Emery, leur nouveau médecin généraliste, avait une urgence.

Il se précipita dans le cabinet de sa collègue, où il découvrit une jeune femme sur le point d'accoucher.

— Qu'est-ce que je peux faire ? demanda-t-il à Stacey.

Il ne voulait pas s'imposer. C'était sa patiente, mais c'était aussi son premier jour ici et il voulait faire tout son possible pour lui faciliter la tâche.

— Appeler une ambulance, répondit Stacey.

— Je m'en occupe !

Il disparut aussitôt et, lorsqu'il revint, il vit que Daniel était accouru pour l'aider.

— Daniel ? Je vais prendre ton dernier patient pour qu'on puisse libérer la salle d'examen, d'accord ?

Il expliqua ensuite à Mme Robotham pourquoi il intervenait. Elle ne parut pas y voir d'inconvénient. Alors il termina le test de BPCO que Daniel avait commencé, puis renvoya la patiente chez elle.

— On vous appellera, ne vous inquiétez pas.

— Merci, docteur Fletcher.

En retournant dans le couloir, il croisa Hannah, qui regardait Sarah Glazer, transportée sur un brancard par les ambulancières.

— Tout va bien ici, n'est-ce pas ? Je vous avais bien dit que c'était un petit cabinet tranquille !

Elle sourit, et il se surprit à la fixer à nouveau. Troublé, il suivit les ambulancières à l'extérieur, pour échapper aux émotions qui le submergeaient soudain.

Quand il entra dans la salle de repos du personnel, Hannah préparait une boisson chaude pour tout le monde.

— Je pense que nous l'avons bien mérité ! dit-elle, alors que tous arrivaient pour déjeuner, un panier-repas à la main.

Quand elle passa devant lui et se baissa pour poser le plateau de tasses remplies de thé et de café sur la table, il remarqua qu'elle grimaçait et se frottait à nouveau la jambe gauche, mais il choisit de ne rien dire.

Elle laissa échapper un soupir de satisfaction après avoir pris sa première gorgée.

— Ça fait du bien...

— Comment s'est passé ton premier jour, Hannah ? demanda Charlotte, l'assistante.

— Bien, merci. Et pour toi, à la réception ?

— On ne chôme pas. Mais nous pouvons proposer plus de rendez-vous maintenant que tu es là. Les patients avaient du mal à comprendre pourquoi nous ne pouvions pas les prendre en charge.

— J'espère que les gens n'ont pas été trop grossiers avec toi ?

— Il y a toujours quelques grincheux, mais dans l'ensemble les habitants de Greenbeck sont plutôt compréhensifs. Et tout le monde se connaît, alors cela incite à la bienveillance !

Hannah hocha la tête en buvant une gorgée de thé.

Zach alla récupérer son déjeuner dans le réfrigérateur puis, sa tasse de café à la main, il retourna dans son cabinet de consultation pour manger au calme.

Il ne pouvait pas s'asseoir dans cette pièce avec elle ! S'il le faisait, il ne pourrait pas s'empêcher de la regarder. De lui poser une foule de questions. Et la pauvre essayait de déjeuner. C'était son premier jour, et elle voulait faire bonne impression à tout le monde. Elle n'avait pas besoin qu'il se montre aussi indiscret !

Non, c'était mieux s'il mangeait seul. Il l'avait souvent fait après l'échec de sa relation avec Milly, pour échapper aux regards inquisiteurs de ses collègues.

Dans un soupir, il posa son sandwich et décrocha le téléphone, composant un numéro qu'il connaissait par cœur.

— Allô ?

— Evelyn ? C'est moi.

Evelyn McDonald n'était pas sa mère biologique, mais elle était sa mère de cœur. Parmi les membres des nombreuses familles d'accueil dans lesquelles il avait vécu, elle était la seule avec laquelle il était resté en contact. Gentille et douce, elle l'avait recueilli quand il avait quinze ans et l'avait aidé à passer le cap difficile de l'adolescence.

— Zachary ! Ça fait longtemps qu'on ne s'est pas parlé. Comment vas-tu ?

— Pas mal. Et toi ?

— Normalement, quand tu m'appelles pour prendre des nouvelles, c'est qu'il se passe quelque chose. De quoi veux-tu me parler ?

— Eh bien...

Il se pencha en arrière et se passa la main dans les cheveux.

— C'est Milly ? demanda-t-elle doucement.

Evelyn n'avait jamais beaucoup aimé Milly. C'était comme si sa mère adoptive avait eu un sixième sens, et avait su depuis le début que la jeune femme n'était pas faite pour lui.

— Non. Ce n'est pas elle.

— Il y a quelqu'un d'autre ?

— Non. J'ai embauché deux nouvelles personnes au cabinet, et la matinée a été compliquée, c'est tout.

— Et ces personnes sont compétentes ?

— Oh oui ! Il s'agit de deux femmes. L'une est médecin généraliste et vient d'Écosse, et l'autre est une infirmière du Surrey.

— Et elles sont célibataires, n'est-ce pas ?

Il éclata de rire.

— Oui, mais ce n'est pas ça. L'une est mère célibataire et l'autre...

— Je comprends. Écoute, Zach, tu es seul depuis un certain temps maintenant. Personne ne t'en voudrait si tu commençais à t'intéresser à quelqu'un d'autre.

— Je ne m'intéresse à personne ! protesta-t-il.

— D'accord, je te crois. Mais si tu es attiré par cette infirmière, alors... pourquoi pas ?

— Qui a dit que j'étais attiré par cette infirmière ?

— Toi... Tu as marqué une pause.

— Evelyn, tu vois et entends trop de choses qui n'existent pas !

— Tu crois ?

Il secoua la tête, exaspéré, et changea de sujet.

— Comment ça se passe, chez toi ? Les examens de Lachie sont bons ?

— Pas mal, soupira Evelyn. Il va recommencer la chimio.

On avait récemment diagnostiqué à Lachie, le père adoptif

de Zach, un cancer du cerveau. On lui avait aussitôt proposé un traitement, qu'il avait dû interrompre car il avait développé une infection. Le destin s'était ensuite acharné sur lui puisque, lors de son séjour à l'hôpital, il avait contracté le C. difficile, une pathologie intestinale qui provoque douleurs et épisodes de diarrhée extrême.

— Bien. Et vous allez bien tous les deux ?

— À part ça, oui. J'ai vu Mme Fincham l'autre jour, et elle te transmet ses amitiés.

Mme Fincham avait été sa professeure de sciences au collège.

— C'était un bon prof, dit-il.

— Oui...

— Je dois raccrocher, Evelyn. Ma pause-déjeuner est terminée.

— D'accord. Prends soin de toi. Et n'oublie pas que tu peux toujours m'appeler, ne serait-ce que pour dire un petit bonjour. D'accord ?

— D'accord.

— Au fait, Zach... Sois gentil avec toi-même. Tu le mérites, tu sais.

Il sourit. Evelyn le connaissait bien.

Après un ultime au revoir, il raccrocha et termina son repas. Son café avait tiédi, et il avait besoin d'une autre boisson pour commencer l'après-midi. Il retourna donc dans la salle du personnel, s'attendant à la trouver vide. Mais il se trompait car Hannah était encore là. Elle se croyait visiblement seule car elle était assise, la tête penchée, comme si elle souffrait, et se frottait la jambe gauche.

— Hannah ?

Elle leva la tête, les joues rouges, et fit mine de lisser la jambe de son pantalon.

— Oh ! vous m'avez surprise !

— Vous avez mal.

Elle fronça les sourcils, comme si ce qu'il venait de dire était totalement ridicule.

— Quoi ? Mais non !

Elle fit mine de se lever mais, lorsqu'elle s'appuya sur sa jambe gauche, elle grimaça.

Il fut à ses côtés en un instant.

— Qu'est-ce qu'il y a ?

— Ce n'est rien !

— Je n'en crois pas un mot. Maintenant, soit vous me le dites, soit j'insiste pour vous faire examiner !

Hannah se mordit la lèvre.

— Par vous ?

— Pourquoi pas ? Mais si vous préférez qu'une femme médecin vous examine, je suis sûr que je peux demander au Dr Emery.

Hannah soupira, puis ferma les yeux un instant.

— Non. Il faut que je vous explique, mais je vous demande de ne pas l'ébruiter. C'est tellement difficile... Et en plus, c'est mon premier jour !

— La douleur doit être prise au sérieux, vous le savez aussi bien que moi. Dites-moi ce que je peux faire pour vous.

— D'accord, mais cela doit rester entre nous.

Elle détourna le regard.

— Très bien.

— Pas ici. On peut aller dans votre bureau ?

Intrigué, il hocha la tête.

Il lui proposa son bras, mais elle insista pour marcher sans aide jusqu'à son cabinet. Elle boitait visiblement et, lorsqu'ils arrivèrent, elle se dirigea vers la table d'examen.

— Je vous ai parlé d'un accident, vous vous souvenez ? demanda-t-elle d'une voix brisée.

— Oui, vous avez mentionné un parc d'attractions, répondit-il en se lavant les mains avec soin.

— Oui. Eh bien, c'était plus qu'un petit bobo.

— Je l'avais deviné.

Son esprit s'emballa, tandis qu'il s'avançait vers la table d'examen. Avait-elle été opérée de la jambe ? Peut-être s'agissait-il d'un problème osseux ? Les fractures pouvaient mettre beaucoup de temps à guérir. Peut-être lui manquait-il des muscles, ou avait-elle subi une greffe de peau ?

Il la fixa, terriblement anxieux. Lorsqu'elle remonta son pantalon, il retint son souffle.

Hannah avait une prothèse à mi-cuisse.

Elle était amputée.

3

En prenant garde de ne pas croiser son regard, Hannah commença son récit.

— J'étais sur les montagnes russes. C'était un tout nouveau manège, et j'avais envie de l'essayer. J'adore les sensations fortes. Alors que tout avait bien démarré, le système de freinage a lâché au début d'une descente et nous avons percuté une voiture à l'arrêt devant nous. Mes jambes sont restées coincées...

Zach ne laissa paraître aucune émotion, se contentant de hocher la tête.

— As-tu des douleurs fantômes ?

L'atmosphère était si étrange, si... tendue qu'il venait de passer au tutoiement, de manière spontanée. Elle l'imita sans hésiter.

— Non, c'est au niveau de la prothèse que c'est très douloureux. Regarde...

Elle retira la prothèse, et il remarqua une irritation au point de contact entre la peau et le métal.

— Laisse-moi faire...

Zach examina la peau au-dessus de la prothèse.

Elle frissonna imperceptiblement au contact de ses doigts, tandis qu'il effleurait ce qui ressemblait à une inflammation.

— Il n'y a pas de plaie, mais la peau est irritée. Je vais mettre un pansement pour la protéger.

— Je peux le faire moi-même, tu sais...

Mais il l'arrêta.

— Ce n'est pas une bonne idée. Tu es ma patiente, et je te

demande de ne pas bouger. Je n'ai pas souvent l'occasion de jouer avec des bandages. Pourquoi ce privilège serait-il réservé aux infirmières ?

Il lui fit un clin d'œil avant de se pencher pour regarder dans les armoires, mais il revint bredouille.

— Les bandages sont dans mon cabinet, lui dit-elle.

— Hum... reste là. Ne bouge pas, surtout !

Il jeta un coup d'œil à l'horloge, et elle fit de même.

Il leur restait environ cinq minutes avant le début des consultations de l'après-midi.

Une fois Zach sorti, elle examina son cabinet, mais elle ne trouva aucun indice sur sa vie personnelle. Pas de photos de famille. Ni femme, ni enfant, ni animal de compagnie bien-aimé. Il n'y avait pas non plus d'œuvres d'art sur les murs.

Zach Fletcher était décidément un homme mystérieux, songea-t-elle. Ou alors, discret ?

Ça ne change rien. Pour toi, c'est juste un collègue.

La porte du cabinet s'ouvrit, et il entra, le sourire aux lèvres et les bras chargés de matériel.

— Je ne savais pas trop quoi prendre...

Après avoir ouvert le paquet, il appliqua un désinfectant, puis posa le bandage sur sa jambe, soulageant la pression sur sa peau irritée.

— Ça va ?

— Pas mal. Tu ferais un bon infirmier, tu sais !

Il s'appliqua à faire un pansement, et l'aida à remettre la prothèse en place.

— Il faudra peut-être soigner cette inflammation par des médicaments, annonça-t-il. Je te laisse te rhabiller.

Il tira le rideau qui entourait la table d'examen pour préserver son intimité, et elle le rejoignit quelques instants plus tard.

— Merci, Zach, ça va mieux.

— Je t'en prie.

— Je ferais mieux d'y aller car mes rendez-vous m'attendent...

— D'accord.

— Je préférerais que… tu ne dises rien aux autres pour l'instant.

Il posa un doigt sur sa bouche.

— Secret professionnel, dit-il simplement.

Confiante, elle quitta son cabinet.

Durant tout l'après-midi, Zach ne cessa de penser à Hannah et à ce qu'elle avait traversé.

Elle avait subi un terrible traumatisme qui avait changé sa vie et pourtant elle était restée optimiste, enjouée… et magnifique.

Cependant, il s'inquiétait pour elle. Pourquoi ne lui avait-elle pas parlé de l'accident au moment de l'entretien d'embauche ? Avait-elle pensé qu'elle pourrait être discriminée en révélant son état de santé ? Il espérait que non, mais il savait que le mensonge faisait partie de la vie. Des patients mentaient tous les jours.

Milly aussi lui avait menti…

Elle lui avait dit qu'elle l'aimait, mais il l'avait surprise avec Hugh, qu'il considérait comme un ami. Il les avait trouvés ensemble et, même à ce moment-là, prise en flagrant délit, elle avait continué de mentir. L'avait-elle pris pour un idiot ?

Il n'avait jamais découvert la vérité sur ses propres parents, non plus. Evelyn lui avait raconté que sa mère n'avait pas pu s'occuper de lui et qu'elle l'avait placé en foyer à l'âge de deux ans. Il n'avait aucun souvenir de cet épisode, bien sûr. Quant à son père, il avait tout simplement disparu !

Evelyn lui avait fait comprendre qu'il méritait d'être aimé et lui avait promis qu'un jour il trouverait le bonheur. Mais il n'était pas sûr de pouvoir faire assez confiance à quiconque pour cela…

Démarre, sale tas de ferraille !

Hannah était à Greenbeck depuis deux semaines et elle commençait déjà à se sentir chez elle, ici. Tout le monde était si gentil, si accueillant ! Et le petit secret qu'elle partageait désormais avec Zach était bien gardé.

Son seul problème, c'était que sa voiture ne voulait pas démarrer, et qu'elle devait rentrer chez elle !

Le moteur calait à chaque fois qu'elle essayait de mettre le contact. À une ou deux reprises, elle avait même pensé que la chance était de son côté mais, alors qu'elle tournait une nouvelle fois la clé, des lumières s'étaient mises à clignoter sur le tableau de bord. Que signifiaient tous ces voyants orange et rouges ?

Elle tapa sur le volant en signe de frustration, puis sursauta lorsqu'on frappa à la vitre côté passager.

Zach...

Elle sentit son cœur s'emballer.

— Tu veux que je jette un coup d'œil ?

Elle leva un sourcil.

— Tu sais réparer les voitures ?

Il secoua la tête.

— Non, mais je peux faire semblant, si ça peut te rassurer.

Elle rit et se pencha pour actionner le levier qui permettait d'ouvrir le capot. Elle le regarda mettre le loquet pour le maintenir en place, puis inspecter attentivement le moteur. Il vérifia l'huile, tout en réfléchissant.

— Un indice ?

Il la regarda.

— Aucun.

— Je m'en doutais !

— Je soupçonne les voitures d'être encore plus compliquées que les gens. D'autant plus qu'elles sont bourrées d'électronique, de nos jours.

Elle acquiesça.

— Je vais appeler un dépanneur.

— Tu veux que j'attende avec toi ?

— Oh ! non, tu as sans doute beaucoup mieux à faire.

— Ce n'est pas un problème, et puis je ne veux pas te laisser ici toute seule. On pourrait aller prendre un café au Buttered Bun ? Nous nous installerons près de la vitrine, et tu pourras surveiller la dépanneuse...

Aller prendre un café avec Zach ? En dehors du travail, comme avec un ami ?

Elle imagina une foule de raisons de ne pas le faire, mais son sourire était si craquant qu'elle fut incapable de résister, et s'entendit répondre :

— Bien sûr ! Pourquoi pas ?

Elle ferma sa voiture à clé, et ils marchèrent jusqu'au café. Un panneau sur la porte indiquait que le groupe Knit and Natter jouait ce soir et que tous les habitants du village étaient les bienvenus. En entrant, ils saluèrent un groupe de vieilles dames souriantes occupées à tricoter, et prirent place devant la fenêtre.

— Tu veux juste un café ? demanda Zach.

— J'ai un petit creux. Je prendrais bien un sandwich s'il en reste.

— Je vais voir.

Elle regarda Zach se diriger vers le comptoir et parler à la serveuse, qui avait les mêmes cheveux d'un roux flamboyant que leur nouveau médecin généraliste, le Dr Emery. S'agissait-il de sa sœur ?

— Il n'y a plus de sandwichs, mais Jade dit qu'il lui reste de la brioche ! s'écria Zach quand il eut regagné leur table.

— Parfait. Merci.

Elle se leva pour prendre de l'argent dans son sac, mais Zach l'arrêta.

— Non, non. C'est pour moi.

Hannah se rassit docilement. Il se montrait très prévenant, ce qui lui rendait la tâche encore plus difficile. S'il était prêt à patienter avec elle, cela signifiait-il que personne ne l'attendait à la maison ? L'autre jour, elle avait entendu les réceptionnistes mentionner le prénom « Milly » alors qu'elles parlaient de Zach, mais elle n'avait pas bien compris ce qu'elles disaient. Elle ne voulait surtout pas écouter les ragots du cabinet, même si elle aurait bien aimé savoir s'il y avait quelqu'un dans sa vie.

En tout cas, elle se sentait nerveuse en sa présence. Parce qu'elle l'appréciait. Beaucoup. Elle n'avait pas du tout imaginé ce genre de scénario en postulant pour ce nouveau travail.

Zach apporta leur plateau. Une tasse de café pour elle, une petite théière pour lui, et deux portions de brioche à partager.

— Ça a l'air très bon !

L'arôme merveilleux de la brioche grillée et du beurre fondu lui mit l'eau à la bouche.

— Commence, je t'en prie...

Elle prit une bouchée et laissa échapper un soupir de satisfaction, avant de s'essuyer délicatement les lèvres.

— Peut-être veux-tu prévenir quelqu'un ? demanda-t-elle. Dire que tu vas rentrer tard ?

— Non.

— Oh...

— Et toi, tu n'as personne à prévenir ? voulut-il savoir à son tour.

— Non.

Elle prit une gorgée de son café. Il était si chaud qu'il lui brûla la langue.

Il leva un sourcil et, pour rompre le silence qui menaçait de s'installer, il demanda :

— Tu apprécies son séjour à Greenbeck ?

— Oh ! oui ! C'est exactement ce dont j'avais besoin.

— Toute ta famille est dans le Surrey ? Ils te manquent ?

— Ils ne sont pas loin... Ce n'est qu'à une heure d'ici.

Elle se tut. Elle ne voulait pas parler d'elle. Il en savait déjà beaucoup trop à son sujet.

— Et toi ? Tu es loin de l'Écosse !

— Ah, eh bien...

Il sourit, cherchant quoi dire.

— Je n'ai pas vraiment de famille. J'ai des parents adoptifs à qui je parle occasionnellement. Je devrais retourner les voir, mais tu sais ce que c'est. Je suis occupé...

— Oui. Tu as... vécu longtemps chez eux ?

Il hocha la tête.

— Et c'était comment ?

— Ce n'était pas drôle tous les jours, mais j'ai beaucoup appris sur la vie à leur contact. Sur ce qui compte vraiment.

— Je comprends...

Il hésita un instant, puis reprit :

— Et toi ? Ta jambe ? Cela a dû être une épreuve difficile ?

Elle acquiesça.

— Oh oui ! Je me sentais souvent seule, comme si personne d'autre ne pouvait comprendre ce que je vivais. Du moins jusqu'à ce que je rejoigne un groupe de soutien. C'est pourquoi je tiens toujours à en créer sur mon lieu de travail. Avoir une maladie ou une blessure chronique peut être source d'isolement.

— Tu as raison. Je ressentais la même chose quand j'étais à l'école. Tous les autres semblaient avoir des parents, des familles et des maisons où aller le week-end. Les fêtes d'anniversaire, les Noëls en famille, ce n'était pas pour moi...

Elle détourna le regard et se mit à parler, à voix feutrée.

— J'étais fiancée quand j'ai eu mon accident. Le mariage devait se dérouler un mois plus tard, alors nous l'avons repoussé. Au début, les médecins pensaient pouvoir sauver ma jambe, et j'ai subi trois opérations. Puis l'infection s'est installée, et... tu connais la suite. J'ai demandé à Edward de reporter encore le mariage, ce qu'il a fait avec plaisir. En fait, il semblait soulagé par ma décision, ce qui aurait dû m'alerter, quand j'y repense. Mais j'étais trop concentrée sur ma guérison que j'ai ignoré ce signal. Je pensais que nous pourrions nous marier lorsque j'aurais appris à marcher sans aide avec ma prothèse. Je pensais qu'il serait fier de moi. Mais il s'est avéré qu'Edward n'était plus tout à fait sûr de vouloir m'épouser. Il prétendait m'aimer mais ne pas être amoureux de moi, et physiquement c'était difficile... Il m'a envoyé un texto le matin de notre mariage pour me dire que tout était fini.

Zach fronça les sourcils, l'air à la fois furieux et incrédule.

— Quel salaud ! lâcha-t-il. On dirait que tu l'as échappé belle.

Elle sourit tristement.

— Ce n'est pas ce que j'ai pensé, à l'époque, tu t'en doutes.

— Je connais ce sentiment. Si ça peut te rassurer, tu n'as pas le monopole des relations ratées !

— Heureusement ! rétorqua-t-elle avec un sourire. Que t'est-il donc arrivé ?

Zach prit une grande inspiration et soupira.

— Elle s'appelle Milly. C'est la vétérinaire du village, et tu la rencontreras sans doute un jour ou l'autre. Nous avons été ensemble pendant un an... nous étions même fiancés. Tout semblait parfait.

— Que s'est-il passé ?

— Nous étions tellement occupés à organiser notre mariage que nous en avons oublié de discuter de ce que nous en attendions. Quand je le lui ai demandé, Milly m'a dit qu'elle ne voulait pas d'enfants. Jamais.

— Et toi, tu en voulais ?

Il hocha la tête.

— Je n'ai jamais eu de vraie famille. Et je me suis toujours promis d'en fonder une lorsque je serais adulte. C'est très important pour moi. Et Milly me semblait être la partenaire parfaite jusqu'à ce qu'elle lâche cette bombe. J'ai essayé de négocier, de la faire changer d'avis...

— Et tu n'as pas réussi ?

— Non, hélas ! J'ai tout tenté. Je me suis accroché. J'ai sérieusement envisagé de renoncer moi-même à avoir des enfants et je me suis imaginé que cela me suffirait. Mais les choses avaient changé entre nous. Une tension, une atmosphère de défiance, s'est installée. Elle m'a dit qu'elle se sentirait toujours coupable de ne pas me donner ce que je voulais. Un jour, je l'ai surprise au lit avec un de mes amis. Et il n'a pas fallu longtemps pour que la nouvelle se répande dans tout Greenbeck...

— Je suis désolée, Zach.

— Pas la peine. Comme toi, j'ai eu la chance de m'en sortir. Je ne le croyais pas à l'époque, mais je le sais, maintenant.

Ainsi, comme elle, il était célibataire. Comme elle, il cherchait l'amour et rêvait d'avoir un jour une famille à lui. Mais qui trouverait-elle pour l'aimer avec son handicap ?

Zach, lui, aurait la chance de trouver quelqu'un d'autre, sans aucun doute. Il était chaleureux et amical. Il consacrait du temps aux autres et il était le plus dévoué des médecins, elle en avait eu la preuve quand il l'avait examinée. Il était venu à son secours quand sa voiture ne démarrait pas, aussi, et maintenant il lui tenait compagnie jusqu'à ce que le service de dépannage arrive.

C'était un gentleman, et à son avis cette Milly avait fait une terrible erreur en laissant un homme comme celui-ci lui filer entre les doigts.

Soudain, Zach pointa du doigt la rue.

— Voilà la dépanneuse !

— En effet. Je vais aller voir. Merci de m'avoir tenu compagnie, et merci aussi pour le café.

Il lui sourit, et elle remarqua les petits plis, au coin de ses yeux. Il était décidément plein de charme, et elle aurait pu passer toute la journée à le regarder.

— Je reste encore un peu, déclara-t-il. S'ils ne peuvent pas réparer maintenant, comment vas-tu rentrer chez toi ?

Elle le remercia alors qu'ils sortaient du Buttered Bun et se dirigeaient vers le parking du cabinet médical.

Elle expliqua la situation, et la mécanicienne ouvrit le capot puis commença à faire des tests pour établir son diagnostic.

Adossée au muret de pierres, près de Zach, Hannah lui donna un coup de coude amical.

— Tu es un homme bien, Zachary Fletcher. J'espère que tu ne laisses pas cette Milly prendre trop de place dans ta tête...

— Non. Comme je te l'ai dit, cette histoire m'a beaucoup appris. Un jour, je rencontrerai une femme qui voudra la même chose que moi : le mariage, les enfants... Quand je serai prêt à faire confiance à nouveau. Et cette personne-là existe pour toi aussi, il n'y a aucun doute. Il faut juste rester ouvert...

— Absolument.

— Le problème, reprit-il, c'est que je ne suis pas sûr d'être capable de faire confiance à qui que ce soit. Et si la confiance n'est pas là...

Il haussa les épaules, résigné.

— Je sais ce que tu veux dire. C'est un risque de se mettre à nu. De se montrer vulnérable...

Sa voix se brisa sur ce dernier mot, et elle ravala ses larmes. Elle ne pensait pas être aussi émotive, mais Zach lui avait parlé à cœur ouvert, comme personne ne l'avait fait depuis longtemps. C'était à la fois excitant et terrifiant.

— Alors peut-être devrions-nous faire un pacte ? suggéra-t-il.

Elle essuya discrètement une larme.

— Un pacte ?

— Oui, un accord.

— À propos de quoi, exactement ? demanda-t-elle, amusée par la tournure que prenait leur conversation.

— Il faut nous préparer mutuellement à faire une rencontre, et cesser d'attendre en vain. Un peu comme un entraînement, tu vois ? Pour développer notre confiance en nous. Et nous assurer qu'aucun de nous ne s'engage avec la mauvaise personne ou n'ignore les signaux d'alarme…

— Ah oui ? C'est aussi simple que ça, tu crois ? Comment on fait ça, à ton avis ?

— On sort ensemble.

Elle manqua s'étouffer.

— Quoi ?

Zach ne put se retenir de rire.

— Ne t'affole pas ! Je ne dis pas qu'on *sort vraiment ensemble*. Mais on peut s'entraîner, faire semblant. Ensuite, on s'en parle et on échange nos points de vue. Comme ça, si l'un de nous commet une erreur, ou ignore ce qui pourrait être un signal d'alarme, l'autre peut le lui dire sans blesser quiconque.

— Je vois. C'est un peu comme… une expérience ?

— Nous pouvons tester des hypothèses. Voir ce qui fonctionne et ce qui ne fonctionne pas. Puis, quand la personne idéale se présentera, nous serons si bien préparés que nous ne la laisserons pas filer, et nous saurons comment réagir parce que nous nous serons entraînés ensemble. Tu comprends ?

Il sourit.

— Qu'est-ce que tu en penses ?

C'était une idée folle ! Ridicule ! Mais c'était tentant, aussi…

Et s'il avait raison ? Et s'il pouvait l'aider à se sentir mieux, à oser de nouveau ?

— Je pense que c'est une bonne idée.

— Super. Nous sommes tous les deux des adultes et nous savons ce que nous faisons, mais nous avons aussi tous les deux fait la douloureuse expérience de l'abandon. L'idée, c'est d'aider l'autre à donner une chance à l'amour lorsqu'il se présente. Tu peux être mon cobaye, et je serai le tien.

Elle acquiesça. Mais accepter ce pacte signifiait renoncer à sortir un jour avec lui, n'est-ce pas ? Ce ne serait qu'un entraînement, un jeu destiné à voir comment chacun se comportait lors de ses rendez-vous. De toute façon, il n'avait pas l'air d'être intéressé par *elle*.

— Cool. Marché conclu ! lança-t-elle en lui tendant la main.

Elle rompit ce contact la première et se tourna vers la mécanicienne, qui lui faisait signe de la rejoindre.

— J'ai bien peur que ce soit votre alternateur, expliqua celle-ci. Il est complètement mort et n'envoie aucun signal électrique, donc votre batterie est à plat aussi. Je peux remplacer la batterie, mais pas l'alternateur. Je vais appeler une dépanneuse et faire remorquer votre voiture au garage local.

— Chez Barney ? demanda Zach.

La jeune femme hocha la tête.

Zach raccompagna Hannah jusque chez Mme Micklethwaite. Quand il se gara, il lui jeta un regard timide.

— Alors... quand est-ce qu'on commence notre expérience ?

Elle haussa les épaules.

— Peut-être ce week-end ?

Il hocha la tête.

— D'accord, ce week-end. À demain, alors...

4

Jerry Fisher s'assit en face de Hannah et fouilla dans sa poche pour en sortir une feuille de papier. *Une liste !* comprit-elle.

— J'ai des vertiges, commença son patient. Des picotements, aussi, et la sensation d'être dans le brouillard. Parfois il me faut beaucoup de temps pour trouver mes mots.

Elle jeta un coup d'œil à son dossier médical. Jerry avait quatre-vingt-deux ans et consultait toujours pour des petits bobos. La veille il était venu se faire déboucher les oreilles, et quelques jours auparavant il s'était plaint de légères migraines.

— D'accord... Je vois que vous avez une liste, dit-elle, et, comme nous n'avons que peu de temps à passer ensemble, pourquoi ne pas choisir les deux symptômes les plus gênants ?

— Tous mes symptômes sont gênants, docteur.

— Je vois...

Elle s'avança et tendit la main pour attraper la feuille qu'il lui tendait.

— Il y a douze points sur cette liste, monsieur Fisher, et je n'ai que dix minutes à vous consacrer. Il m'est impossible de vous fournir les soins les plus efficaces si j'essaye de les aborder tous en même temps.

— Mais... et si tout était lié ?

Elle parcourut de nouveau la liste des yeux.

— Écoutez, monsieur Fisher, je ne pense pas qu'il y ait un lien quelconque entre un ongle d'orteil noirci et un grain de beauté suspect. Vous semblez avoir beaucoup de problèmes avec vos oreilles, cependant. Laissez-moi les examiner.

Hannah effectua un examen à l'aide de l'otoscope, mais ne vit absolument rien d'anormal. Le tympan était en bon état, il n'y avait pas d'amas de cérumen. Quand elle prit sa température, elle était parfaite, ainsi que sa tension artérielle.

— Dites-moi, monsieur Fisher, vous... ne vous sentez pas un peu seul, parfois ?

Comme son patient baissait les yeux, elle sut qu'elle avait mis le doigt sur le vrai problème.

— Les choses ne sont plus les mêmes depuis la mort de Beryl.

— C'était votre femme, n'est-ce pas ?

Il acquiesça, et elle lut dans son regard une immense tristesse.

— Je suis désolé de vous avoir fait perdre votre temps, docteur.

Il se levait pour partir lorsqu'elle posa la main sur son bras.

— Monsieur Fisher... attendez. La solitude est un problème sérieux, vous savez. Allez-vous parfois chercher un peu d'aide... ailleurs ?

Il la regarda, honteux.

— Je vais à la bibliothèque et je leur demande de me commander des livres que je ne lis pas, avoua le vieil homme. Je vais au magasin du coin juste pour pouvoir parler à la caissière. Elle est gentille. Et souvent, je m'assois au Buttered Bun et je sirote un café toute la journée, histoire de voir des gens.

— Vous n'avez pas d'amis, ici ? De la famille ?

— Ils sont tous partis. J'étais le plus jeune d'entre eux et je les ai tous enterrés. La famille de Beryl aussi a disparu. Les amis que j'avais sont morts ou en maison de retraite.

Hannah avait pitié de Jerry. Mais elle avait une solution.

— J'ai peut-être quelque chose à vous proposer, monsieur Fisher. J'ai récemment créé un groupe de soutien ici, au cabinet, pour les personnes comme vous, qui recherchent de la compagnie et de l'amitié. Et je me suis associée à un centre local de sauvetage de chiens qui est prêt à mettre à disposition certains de ses animaux pour que vous puissiez les emmener pour une promenade à travers les bois jusqu'au château, par exemple.

— Vraiment ? J'avais un chien, avant, mais il est mort, et je me sens trop vieux pour en prendre un autre.

— Venez, et vous déciderez si cela vous plaît ou non, suggéra-t-elle. Dois-je noter votre nom ? Ce groupe se réunit une fois par semaine, le samedi, juste après le déjeuner.

— Oui, je veux bien.

Elle sourit, car Jerry Fisher semblait ragaillardi. La seule perspective d'avoir un peu de compagnie suffisait à allumer une étincelle dans son regard.

— Si vous avez des problèmes de santé, monsieur Fisher, vous pouvez revenir me voir, d'accord ?

— Vous avez été très gentille, merci. Et compréhensive.

— Je sais ce que c'est que de se sentir seul, vous savez.

— Une jeune et jolie femme comme vous ?

— Eh oui !

— Vous participerez aux séances de ce groupe ?

— Oui, comme c'est moi qui organise cette activité, je veux m'assurer que tout fonctionne bien.

— Alors j'ai hâte de vous voir ! Merci.

— Prenez soin de vous, monsieur Fisher.

Une fois son patient parti, elle fit quelques étirements pour soulager son dos et se détendit un peu dans son fauteuil.

Elle ferma les yeux dans l'espoir de méditer quelques instants. Mais elle ne cessait de penser à son prochain rendez-vous avec Zach. Son faux rendez-vous galant !

Ils n'avaient pas vraiment établi de règles. Devaient-ils s'habiller comme pour un vrai rendez-vous ? Ou pouvaient-ils juste discuter autour d'une pinte de bière et d'un paquet de chips ?

Peu importait, finalement. La principale raison pour laquelle elle devait se rendre à ce rendez-vous d'entraînement avec Zach était qu'elle en avait vraiment besoin. En effet, elle était persuadée qu'il lui était vraiment impossible de trouver quelqu'un qui l'aime et qui lui soit loyal, mais elle savait qu'elle devait se confronter à ses peurs, sous peine de ne pas parvenir à les surmonter.

Elle ignora l'étrange sentiment qui l'envahit quand elle

envisagea son rendez-vous avec Zach. Soudain mal à l'aise, elle eut envie de l'appeler et d'annuler... Ce qu'elle ressentait n'avait pas d'importance : elle ne voulait pas s'engager à nouveau avec quelqu'un.

Qui la trouverait séduisante maintenant, avec une jambe en moins et un moignon de cuisse qui présentait une étrange cicatrice à son extrémité ? Elle avait elle-même du mal à le regarder parfois, alors pourquoi un homme le ferait-il ?

Zach l'avait vu, lui. Mais c'était un regard de médecin qu'il avait porté sur elle, un regard semblable à celui de tous les professionnels de santé. Le genre de regard qui n'exprime ni surprise ni dégoût ou émotion d'aucune sorte afin de ne pas effrayer le patient...

Mais qu'avait-il vraiment ressenti ?

Ça n'a pas d'importance. On ne fait que s'entraîner, sans s'attacher. Pour le jour où la vraie rencontre arrivera. Ce jour-là, je serai heureuse pour lui...

5

Zach avait proposé de s'occuper de Rebel, le berger allemand de son voisin, pendant que ce dernier était à l'hôpital. Marvin l'avait appelé pour lui demander s'il pouvait laisser Rebel sortir dans le jardin pour faire ses besoins, et le nourrir matin et soir, mais, comme Zach aimait les chiens, il avait insisté pour emmener Rebel faire une vraie promenade.

Il décida de prendre la direction du château. Il devait retrouver Hannah plus tard, pour leur premier « rendez-vous », mais il avait encore le temps de faire un peu de sport. Et puis, cela ne ferait pas de mal à Rebel de courir un peu dans les champs environnants !

Il n'avait toujours pas compris pourquoi il avait suggéré à Hannah cette histoire de faux rendez-vous. Peut-être parce qu'il avait été blessé qu'elle se croie obligée de lui cacher son handicap. Il est clair qu'elle avait eu des problèmes par le passé, comme tout le monde, mais il n'aimait pas les secrets et il avait toujours pensé qu'il était le genre de personne à qui on pouvait tout dire. Et s'il voulait une équipe de travail soudée au cabinet, il devait être honnête avec Hannah. C'est pourquoi il lui avait raconté son histoire avec Milly.

Quand Hannah avait mentionné Edward, son ex, et la façon dont il l'avait traitée, une rage avait grandi en lui et il avait voulu prouver à Hannah qu'elle méritait quelqu'un de mieux. Qu'elle comptait pour les autres et était appréciée à sa juste valeur. Car Edward l'avait fait souffrir et, en tant qu'ami, il devait l'aider à guérir. Il lui avait donc tout naturellement proposé de lui donner un coup de main pour retrouver l'amour. Il ne le faisait pas pour lui-même – il n'était pas du tout prêt à trouver l'amour –, mais il jouerait le jeu jusqu'à ce qu'elle ait rencontré quelqu'un.

Le château était à une distance raisonnable, et gravir cette colline serait un bon exercice de cardio. Il avait l'habitude de courir, aussi arriva-t-il assez rapidement en haut de la côte. Rebel semblait intéressé par tous les animaux alentour et remuait la queue chaque fois qu'ils passaient devant un cheval.

Zach vérifia sa montre. Il commençait à avoir faim, et il décida de retourner à Greenbeck pour se préparer avant son rendez-vous avec Hannah.

Alors que lui et le chien redescendaient la colline, il apprécia la détente que procurait le fait d'être simplement dans la nature. Une lumière pailletée scintillait à travers le feuillage verdoyant, et le sol était jonché de pommes de pin que Rebel prenait dans sa gueule, avant de les laisser tomber pour aller renifler quelque chose de plus intéressant.

Zach avait toujours voulu un chien mais n'en avait jamais eu car il ne trouvait pas juste de le laisser enfermé toute la journée pendant qu'il était au travail. Peut-être qu'un jour, quand il aurait trouvé la femme avec qui s'installer et qu'ils auraient fondé leur famille, ils pourraient discuter de l'adoption d'un chien ?

Alors qu'ils arrivaient en bas du chemin, il entendit des voix et aperçut un petit rassemblement de personnes en train de promener des chiens.

Le groupe de soutien de Hannah !

Il sentit son cœur s'emballer, et un sourire apparut sur son visage presque sans qu'il s'en rende compte. Il leva la main pour les saluer, et se sentit étrangement heureux quand Hannah lui rendit son salut.

— Docteur Fletcher !

— Hé, doc !

— Comment ça va ? demanda-t-il à Hannah.

— Super ! Je ne savais pas que tu avais un chien, répondit-elle, surprise.

— Oh ! c'est Rebel, le chien de mon voisin. J'adorerais en avoir un, mais avec les heures de travail que nous faisons…

Il lui sourit. Elle était superbe avec son chemisier blanc sans manches, son jean bleu moulant, ses chaussures bateau… et ses cheveux châtains qui dansaient sur ses épaules.

— Zach ? Je te présente Dee ! Dee, voici Zach ! lança soudain Hannah. Dee m'a aidée à mettre en place ce groupe pour certains de nos patients.

Il serra la main de Dee.

— Enchanté de vous rencontrer.

Dee était jolie, et sa façon de le scruter lui donna l'impression qu'il lui plaisait, ce qui le rendit un peu nerveux.

— Pareillement, Zach.

Il rattacha la laisse de Rebel et se joignit au groupe qui se remettait en route pour regagner le cabinet médical.

Après avoir fait boire tous les chiens, les promeneurs se promirent de se revoir la semaine suivante et se séparèrent, laissant Hannah et Zach seuls.

— Il ne reste plus que nous, alors, et Rebel ! dit Hannah en se baissant pour caresser le chien.

— As-tu déjà faim ? demanda-t-il.

— Oui, je le crains !

— Toujours partante pour le pub ? Tu peux te désister, bien sûr, mais je le prendrai mal, répliqua-t-il avec un sourire.

— D'accord. Je te donne une chance. Allons nous asseoir dans le jardin. Il y aura de l'ombre et de l'eau pour Rebel.

— Ça me paraît parfait !

Un petit canal longeait le fond du jardin du pub. Des canards, des oies et des cygnes se promenaient dans l'herbe ou glissaient doucement sur l'eau, tandis que les promeneurs leur jetaient des miettes de pain.

— Comment va ta voiture ? demanda Zach.

— Elle est de nouveau en état de marche, merci. Pendant

un moment, j'ai envisagé d'acheter un vélo pour me déplacer, mais Barney a réussi à la réparer.

— Un vélo, c'est une bonne idée. J'en ai un. Il y a de beaux sentiers autour du village et dans cette région. Je pourrais te montrer.

— Pourquoi pas ? Je devrais faire plus d'exercice, et aller au travail à vélo, par exemple.

— Je pourrais t'aider à en choisir un bon. Si tu le souhaites, bien sûr, ajouta-t-il avant de prendre une gorgée de sa bière.

Hannah appréciait qu'il propose son aide. Mais faire des balades à vélo ensemble... est-ce que ce serait trop ?

— Merci... c'est très gentil.

— Avec plaisir.

Il avait un sourire si doux, si généreux qu'elle sentit son cœur battre plus fort.

Zach Fletcher était décidément l'homme le plus séduisant qu'elle ait jamais rencontré. Le genre d'homme dont on pouvait tomber éperdument amoureuse. Le genre d'homme qu'on pouvait regarder avec une expression rêveuse sur le visage et...

Qu'est-ce que tu fais ? Arrête ça tout de suite, Hannah !

— Cette histoire d'achat de vélo, dit-elle, est-ce que cela s'inscrit dans le cadre de nos rendez-vous ou dans un contexte amical ?

— Amical. Je ne pense pas qu'emmener une femme faire du vélo soit une bonne idée pour un rendez-vous.

Le serveur les interrompit pour apporter le *fish and chips* et les petits pois nappés de sauce à la menthe qu'ils avaient tous deux commandés.

— Merci, ça a l'air délicieux ! dit Hannah en prenant ses couverts.

Ils mangèrent quelques instants en silence, savourant la nourriture.

— Es-tu satisfaite de la façon dont ton groupe de soutien s'est mis en place ? demanda Zach. En tout cas, cette sortie était un succès !

— Oui. J'espère qu'une fois que la nouvelle se sera répandue le groupe prendra de l'ampleur et que des gens qui ne se parleraient pas d'ordinaire commenceront à échanger.

Quand un couple passa devant eux avant d'aller s'asseoir à une table éloignée, Hannah remarqua que le visage de Zach s'assombrissait.

— Tout va bien ? demanda-t-elle en jetant un coup d'œil au couple.

— C'est Milly et son nouveau mec.

— Milly ? Tu veux... aller à l'intérieur ?

— Non. Bien sûr que non. C'est juste que...

— C'est un peu difficile ?

Il hocha la tête et but une nouvelle gorgée de bière.

— Elle n'a pas été honnête avec moi. Je pensais que nous avions une relation sincère, et ce n'était pas le cas. Désolé, je ne devrais pas parler d'une ex à un premier rendez-vous !

Elle se pencha vers lui.

— Tu plaisantes ? Casser ses ex est ce qu'il y a de plus drôle ! Cela crée des liens, au contraire.

— Tu es sûre ?

— Euh... non, pas vraiment. Il faut peut-être attendre de mieux connaître la personne. Qu'est-ce que tu en penses ?

Elle jeta un coup d'œil en direction de Milly. Elle était jolie, et Hannah comprenait que Zach ait pu tomber amoureux de cette sylphide blonde aux longues jambes. Mais en y regardant de plus près, Hannah perçut une certaine dureté dans ses traits, et remarqua qu'elle minaudait beaucoup en écoutant son compagnon.

Hannah voulait plus que tout voir Zach heureux, car cela lui donnerait l'espoir de pouvoir l'être elle-même un jour.

Mais qui serait son homme idéal ?

Un grand brun aux yeux bleus, comme Zach ? Avec un sourire qui faisait briller ses yeux ? Quelqu'un de gentil et d'intelligent, qui la faisait rire ?

Quelqu'un avec qui elle pouvait parler et être elle-même. Quelqu'un qui partageait les mêmes valeurs qu'elle. Quelqu'un qui aimait les animaux et se moquait de son handicap. Un homme qui la voyait pour ce qu'elle était, et pas seulement une femme à qui il manquait une jambe. Un homme qui ferait battre son cœur, et auprès duquel elle se sentirait forte.

Comme Zach...

Elle posa ses couverts et s'essuya la bouche avant de demander :

— Peux-tu m'excuser un instant ? J'ai juste besoin d'aller aux toilettes.

— Bien sûr...

Devant le lavabo, elle s'aspergea le visage d'eau froide. Zach correspondait peut-être à sa vision de l'homme idéal, mais il était son patron ! Son collègue. Et elle n'était pas prête à tomber amoureuse de qui que ce soit. Elle avait accepté ce faux rendez-vous uniquement pour aider Zach à trouver le bonheur. Elle n'était pas prête à le faire elle-même. *Elle ne pouvait pas supporter* l'idée de revivre toutes ces émotions... de nourrir des sentiments pour quelqu'un qui la rejetterait, comme Edward l'avait fait.

Non, il ne fallait pas qu'elle tombe amoureuse de Zach. Parce que, si elle était honnête avec elle-même, ce serait facile de le faire. Zach était agréable à regarder, il était chaleureux et amical, drôle et intelligent, et...

Oh ! mon Dieu, il est tout cela à la fois !

Elle se sentait lâche. Mais elle devait se protéger. Elle avait donné son cœur à Edward, et tous ses espoirs. Or celui-ci n'avait rien trouvé de mieux à faire que de lui dire le matin de leur mariage qu'il n'était pas amoureux d'elle et ne voulait pas l'épouser. Qu'il n'arrivait pas à oublier son amputation.

Son SMS, reçu peu après leur brève explication, l'avait anéantie.

Je suis désolé. Je ne peux pas. C'est fini.

Il ne lui avait laissé aucune chance de poser des questions, se contentant d'éteindre son téléphone.

Edward était rapidement passé à autre chose, mais elle n'était pas prête à mettre de nouveau son cœur en jeu. Zach méritait quelqu'un qui se donne à lui sans réserve, et elle n'en était tout simplement pas capable.

Après s'être séché le visage, elle retourna dehors avec une

certaine appréhension. Comme elle s'approchait de la table, elle vit que Zach était au téléphone.

— Oui, ce serait génial… À bientôt, alors. Bye !

Il raccrocha le téléphone et lui sourit.

— Dis, tu crois que c'est bien de prendre les appels de ta mère pendant un rendez-vous galant ?

Elle rit.

— Hum… Je ne sais pas. Peut-être. Si c'est une urgence ou qu'elle appelle pour annoncer une bonne nouvelle, c'est très bien. Mais si c'est pour te dire que tu ne dois pas rentrer tard et qu'elle a préparé tes vêtements pour le lendemain… mieux vaut ne rien révéler à ta cavalière.

— Alors ça va ! Elle m'a annoncé une bonne nouvelle.

— C'est génial.

— J'ai le droit de la partager avec toi ? Quel est le protocole en la matière ?

— Tu peux me le dire si tu veux. Je suppose que ça dépend de l'ambiance, si tu apprécies ou non la personne.

— Eh bien, je pense que le rendez-vous se passe bien et pour l'instant j'aime bien cette personne, confirma-t-il en souriant.

Elle rougit légèrement.

— Alors, raconte ! Je suis tout ouïe.

— Mon père adoptif a terminé sa chimio cette semaine sans effets secondaires et il va m'appeler demain.

— Quel type de cancer combat-il ?

— Une tumeur au cerveau.

— Je suis vraiment désolée. À quel stade ?

— Trois.

— Tu veux en parler ?

Il secoua la tête.

— Peut-être plus tard. Je ne veux pas gâcher la soirée en parlant de maladie et de mort.

— Mais en tant qu'amie je suis là si tu veux en parler, insista-t-elle.

Son propre grand-père était mort d'un cancer du poumon. Elle se souvenait à peine de lui, mais elle se rappelait parfaitement le chagrin de sa mère. Le cancer est difficile pour toute la famille.

Tout à coup, des cris de panique retentirent derrière eux et ils se retournèrent. Un peu plus loin, un vieil homme avait visiblement du mal à respirer. Les mains tendues devant lui, il fit tomber son verre qui se brisa avec fracas.

— Au secours ! Il ne peut pas respirer ! criait sa femme, affolée.

Hannah et Zach se levèrent d'un bond et coururent vers eux.

L'homme avait une grave crise d'asthme et, très affaibli par le manque d'oxygène, il tomba à terre.

Pendant que Zach s'occupait de lui, Hannah appela une ambulance, qui arriva très rapidement. On plaça un nébuliseur et un masque sur le visage de l'homme, qui commença à respirer un peu plus facilement.

Une fois l'agitation retombée, et l'homme en route pour l'hôpital, le patron du pub offrit à Hannah et à Zach une part de cheesecake pour les remercier.

— On ne s'ennuie jamais quand on est médecin ! dit Hannah.

— Non, en effet. Et quand on est infirmière non plus !

— Sauver la vie de quelqu'un pendant un rendez-vous te donne l'image d'un véritable héros, tu sais !

— Dans ce cas, puis-je me comporter en héros jusqu'au bout et te raccompagner chez toi ?

Elle accepta de bonne grâce.

6

C'était étrange, de marcher côte à côte avec Zach et le chien. Ils avançaient lentement, profitant des jardins, admirant les fleurs, laissant Rebel renifler les environs à son aise. Elle avait presque l'impression de se promener avec son petit ami. À ceci près qu'un petit ami l'aurait sûrement entourée de son bras ou tenue par la main. Mais ce n'était qu'un premier rendez-vous, et encore, pas un *vrai* rendez-vous...

Devant elle, elle vit le Dr Emery avec son fils Jack.

— Salut !

— Bonjour ! dit Stacey. Quelle belle journée, n'est-ce pas ? Nous allons nourrir les canards.

— Beau programme, dit Zach.

Hannah s'accroupit pour établir un contact visuel avec l'enfant.

— Tu dois être Jack, n'est-ce pas ? Ta maman m'a raconté plein de choses incroyables sur toi !

Elle avait aussi entendu des choses terribles. Stacey et son fils avaient déménagé ici suite à des brimades que Jack avait subies dans son école précédente à cause de la grande tache de naissance qu'il avait sur le ventre.

Jack avait l'air intrigué.

— Elle m'a dit que tu étais le meilleur lecteur et le garçon le plus courageux qu'elle connaisse, poursuivit Hannah.

— J'aime bien lire.

— Moi aussi ! Peut-être que tu pourrais me conseiller des livres un jour ?

Jack hocha timidement la tête, tandis que Hannah se levait et souriait à Stacey.

— Comment se passe son intégration ?

— Il se débrouille bien. J'essaye de trouver des moyens de l'aider à se sentir plus à l'aise. Daniel a suggéré les scouts, mais je ne suis pas sûre...

— Ce serait génial pour lui. Ça lui plairait, j'en suis sûre.

Elle baissa les yeux vers le petit garçon, roux comme sa mère. Il était mignon, et elle détestait penser qu'il se sentait isolé et différent. Elle savait ce qu'il éprouvait.

— Hé, Jack, je peux te raconter un truc cool ? lança-t-elle spontanément.

Jack hocha la tête.

— J'ai un super secret qui me rend spéciale et unique. Tu veux que je te le dise ?

— Bien sûr.

Elle l'entraîna un peu à l'écart et lui dit :

— Il n'y a pas très longtemps, j'ai eu un accident et je me suis fait très mal à la jambe. Les médecins ont été obligés de la remplacer par une jambe en titane, tu sais, comme celles des superhéros ? Au début, je croyais que tout le monde me regardait, mais tu sais quoi ? Ce n'est pas du tout le cas. J'étais très triste, mais maintenant... ça fait partie de moi. C'est ce qui me rend différente, et cela m'a permis de savoir qui étaient mes vrais amis. Tu comprends ?

L'enfant hocha la tête d'un air sérieux.

— Oui.

— Donc, si jamais tu veux parler de ce genre de problème, je suis là pour toi, d'accord ?

Jack hocha la tête.

— On va voir les canards, alors ? lança Stacey à son fils.

— À lundi ! répondit Zach.

Une fois Stacey et Jack partis, ils se retrouvèrent seuls et Zach la regarda sans mot dire, un large sourire aux lèvres.

— Qu'est-ce qu'il y a ?

— C'est bien, ce que tu viens de faire pour ce petit garçon.

— Eh bien, je sais ce que ça fait d'être différent. De sentir qu'on n'est pas aussi bien que les autres.

— Tu sais que tu l'es, pourtant ? Beaucoup mieux, même !

Le compliment la fit rougir.

— Merci.

— Je suis sincère.

Comme ils se rapprochaient de la maison de Mme Micklethwaite, elle demanda :

— Dis-moi, est-ce que parler de ma prothèse lors d'un premier rendez-vous est la bonne chose à faire, à ton avis ?

— Pourquoi pas ? Si ça pose un problème, il vaut mieux le savoir le plus tôt possible, non ?

Elle se pencha pour gratter l'oreille de Rebel.

— C'est sûr. Et si c'est le cas ?

Elle se souvint de s'être réveillée après son opération. Elle avait lentement ouvert les yeux et avait découvert sa famille réunie autour de son lit. Tout le monde était souriant sauf Edward, qui avait l'air d'avoir du mal à accepter ce qui s'était passé.

— Alors tu sauras qu'il ne faut pas aller plus loin. L'honnêteté est la meilleure politique, tu ne crois pas ?

— Oui. Tu as raison. La règle numéro un pour moi, alors, c'est d'être franche. De parler de ma jambe.

— Mais tu n'es pas obligée d'en parler au tout début de la conversation !

Elle rit.

— Ouais, je suis d'accord… ça n'est pas très glamour, n'est-ce pas ?

Il secoua la tête avec un sourire, avant de s'arrêter devant la porte de Hannah.

— Merci pour le repas.

— Je t'en prie. J'ai beaucoup apprécié ce moment.

Hannah laissa échapper un petit rire nerveux.

— Quel est le protocole pour terminer un premier rendez-vous ? Une poignée de main ? Une bise sur la joue ?

— Je suppose que, si tout s'est bien passé et que tu te sens à l'aise, une bise sur la joue est raisonnable.

— Et si tu as beaucoup apprécié le rendez-vous ? osa-t-elle, se sentant rougir.

— Alors un petit baiser sur les lèvres serait acceptable, répondit-il, son visage s'enflammant également quand ses yeux croisèrent les siens.

— D'accord. On fait le bisou sur la joue, alors ? On ne fait que s'entraîner, et je pense que ce serait... gênant si on faisait autre chose.

Il hocha la tête d'un air pensif.

— Tu as raison.

Il se pencha vers elle, et elle lui tendit la joue mais, au dernier moment, elle tourna la tête et leurs lèvres se rencontrèrent.

Sa bouche était douce. Il sentait bon...

Le cœur battant à tout rompre, elle ouvrit les yeux et le vit s'écarter d'elle, presque surpris.

— C'était un super rendez-vous. Et je t'apprécie beaucoup, expliqua-t-elle, les joues brûlantes. Mais... je ferais mieux de rentrer. J'ai du travail.

Il commença à s'éloigner.

— Oui, moi aussi.

— Profite bien de ton week-end, Zach !

Après un petit signe de la main, elle fouilla dans son sac pour trouver sa clé et ouvrit la porte.

Lorsqu'elle l'eut refermée, elle laissa échapper un long soupir et appuya son visage contre le battant. Il était frais et lisse, et elle aurait voulu rester là et ne plus bouger.

Le patient suivant de Hannah était un bébé de sept mois amené par son père. Elle sourit à M. Asher quand il entra avec sa fille qui, dans sa poussette, battait furieusement des jambes tout en jouant avec un cheval en peluche.

— Alors voici Amy, n'est-ce pas ?

Le père s'assit.

— Oui.

— Et comment puis-je vous aider ?

— Elle est un peu absente depuis quelques jours, et ce matin, quand je l'ai changée, j'ai remarqué ces petites bosses, sur sa peau. On dirait des cloques.

— D'accord. Et est-elle en forme et en bonne santé, à part ça ?

— Oui.

— Je vois dans son dossier qu'elle a reçu tous ses vaccins. Est-ce qu'elle mange et boit bien ?

— Elle boit bien, mais elle ne mange pas assez.

— Et urine-t-elle comme d'habitude ? Elle remplit sa couche ?

— Oui, ça n'a pas changé, il me semble.

— D'accord. Je vais juste vérifier sa température.

Hannah glissa le thermomètre dans l'oreille du bébé et vit qu'elle avait une température légèrement élevée.

— Déshabillons-la et montrez-moi ces bosses.

Elle laissa le père préparer sa fille pendant qu'elle se lavait les mains, puis elle enfila des gants et s'approcha de la table d'examen pour jouer un peu avec le bébé avant de l'ausculter.

Elle n'aimait pas traumatiser les bébés quand elle pouvait l'éviter. Et même si Amy n'avait que sept mois, elle voulait que cette expérience soit confortable pour elle.

— Bonjour, Amy, dit-elle doucement. Que tu es jolie !

Elle vit les lésions sur la peau de la petite, regroupées principalement autour de son abdomen, de ses aisselles, de sa couche et de ses jambes. Hannah la chatouilla légèrement pour la faire rire, puis braqua une lampe dans sa bouche.

— Tu te débrouilles très bien, tu sais.

Elle se redressa, plaça son stéthoscope dans ses oreilles et écouta la poitrine d'Amy tout en lui souriant et en remuant son bras, comme si elle jouait avec elle.

— Merci. Vous pouvez la rhabiller, maintenant.

Hannah retira ses gants, se lava de nouveau les mains et s'installa sur son siège.

— Amy a la varicelle.

— Oh ! la pauvre !

— Oui. Elle va sans doute avoir une légère fièvre pendant

quelques jours, et elle sera contagieuse jusqu'à ce que des cloques commencent à se former. Il est préférable de la tenir à l'écart des personnes vulnérables et de ne pas s'approcher des femmes enceintes.

— Je me demande où elle a attrapé ça !

— Vous ne connaissez personne qui a le virus ? Elle n'est pas à la crèche ou chez une assistante maternelle ? Personne dans la famille ?

— Non. Hier, nous l'avons emmenée à une séance de massage pour bébés. Aurait-elle pu l'attraper là-bas ?

— C'est possible. Si vous avez le numéro, vous devriez les appeler et les en informer, pour que les autres parents puissent être attentifs face à une éventuelle épidémie.

Il acquiesça.

— Elle a quelques boutons dans la bouche, qui vont probablement l'empêcher de manger comme d'habitude. Donnez-lui beaucoup de liquide, et du paracétamol pour nourrissons si vous pensez qu'elle en a besoin. Et veillez à lui couper les ongles pour qu'elle ne se gratte pas. Vous pouvez lui mettre des moufles ou des chaussettes sur les mains la nuit…

— D'accord.

— Il existe des lotions pour soulager les démangeaisons et des crèmes apaisantes que vous pourrez vous procurer auprès du pharmacien.

— Merci.

— Et si vous avez des inquiétudes ou des préoccupations, ou si vous pensez que son état empire, appelez-nous et nous la verrons pour un autre contrôle, d'accord ?

— Parfait. Combien de temps cela va-t-il durer ?

— Une semaine, tout au plus.

Le père de l'enfant soupira.

— C'est long pour un si petit bébé.

Hannah hocha la tête.

— Elle le supportera probablement beaucoup mieux que vous. Les parents s'inquiètent et c'est bien naturel, mais mieux vaut avoir la varicelle enfant qu'adulte.

— Je sais. Merci.

— Je vous en prie.

Elle prit congé de sa petite patiente et commença à taper ses notes.

La petite Amy était adorable. Hannah aimait les bébés et espérait en avoir un jour. Mais cela n'arriverait pas avant un certain temps, sans doute. Pour cela, elle devrait trouver quelqu'un à qui s'ouvrir. Quelqu'un qui ne se soucie pas de son handicap et attendait les mêmes choses qu'elle de l'existence. Quelqu'un qui pourrait la faire sourire et rire…

Comme le visage de Zach lui venait à l'esprit, elle le repoussa.

Encore !

Il occupait ses pensées en permanence ces derniers temps, et cela n'était pas bon signe. Car elle ne pouvait pas tomber amoureuse de lui. C'était son patron. Son collègue. Elle venait juste de commencer au cabinet, et s'engager dans une relation vouée à l'échec n'était pas la voie à suivre.

Ces rendez-vous étaient pour lui, pas pour elle, et elle devait se répéter que le temps passé avec Zach n'était qu'une parenthèse. Un jour, il se sentirait suffisamment à l'aise pour inviter une autre femme à sortir avec lui… Peut-être devrait-elle éviter de prendre de nouveau rendez-vous avec lui d'ici les prochains jours ?

Oui, et même d'ici les prochaines semaines…

— Avez-vous des ballons ?

Zach tendit l'oreille. Il aurait reconnu la voix de Hannah n'importe où.

Il était dans l'épicerie du village de Greenbeck, tenue par George et Lucinda Riley, qui vendaient les mêmes produits – pain, lait, fruits et légumes, conserves – depuis des décennies.

Zach passait pour acheter de la nourriture pour chiens, car il s'occupait toujours de Rebel, qui avait englouti toutes les réserves que Marvin avait dans ses placards. Il avait aussi besoin de quelques ingrédients pour son propre repas ce soir-là, et avait trouvé des *farfalle*, du poulet frais, du bacon, de la crème et un citron.

Il posa son panier sur le comptoir, à côté du sien.

— Salut !

Elle lui offrit son plus beau sourire.

— Salut ! Qu'est-ce que tu fais ici ?

— La même chose que toi, j'imagine : des courses !

Il regarda le contenu de son sac : du fromage, des minisaucisses, des chips...

— Tu fais une soirée ?

— Non, mais c'est la fête d'anniversaire de Shelby cette semaine, tu te rappelles ?

— Oh ! c'est vrai ! Tu es chargée de quoi ?

Elle hocha la tête.

— Des farces et attrapes ! Comme l'assistante est malade, j'ai proposé de m'en occuper. Tout sera livré demain.

— J'espère que ce n'est pas ton dîner ? demanda Zach en désignant son panier.

— Eh bien... Mme Micklethwaite a un dîner de famille et n'aura pas le temps de cuisiner pour moi, alors...

— Pourquoi ne pas venir chez moi ? J'en ai plus qu'assez pour deux. *Farfalle* au poulet. Qu'est-ce que tu en dis ?

Elle sourit, sans répondre. Pendant un très bref instant, il craignit qu'elle refuse. Une partie de lui le souhaitait pourtant... Il n'avait pas pu s'empêcher de penser à elle depuis le début du week-end, et c'était extrêmement troublant.

— C'est juste un dîner. Et peut-être que tu pourras m'accompagner pour promener le chien, après.

— Tu gardes toujours Rebel ?

— Marvin a développé quelques complications. Ils le gardent à l'hôpital.

— Oh ! pauvre Marvin ! Rien de grave, j'espère ?

— Il a eu de la fièvre, donc ils prennent juste des précautions.

Elle jeta un coup d'œil au sandwich qu'elle venait d'acheter.

La salade avait l'air un peu molle. Le fromage un peu plastique. La tomate pas très mûre.

— Bon. Le dîner est à quelle heure ?

— Vers 19 heures ?

— Parfait !

Elle paya et quitta le magasin sans se retourner.

Qu'avait-elle fait ? Elle n'avait pas pensé qu'elle pourrait le croiser au magasin du village ! Il l'avait surprise, et maintenant elle avait accepté d'aller dîner chez lui !

Cela faisait-il partie de leur « entraînement » ? Elle n'en était pas sûre. Comme il ne l'avait pas précisé, elle décida de s'habiller de façon très décontractée et de ne pas se maquiller.

Elle regarda l'horloge : 18 heures 15. Encore trois quarts d'heure avant leur rendez-vous. Debout devant son armoire, elle commença à sortir des vêtements. Une robe ? Non. Un chemisier ? Le bleu était joli, mais un peu trop sophistiqué pour l'occasion. Un T-shirt ? *Hum...*

Elle opta pour un T-shirt bordeaux et un pantalon en lin kaki confortable.

Bien. Cela ferait l'affaire, songea-t-elle.

Une fois habillée, elle s'assit devant le petit miroir de sa chambre. Les cheveux relevés ? Ou lâchés ?

Elle attrapa ses lingettes et commença à se démaquiller, éliminant la moindre trace. Elle enleva aussi ses boucles d'oreilles. Elle chercha son parfum, puis s'arrêta. Non, ce n'était pas un *vrai* rendez-vous !

Hannah s'apprêtait à partir quand elle pensa qu'elle devait apporter un cadeau à Zach. Lorsqu'on était invité à dîner, n'était-il pas poli d'amener quelque chose ? Une bouteille de vin ?

Je vais en acheter une en chemin.

Hannah se dirigea vers la maison de Zach. Comme elle ne voulait pas arriver trop tôt, elle décida de s'attarder un peu à l'épicerie.

Quand elle y arriva, Stephen, le jeune fils des épiciers, était à la caisse.

— Bonjour...

— Bonjour, répondit le jeune homme. Qu'est-ce que je peux faire pour vous ?

— J'ai besoin de vin.

— C'est pour le dîner avec le docteur ?

Elle se sentit rougir.

— C'est juste un repas partagé. Je ne veux pas arriver les mains vides.

— Eh bien, je sais que le Dr Fletcher aime bien celui-ci...

Il prit une bouteille derrière le comptoir et la lui présenta à la manière d'un sommelier.

— C'est son préféré, et il irait bien avec le poulet.

Si elle lui offrait son vin préféré, n'y verrait-il pas un message qu'elle n'avait pas voulu faire passer ?

Dans le doute, elle désigna une autre bouteille.

— Et celui-là ?

Stephen haussa les épaules et prit la bouteille.

— Sauvignon blanc. Bon choix aussi.

— Merci. Combien je vous dois ?

Elle paya et sortit du magasin, heureuse de penser qu'elle avait fait preuve de prudence. C'était une bonne bouteille, mais ce n'était pas sa préférée, il ne penserait donc pas qu'elle s'était renseignée sur lui. Il fallait à tout prix éviter qu'il la croie intéressée par lui.

— *Je ne suis pas intéressée, un point c'est tout !* marmonna-t-elle pour elle-même avant de frapper à sa porte.

La silhouette de Zach apparut dans le couloir et, lorsqu'il ouvrit, Rebel se précipita pour la saluer.

— Bonjour, mon garçon, s'écria-t-elle en ébouriffant son pelage, avant de lever les yeux vers Zach.

Avec son jean et son T-shirt blanc, il avait l'air de sortir d'une publicité. Il était pieds nus, et ses vêtements moulaient son corps musclé.

Elle esquissa un faible sourire alors que son rythme cardiaque s'accélérait, puis elle lui tendit la bouteille.

— J'espère que cela ira avec le poulet.

Il sourit.

— Ah, mon préféré ! Comment le sais-tu ?

7

Hannah était ravissante, avec son joli pantalon en lin et ses cheveux détachés. Au travail, elle portait habituellement un peu de maquillage, mais elle était encore plus belle sans. Troublé, il s'écarta pour la laisser passer.

Une fois qu'il eut refermé la porte derrière elle, il proposa, un peu embarrassé :

— Je te fais visiter ?

Des cheveux dansèrent sur ses épaules lorsqu'elle se retourna.

— Bien sûr.

Alors, il la conduisit dans le salon, heureux d'avoir fait un peu de rangement avant qu'elle n'arrive. Il n'était pas quelqu'un de désordonné, mais il avait voulu faire bonne impression. Il avait coupé quelques fleurs dans le jardin, les avait mises dans un joli vase posé sur la cheminée, et il avait allumé les lampes d'ambiance plutôt que la lumière du plafond, trop crue.

Il se demandait ce qu'elle penserait de son goût artistique. Il avait toujours eu un penchant pour les posters Art Déco.

— Qu'est-ce que c'est ? demanda-t-elle en désignant une peluche sur une console.

Il sourit.

— C'est censé être un bébé lémurien.

— C'est mignon.

Puis elle se dirigea vers la bibliothèque du salon, et il la regarda parcourir les titres.

— Tu les as tous lus ?

— La plupart, oui.

Il lui montra la cuisine, puis le jardin. Il n'avait pas vraiment la main verte mais, grâce à ses voisins et à la jardinerie locale, il réussissait à faire pousser quelques plantes et en était plutôt satisfait.

— C'est joli, ça. Qu'est-ce que c'est ? demanda Hannah en montrant un petit pot de fleurs dans des tons de rose, de violet, de jaune et de blanc. Elles ressemblent à de grandes marguerites.

— Des ficoïdes, lui répondit-il. Elles ont commencé à se refermer pour la nuit, mais dans la journée elles sont au mieux de leur forme !

Son cottage n'était pas très grand. Il n'y avait que deux chambres, mais elles étaient toutes deux de bonne taille, et il avait maximisé l'espace. Il lui montra d'abord la chambre d'amis, avant la sienne, et s'efforça de chasser de son esprit l'image de Hannah allongée sur son lit, les cheveux épars sur l'oreiller...

— Si nous allions préparer les pâtes ? suggéra-t-il pour dissiper son trouble.

Elle acquiesça d'un signe de tête, visiblement soulagée elle aussi de quitter la chambre.

En s'approchant de la cuisine, il se tourna vers elle.

— Je peux t'offrir un verre ? Un thé ? Un café ? Quelque chose de plus fort ?

— Du vin, ce serait bien.

— Parfait.

Il leur servit deux verres, tandis qu'elle demandait :

— Alors, quel est le menu ? Du poulet ?

— Des *farfalle* au poulet. Ma recette prévoit de la pancetta, mais il n'y en avait pas à l'épicerie du village, alors j'ai pris du bacon que j'ai coupé en petites lanières. Et le grand-père du Dr Emery m'a donné une botte d'asperges, alors nous allons les goûter.

— Ça a l'air délicieux, tout ça. Je peux t'aider ?

— Non merci, j'ai presque fini.

Il se concentra sur ses préparations. Il voulait tellement que ce repas soit parfait ! Il ne fallait pas que le poulet soit sec, les pâtes trop molles, et il était tellement absorbé par sa tâche qu'il en oublia presque la présence de Hannah.

Presque... Car il savait qu'elle l'observait. Il n'avait pas l'habitude d'être nerveux comme ça et il savait qu'il devait se calmer. Ce n'était pas un rendez-vous. C'était juste un dîner entre collègues, après tout !

— Comment ça se passe chez Mme Micklethwaite ? demanda-t-il.

— Oh ! tu sais... c'est un peu comme vivre chez ses parents. Il y a un couvre-feu. Je ne peux pas laisser la télévision allumée dans ma chambre après 22 heures, et elle n'aime pas que je reçoive. Interdiction de fumer, bien sûr, et pas d'alcool. Pas plus de trente minutes dans la salle de bains.

— Tu plaisantes ?

— Non, hélas !

Il mit du beurre et de la crème dans une casserole, et laissa frémir, avant d'ajouter délicatement le poulet cuit et les pointes d'asperge. Puis il égoutta les pâtes et les incorpora au mélange. Un peu de poivre noir, de noix de muscade et de parmesan... le tour était joué.

— C'est prêt.

Zach remplit deux assiettes qu'il décora d'une fine tranche de bacon croustillant.

— Bon appétit !

— Ça a l'air délicieux, Zach !

— Attends d'avoir goûté.

Elle prit une bouchée, tandis qu'il la scrutait avec attention. Elle ferma les yeux.

— Mmm... C'est très bon.

Ravi, Zach goûta à son tour.

— Je fais de mon mieux. C'est meilleur qu'un sandwich en tout cas.

— Si jamais le métier de médecin ne te convient plus, tu pourras travailler comme cuisinier.

— Je m'en souviendrai !

Elle prit une gorgée de son vin et reprit :

— Qu'est-ce qui t'a donné envie de devenir médecin ? Est-ce un rêve d'enfant ?

— Non. Je rêvais d'être astronaute. J'aimais l'idée de m'échapper de la terre pour un moment et de flotter dans l'espace sans me soucier du monde. Et puis j'ai découvert les sciences naturelles, et j'ai adoré ça. Quand j'ai été accueilli chez Evelyn, j'ai commencé à m'intéresser à la médecine. Et toi ? Qu'est-ce qui t'a poussée à devenir infirmière ?

— J'ai toujours voulu faire ce métier. Je ne peux pas te dire d'où ça vient, mais je me souviens que, quand je jouais avec mes poupées, je les envoyais à l'hôpital au lieu de prendre le thé avec elles. J'étais toujours en train de les soigner. Je leur faisais même des points de suture avec du fil et une aiguille !

Elle sourit à ce souvenir, et il s'imagina Hannah petite fille, jouant avec ses poupées.

— En tout cas, nous avons de la chance de t'avoir.

— Merci.

Ils mangèrent tous deux en silence pendant une minute ou deux, puis il demanda :

— Qu'aimerais-tu faire pour notre prochain rendez-vous ? Aller au cinéma ? Au bowling ? Faire du patin à glace ?

— Tu crois vraiment que je pourrais faire du patin à glace ? répliqua-t-elle en montrant sa jambe.

— Tu sais patiner ?

— Je n'ai jamais essayé, mais je ne suis pas sûre que ce soit la meilleure activité pour moi.

— Pourquoi pas ? La prothèse n'est pas forcément un frein, si on est prudent.

Elle réfléchit en sirotant son vin. Peut-être avait-il raison, après tout ?

— Pourquoi pas ? dit-elle enfin.

— D'accord. Le week-end prochain ? Samedi ? Disons à 15 heures ? Après la réunion de ton groupe de soutien ? On peut aller à la ville la plus proche. Il y a une patinoire là-bas.

Elle acquiesça.

— Très bien !

Zach la raccompagna à pied jusque chez elle, Rebel à leurs côtés. C'était une si belle soirée qu'il semblait dommage de prendre la voiture.

— Il n'est que 21 heures 45, donc tu seras rentrée avant le couvre-feu ! plaisanta Zach.

Elle sourit, sous le charme. Beau, intelligent, drôle… Zach avait décidément toutes les qualités. Que ressentirait-elle s'il l'embrassait, maintenant ?

Arrête de penser à ça !

Zach méritait quelqu'un qui pouvait lui donner tout son cœur, tout son être. Et elle ne se sentait tout simplement pas assez bien pour lui. De plus, en tant que collègue de travail et patron, il lui était interdit et devait le rester !

Elle n'avait pas suffi à Edward. Peut-être ne suffisait-elle à personne ?

Récemment, elle avait commencé à croire que ses problèmes relationnels existaient peut-être *avant* son accident. Pourtant, elle avait tout mis sur le compte de la perte de sa jambe. Il y avait bien eu quelques disputes entre Edward et elle, avant ce jour au parc d'attractions. Il s'était plaint des heures qu'elle passait au travail, du fait qu'elle semblait faire passer ses patients avant lui…

Soudain, elle se tourna vers Zach et demanda :

— Penses-tu que nous, en tant que soignants, donnons toujours la priorité à notre travail ?

— Peut-être. Certains d'entre nous le font, c'est certain. Soigner les autres est une vocation. Ce n'est pas un métier que l'on fait uniquement pour l'argent ou les longues heures de travail. Mais pourquoi cette question ?

— On me l'a déjà reproché.

— Ton ex-fiancé ?

Elle acquiesça.

— Edward. Nous nous disputions tout le temps à ce sujet.

— Qu'est-ce qui t'a fait penser à ça ?

— Cette histoire de faux rendez-vous.

— Comment ça ?

— On essaye de s'entraider, non ? De faire les bons choix. Et ça m'a fait penser à Edward, qui disait toujours que je lui cachais une partie de moi-même.

Elle appelait ça de l'auto-préservation, mais d'où cela venait-il ? Ses parents avaient été très unis. Elle avait grandi dans un foyer aimant et gardait de bons souvenirs de son enfance.

Mais en y réfléchissant un peu plus, elle se souvint de l'histoire de sa mère, qui avait été une jeune femme incroyable, et très brillante. Elle voulait étudier l'astronomie et passait des heures à regarder les étoiles dans le télescope de son père. Mais elle avait rencontré l'homme qui était devenu son mari, et ses rêves avaient disparu dès qu'il lui avait passé la bague au doigt. Elle était devenue une femme au foyer et une mère. Certes, ces rôles étaient importants, mais elle savait que sa mère s'était perdue en élevant ses enfants.

— Tu crois que c'est vrai ?

Zach avait l'air curieux.

— Je ne sais pas. Peut-être. Mais si c'était le cas ? Et si toutes mes relations étaient vouées à l'échec à cause de cela ? Et si nos entraînements ne changeaient rien pour moi, en fin de compte ?

Il se tourna pour la regarder et dit sans préambule :

— As-tu envisagé l'idée que tu lui aies caché une partie de toi-même parce que tu savais, au fond de toi, qu'il n'était pas l'homme qu'il te fallait ?

Hannah s'arrêta de marcher et le regarda. Non. Elle n'y avait pas pensé. Elle était tellement concentrée sur ce qui était défaillant chez elle qu'elle n'avait jamais pensé qu'Edward puisse l'être lui aussi.

— Euh...

— Oui ?

— Je n'y avais pas pensé.

— Alors c'est le moment de le faire. Y a-t-il quelque chose à propos d'Edward qui t'a fait hésiter ?

— Je n'aime pas dire du mal des gens.

— Ce n'est pas ce que nous faisons. Nous analysons.

— D'accord... Peut-être qu'il pouvait être un peu égocentrique parfois.

— Bon début. Quoi d'autre ?

— Irresponsable, aussi. Un peu méprisant.

Zach sourit en l'écoutant.

— La liste s'allonge, dit-il.

Elle continua.

— Il regardait les autres femmes quand on se promenait. Il passait plus de temps devant le miroir qu'avec moi, et avant de quitter la maison il me demandait toujours si son col était droit et sa cravate bien nouée.

Zach éclata de rire.

— Nous y voilà !

— Il voulait aussi que j'arrête de travailler quand nous aurions un enfant.

Elle garda le silence un instant, puis reprit avec un sourire triste :

— Alors qu'il m'attendait devant l'autel, j'espérais voir son visage s'illuminer. Le voir pleurer de bonheur... Oh ! mon Dieu, Zach ! J'étais amoureuse d'un conte de fées ! Rien de tout cela n'était vraiment réel.

Stupéfaite par cette découverte, elle s'immobilisa. Pourquoi ne l'avait-elle pas compris avant ? Zach l'avait aidée à y voir clair en lui posant quelques questions simples et en lui apportant son soutien. Il l'avait convaincue qu'elle ne faisait rien de mal en dénigrant le « fiancé courageux » qui l'avait soutenue pendant ses opérations et son amputation.

Parce que cela n'était pas le cas. Pas du tout.

Elle le regarda très sérieusement.

— Tu feras un mari formidable pour celle qui deviendra ta fiancée, dit-elle. Tu le sais, n'est-ce pas ?

Il lui jeta un regard nostalgique.

— Et toi, tu feras une épouse merveilleuse. Quand ton prince charmant se présentera !

Une fois arrivée devant chez elle, elle décida d'écourter les adieux, afin de ne pas être tentée de l'embrasser… ou d'attendre qu'il fasse le premier pas. Elle lui sourit, le remercia de l'avoir raccompagnée chez elle, puis lui fit un bref signe de la main avant de rentrer à la hâte dans la maison.

8

Peter Layman était venu voir Zach pour sa consultation mensuelle. Il avait quatre-vingts ans mais, malgré son âge, il était encore robuste et fort, et le seul problème qu'il ait jamais eu était un diabète de type 2, qu'il semblait même avoir bien maîtrisé. Mais aujourd'hui, il était là pour parler d'autre chose.

— Bonjour, Peter !

Zach serra la main de son patient et le fit asseoir.

— Comment allez-vous aujourd'hui ?

— Pas mal, merci. Pas mal du tout…

— Et comment va Ellen ?

— Oh ! comme d'habitude.

Ellen était la femme de Peter depuis soixante ans. À l'âge de soixante-seize ans, on lui avait diagnostiqué un Alzheimer. Après qu'Ellen eut failli mettre le feu à la maison, Peter avait fait le choix difficile de la placer dans une maison de soins spécialisée.

C'était une décision avec laquelle Peter avait énormément de mal. Il aimait sa femme et pensait qu'il était de sa responsabilité de s'occuper d'elle et de faire de son mieux. Même si Zach avait essayé de présenter l'idée du placement comme étant la meilleure solution pour eux deux, Peter se sentait coupable.

— Je suis allé la voir hier, dit-il à Zach.

— Comment ça s'est passé ?

Peter haussa les épaules.

— Elle ne m'a pas reconnu. C'est toujours un coup dur. J'ai passé soixante ans de ma vie avec cette femme et, quand je suis entré dans sa chambre, elle m'a regardé d'un air absent et m'a demandé qui j'étais. *C'est* très difficile.

Zach acquiesça.

— Quand vous lui avez dit qui vous étiez, s'est-elle souvenue de quelque chose ?

— Oh ! oui ! J'ai sorti l'album photo et, au bout de quelques minutes, elle a dit mon nom et tout est redevenu normal. Elle a même glissé son bras sous le mien et posé sa tête sur mon épaule.

Peter sourit d'un air nostalgique.

— C'était bien.

— Je suis heureux pour vous. Comment vont ses jambes ? demanda Zach. Elle a eu une cellulite, n'est-ce pas ?

— Les médecins là-bas ont été très efficaces. Ils l'ont mise sous antibiotiques, et ça a l'air de s'arranger. Sa peau est très sèche, cependant, et l'infirmière lui a donné de la crème à appliquer régulièrement.

— Tout cela semble très positif. Et comment ça va à la maison ?

— Bien. Vous me connaissez... Je suis tout à fait capable de m'occuper de moi-même.

— Je sais, mais... vous ne vous sentez pas un peu seul, parfois ?

— Parfois, avoua le vieil homme.

— Eh bien, si vous êtes intéressé, notre infirmière, Hannah, anime un groupe chaque samedi pour les personnes seules qui cherchent un peu de compagnie. Ils se réunissent ici, et le centre de secours canin local amène certains de ses chiens. Ensuite, tout le monde marche ensemble et passe un bon moment.

— Ellen et moi avions un chien. Un petit caniche blanc très gentil... À quelle heure ce groupe se réunit-il ?

— Après le déjeuner, répondit Zach en lui tendant un prospectus. Tous les détails sont là. Je pense que ça pourrait vous plaire.

Peter acquiesça.

— Je vais essayer. J'ai perdu l'habitude de voir mes amis depuis qu'Ellen est malade. Quelques-uns sont morts depuis, ce qui est normal à notre âge. Mais ça a l'air intéressant. Merci, docteur. Même heure le mois prochain ?

Zach sourit.

— Même heure le mois prochain !

Après une franche poignée de main, Zach le raccompagna jusqu'au bout du couloir puis, sur une impulsion, il alla frapper à la porte de Hannah.

— Oui ?

Il entra.

— Bonjour. Comment vas-tu ?

— Je vais bien ! Et toi, ça va ?

— Super. Je pense que j'ai trouvé une autre personne intéressée par ta promenade du samedi.

— Ah oui ?

— Un homme qui a dû placer sa femme dans une maison de soins pour les malades d'Alzheimer, expliqua-t-il.

— C'est une réelle épreuve. Comment va-t-il ?

— Il se débrouille, mais il se sent seul, je crois. Il s'appelle Peter Layman.

— D'accord. Je vais prévenir le foyer canin, pour qu'ils prévoient un animal supplémentaire.

— Tu es toujours partante pour notre patinage ?

— Oui. Et toi ?

— Oui. Mais je ne suis pas un champion, je te préviens !

— Au fait, je vais dans une boutique de sport ce soir, pour chercher un vélo décent.

— Tu veux que je t'accompagne ? Je te l'avais proposé, non ?

— Volontiers, mais seulement si tu as le temps.

— Pas de problème.

— J'irai directement après le travail. Ça ne devrait prendre qu'une demi-heure environ.

— Très bien. Je te retrouve après ma dernière consultation !

— Dans quel magasin allons-nous ? demanda Zach, une fois installé sur le siège passager.

— Je pensais à celui de Cherringham.

— Le magasin de vélos de Chrissie ? C'est là que j'ai acheté le mien.

Elle démarra.

— Des nouvelles de Marvin ?

— Oui, répondit Zach. Il semblerait qu'il ait développé une infection. Il est sous antibiotiques.

— Et ton père adoptif ? Comment va-t-il depuis sa chimio ?

— Plutôt bien… Il a eu quelques jours difficiles, mais Evelyn a dit qu'il allait beaucoup mieux aujourd'hui.

— C'est une bonne nouvelle. Mais, dis-moi… que fais-tu de Rebel pendant que tu es au travail ?

Il rit.

— Tu sais garder un secret ?

— Bien sûr !

— Je l'ai amené au cabinet aujourd'hui. Je l'ai installé dans le vieil abri à vélos qui est derrière, avec une couverture, des jouets et un bol d'eau, et je suis allé le voir entre deux patients. Ne le dis pas à Lucy, tu m'attirerais des ennuis.

— Pas vraiment. Tu es l'associé principal, non ?

— Mais Lucy est la directrice du cabinet et c'est une ancienne infirmière - on ne plaisante jamais avec les infirmières !

— Tu aimerais bien avoir un chien, n'est-ce pas ?

Il acquiesça.

— Oui. Je veux que Marvin aille mieux, mais je n'ai vraiment pas envie de lui rendre ce chien quand il sera rentré chez lui.

— Je comprends ça…

Ils roulèrent en silence pendant un petit moment alors que la circulation se faisait plus dense en direction de Cherringham.

Après avoir trouvé une place de parking dans le centre-ville, ils commencèrent leur courte marche vers le magasin de vélos.

— Alors, tu dis que tu cherches un VTC ? lança Zach.

— Oui. Mais je n'ai pas besoin d'un engin avec plein de vitesses et de fonctions. C'est juste pour aller au travail et pour faire des randonnées occasionnelles.

— Tu as un casque ?

— Non.

— Alors il faudra en acheter un. La sécurité avant tout.

— Tu as raison.

Elle poussa la porte vitrée du magasin, et aussitôt une jeune femme leur demanda s'ils avaient besoin d'aide.

— Pas encore, dit Hannah. On ne fait que regarder, merci.

— N'hésitez pas si vous avez des questions...

La vendeuse sourit, et Hannah ne put s'empêcher de remarquer qu'elle jetait des regards furtifs à Zach. S'en était-il rendu compte ?

— Celui-ci a l'air bien, dit Zach en attirant son attention sur un VTC au cadre argenté.

Il le souleva.

— Il est assez léger. Tu veux l'essayer ?

Elle s'appuya au guidon et tenta de faire passer sa jambe gauche par-dessus la barre transversale. Mais elle perdit l'équilibre et Zach la rattrapa avant qu'elle tombe.

— Ça va ? chuchota-t-il à son oreille.

Son cœur battait douloureusement dans sa poitrine, et malgré son trouble elle hocha la tête, les joues rouges.

Soudain, il planta son regard dans le sien et se pencha vers elle.

Pour l'embrasser ?

— Il te faut une barre transversale plus basse, dit-il d'une voix étrangement rauque.

Il la lâcha pour aller examiner un autre vélo, rouge celui-ci, et apparemment beaucoup plus facile à enfourcher.

— Super ! dit-elle.

— Installe-toi.

Zach maintint le vélo en place pendant qu'elle essayait de passer sa jambe par-dessus le cadre, ce qu'elle fit sans problème.

Il attrapa l'étiquette accrochée au guidon.

— « Dix vitesses, cadre en aluminium léger, pneus larges, suspension avant, système de freinage à disque », lut-il à haute voix. Ça m'a l'air bien.

— Quel est le prix ? demanda-t-elle, encore un peu déstabilisée par ce qui venait de se passer.

Il tourna l'étiquette pour le lui montrer.

— Comment tu te sens ?

— C'est confortable. Étonnamment.

— C'est l'un de nos modèles les plus prisés, déclara la vendeuse.

Son badge indiquait qu'elle s'appelait Tayla, et elle sourit une nouvelle fois à Zach.

— Je peux l'essayer ?

— Bien sûr. Nous avons un parking à l'arrière. Suivez-moi.

Un large sourire se dessina sur le visage de Zach alors que Hannah s'engageait sur la piste, vacillant légèrement au début pour ajuster son équilibre et trouver le bon endroit pour placer son pied prothétique sur la pédale. Ses cheveux flottaient au vent, et il l'entendait rire en roulant sur les petites bosses qu'elle rencontrait.

— Tu t'en sors très bien ! s'exclama-t-il tandis qu'elle lui faisait signe de la main.

— Ce vélo est parfait pour elle, dit Tayla. C'est votre petite amie ?

Cette question le tira de ses pensées, et il se retourna.

— Euh… non. C'est une collègue de travail.

— Elle porte un pantalon d'infirmière. Vous êtes infirmier, vous aussi ?

— Je suis médecin.

— Oh ! dans un hôpital ?

— Non. Un cabinet médical.

— J'aurais voulu être infirmière, plus jeune, mais je n'avais pas d'assez bonnes notes pour commencer une formation.

— C'est dommage. Mais il n'est peut-être pas trop tard pour recommencer ?

— Non, mais je n'ai pas vraiment envie de m'endetter pour payer les études…

— Je comprends.

Il s'interrompit car Hannah venait de s'arrêter devant lui, visiblement enchantée.

— Je l'adore ! Je le prends ! dit-elle en descendant de son vélo.

Sans pouvoir s'en empêcher, il fit un pas en avant et tendit les bras, mais il se ravisa en voyant Hannah froncer les sourcils.

— Très bien ! dit Tayla.

— Vous vendez des casques aussi ?

— Oui.

Tayla leur montra un assortiment de casques.

— Il y a trop de choix ! gémit Hannah.

— Celui-ci te plaît ? demanda Zach en posant un casque jaune fluo sur sa tête.

Hannah éclata de rire en repoussant le rideau de cheveux qui couvrait son visage.

— Qu'est-ce que tu en penses ? Je n'aime pas trop la couleur.

Elle jeta finalement son dévolu sur un casque noir et argenté.

— Celui-ci me va beaucoup mieux, dit-elle en ajustant la boucle sous son menton. Qu'en penses-tu ? Ce n'est pas trop ridicule ?

— Non...

Il aurait voulu lui dire qu'elle était ravissante, mais il n'osa pas. Il ne voulait pas donner l'impression qu'elle l'intéressait.

Pourtant, il la trouvait plus que ravissante. Et elle était l'une des personnes les plus courageuses qu'il ait jamais rencontrées. Bien sûr, il ne la connaissait pas depuis longtemps mais, après tout ce qu'elle avait traversé, elle avait gardé un optimisme et un allant extraordinaires. Après son accident, elle aurait pu devenir amère, ou sombrer dans la dépression. Personne ne lui en aurait tenu rigueur. Mais elle s'était battue pour retrouver une vie normale. Elle continuait à prendre soin des autres et restait positive.

Elle était belle à l'intérieur comme à l'extérieur, et perdre une jambe ne l'avait pas changée. C'était le fait d'avoir été abandonnée le jour de son mariage qui l'avait traumatisée, lui faisant craindre d'être trahie de nouveau à l'avenir.

Un sentiment qu'il ne comprenait que trop bien.

Il y avait eu une longue période pendant laquelle il ne s'était pas senti désiré. Il n'avait jamais été adopté, contrairement à d'autres enfants de la maison d'accueil, et il se demandait ce qui le rendait si peu aimable. Était-ce parce qu'il était plus grand que les autres garçons ? Plus brutal ? Était-ce parce qu'il avait parfois des problèmes à l'école ou parce qu'il était dyslexique ?

Une fois à l'université, échaudé par ses premiers déboires amoureux puis déterminé à rester célibataire, il s'était jeté à corps perdu dans les études. Il était sorti major de sa promotion et, bien qu'il ait eu quelques aventures durant sa vie étudiante, il n'avait jamais entamé de relation sérieuse. Jusqu'à ce qu'il vienne à Greenbeck.

Là, il avait travaillé dur pour s'établir, puis il avait rencontré Milly, une jeune femme pleine de vie, ambitieuse, qui comprenait ce que c'était que de faire passer son travail en premier. Il avait commencé à croire qu'ils partageaient un lien que nul ne pouvait comprendre. Il était tombé amoureux d'elle.

Hélas, il s'était trompé.

Pendant qu'on préparait le vélo de Hannah, celle-ci se tourna vers lui.

— Merci d'être venu avec moi.

— Pas de problème.

— On devrait aller faire un tour de vélo ensemble un jour.

— Ce serait avec plaisir !

Il songea à tous les beaux endroits où il pourrait l'emmener. Peut-être pourraient-ils prendre un pique-nique et profiter de toute une journée ? Très vite cependant, il se ressaisit. Elle était juste son amie, rien de plus. Si elle avait voulu de lui, elle lui aurait donné un signe, mais elle ne l'avait pas fait. Elle n'était pas intéressée, c'est tout.

Alors inutile de te faire des illusions. Elle ne sera jamais à toi.

9

Janet Hancock se hissa sur la table d'examen dont Hannah ajusta le dossier afin que sa patiente soit assise confortablement, avec un oreiller soutenant sa région lombaire.

— Je pense que ça pourrait être mieux... En tout cas, ça évolue favorablement, dit Janet, tandis que Hannah commençait à défaire le bandage de son pied droit.

— Vous n'avez pas de douleur du tout ?

— Non.

Les personnes atteintes de diabète pouvaient développer une neuropathie périphérique, ce qui signifiait qu'elles perdaient les sensations dans leurs pieds. L'absence de douleur n'était pas toujours une bonne chose, car la douleur était avant tout un signal d'alerte. Certains diabétiques s'abîmaient les pieds sans se rendre compte de rien, et les lésions s'aggravaient jusqu'à ce qu'il soit trop tard pour y remédier.

Après avoir ôté le bandage, Hannah retira soigneusement la compresse de gaze qui recouvrait le talon, et nota que la plaie avait beaucoup suinté. Elle essaya de garder une expression neutre en découvrant la profondeur de l'ulcère.

— Ce n'est pas très beau, madame Hancock.

— Oh ! mon Dieu... C'est grave ?

Hannah voyait presque l'os. Si l'infection l'avait atteint et que sa patiente développait une ostéomyélite...

— Je vais devoir demander à votre médecin traitant de jeter un coup d'œil. Qui est-ce ?

— Le Dr Fletcher.

— Je vais voir s'il est libre. Je reviens tout de suite, d'accord ?

— D'accord...

Hannah alla frapper à la porte de Zach.

— Entrez !

Il était seul.

— Je suis en train d'écrire un mail à un patient, lui dit-il. Qu'est-ce qui se passe ?

— Janet Hancock est dans mon cabinet.

— Oui ?

— Son ulcère est grave. J'ai besoin que tu regardes cela de plus près, mais je suis presque sûre qu'elle doit aller à l'hôpital.

— Bon. J'arrive dans deux minutes.

— Merci, Zach.

Une fois de retour auprès de sa patiente, elle commença à nettoyer la plaie. L'ulcère était de taille importante, et elle vit sur le dossier de Mme Hancock que celle-ci avait manqué son dernier rendez-vous, deux semaines plus tôt.

Auraient-ils pu faire plus si elle était venue ? Hannah connaissait ce genre de pathologie. Comme le patient ne sentait rien d'anormal, il ignorait les rendez-vous et les contrôles, alors qu'en réalité il était essentiel de les honorer. Mme Hancock avait mis son pied en danger. Si l'infection de l'os était allée trop loin, elle pouvait perdre son pied – et Hannah savait ce que l'on ressentait quand on apprenait ce genre de nouvelle. Elle savait ce que cela faisait de se réveiller pour découvrir qu'une partie de soi avait disparu pour toujours, et de comprendre qu'on ne serait plus jamais le même...

Zach frappa, entra et salua Mme Hancock avant d'examiner attentivement son pied.

— Je pense qu'il faut voir un chirurgien, Janet, lui dit-il.

— Vous êtes sûr ? Vous ne pouvez pas juste me donner des antibiotiques et me renvoyer chez moi ?

— Non. Une fois que l'infection a atteint l'os, un généraliste ne peut pas agir seul. Or nous voulons tout faire pour vous soigner au mieux et sauver votre pied.

— Sauver ? Vous pensez que je pourrais perdre mon pied ? demanda la patiente, paniquée.

— Je n'ai pas dit cela, Janet. Il faut prendre l'avis du chirurgien. Je vais appeler l'hôpital et je vous contacterai pour vous tenir au courant. Pendant ce temps, Hannah va refaire votre pansement.

— D'accord… Merci, docteur.

Zach prit congé d'un bref signe de tête et quitta la pièce.

— C'est effrayant, dit Janet. Vous pensez vraiment que je pourrais perdre mon pied ?

— Je ne peux rien affirmer, madame Hancock. J'espère que nous pourrons le traiter efficacement. Soyons positifs. Mais à partir de maintenant, je voudrais que vous veniez à tous vos rendez-vous, d'accord ? Même si vous vous sentez bien.

Mme Hancock hocha la tête.

— Oui, c'est promis.

— Je serai bref. Juste quelques mots…

Zach attira l'attention du personnel rassemblé dans la salle de repos, où la fête d'anniversaire de Shelby était organisée. La grande table était couverte de victuailles, et des ballons avaient été suspendus un peu partout.

— Tout d'abord, je veux vous dire combien je suis fier de vous tous. Nous faisons un beau travail au service des habitants de Greenbeck, et nous pouvons en être fiers. Au nom de toute l'équipe, je vous remercie pour votre professionnalisme et votre dévouement. Nous sommes réunis aujourd'hui pour souhaiter à Shelby un bon anniversaire !

Il chercha des yeux Shelby, et ajouta :

— Même si tu es au travail, j'espère que tu passeras une super journée et qu'on te reverra demain matin de bonne heure et sans gueule de bois !

Tout le monde rit de bon cœur.

— J'essayerai, mais je ne peux rien promettre, répondit Shelby en levant son verre de cocktail sans alcool.

— Je déclare le buffet ouvert ! ajouta Zach avant d'aller rejoindre Hannah.

— Au fait, j'ai eu des nouvelles du pied de Mme Hancock, dit-il. L'ostéomyélite est confirmée. Après un traitement antibiotique, elle sera opérée pour débrider l'abcès. On espère que cela sera suffisant.

— Croisons les doigts, alors.

— Oui. La patiente est optimiste. J'ai pensé que je pourrais passer la voir après son opération.

— Je peux t'accompagner ?

— Bien sûr...

Soudain, on s'agita près du buffet. Shelby s'extasiait devant son gâteau d'anniversaire.

— Et ce gâteau ! Qui l'a fait ? C'est toi, Gayle ? demanda-t-elle à l'une des réceptionnistes, réputée pour ses talents de pâtissière.

— Non, répondit celle-ci.

— C'est qui, alors ?

Daniel leva la main.

— C'est moi. Avec l'aide de Stacey.

— Qui aurait cru que tu avais des talents cachés ? répliqua Shelby, ravie.

Daniel était heureux de voir sourire sa collègue. Il se tourna vers Stacey et lui fit un clin d'œil, avant de regarder Zach, qui avait surpris leur échange.

Zach eut un sourire entendu, mais ne fit aucun commentaire. Il se tourna vers Shelby et lui passa un grand couteau, tandis que tous entonnaient « Joyeux anniversaire » en chœur.

Lorsque Shelby trancha le gâteau, des exclamations retentirent dans la pièce.

— Un gâteau arc-en-ciel ! Oh ! mon Dieu, c'est génial !

Shelby serra très fort Daniel dans ses bras, avant de se retourner et d'enlacer Stacey.

— Vous êtes super, tous les deux !

Stacey sourit, aux anges.

Zach était heureux de voir son équipe s'entendre si bien. Pour lui, c'était un peu comme une famille, et il se sentait à sa place ici.

— Daniel a l'air heureux, dit Hannah.

Zach sourit.

— Oui... Je pense que Stacey et son jeune fils Jack lui donnent une raison de l'être.

— Ah oui ? Daniel et Stacey ? Je suis sûre qu'ils sont faits l'un pour l'autre.

— Eh bien, je ne pense pas que ce soit officiel, et ils croient peut-être que personne n'a rien remarqué, alors n'en parlons pas, d'accord ?

Hannah hocha la tête et mima un mouvement de fermeture Eclair sur ses lèvres.

— On se voit toujours pour faire du patin à glace ? demanda-t-il.

— Oui... Je n'arrive pas à croire que tu m'aies convaincue d'y aller.

Il se leva.

— Je vais chercher à boire pour Rebel, et chiper une saucisse au buffet. Tu me couvres ?

— Oui... Bien sûr !

Il alla se servir, puis se dirigea vers le couloir, où le bruit était atténué, avant de sortir discrètement.

Rebel dormait, mais il se réveilla au son des pas de Zach et remua la queue.

— Salut, toi...

Il posa un gobelet d'eau à terre, puis lui tendit la saucisse, que Rebel dévora avant de rouler sur le dos pour que Zach lui gratte le ventre. Comme il avait encore un peu de temps après ses rendez-vous de l'après-midi, il décida de l'emmener faire une petite promenade.

En attachant la laisse de Rebel, il remarqua que Hannah l'observait, à la fenêtre du cabinet.

Elle lui fit un signe de la main auquel il répondit, un large sourire aux lèvres.

Hannah n'avait pas fait de patin à glace depuis son enfance et, même à cette époque, elle n'était pas particulièrement douée.

Comment diable allait-elle se débrouiller avec sa prothèse ? Ce rendez-vous pourrait bien être un désastre avant même d'avoir commencé !

Mais elle avait donné sa parole, alors elle devait faire un effort et ne pas se défiler, car Zach comptait sur elle.

Pourtant, elle aurait mieux fait d'annuler ; elle avait des sentiments pour Zach et avait conscience de jouer avec le feu en continuant cette mascarade.

Plus elle passait de temps avec lui, plus elle s'imaginait ce que ça pourrait être de sortir avec Zachary Fletcher pour de bon. Comment s'en empêcher ? C'était un mec génial, mais il ne partageait pas ses sentiments. Et quand bien même l'aurait-il fait, aurait-elle été assez courageuse pour franchir ce pas au risque d'avoir le cœur brisé ?

Si cela devait mal tourner entre eux, elle ne doutait pas que leurs collègues prendraient le parti de Zach. Il était leur patron, il était l'associé principal du cabinet et tout le monde l'appréciait car il prenait vraiment soin de son personnel. Ils ne risqueraient pas de perdre tout cela par simple loyauté envers elle. Et elle se sentirait de nouveau seule. Rejetée.

Elle ne devait pas oublier pourquoi elle était ici, avec lui. Elle était son « cobaye », et il était le sien. Zach méritait cette nouvelle chance. Il avait connu un grand chagrin d'amour, tout comme elle. Ils ne se voyaient que pour mieux trouver le bonheur… avec quelqu'un d'autre.

Elle était son « coach », rien de plus. Et elle devrait apprendre à garder ses distances, songea-t-elle en ouvrant son armoire.

Zach lui avait envoyé un message pour lui dire que le thème de la soirée, à la patinoire, était « les années disco ». Est-ce que tout le monde ferait l'effort de s'habiller ? Même si elle détestait se faire remarquer, elle décida de jouer le jeu. Elle dénicha un jean à pattes d'éléphant rebrodé de paillettes argentées et un haut orange vif du plus bel effet, puis elle sourit à son reflet dans le miroir. Elle se fit une queue-de-cheval haute, mit un peu d'eye-liner et de grosses boucles d'oreilles yin et yang. Son look était parfait !

Quand on sonna à la porte et qu'elle entendit les pas lourds de Mme Micklethwaite qui allait ouvrir, son cœur se mit à battre comme un fou.

— Oui… Mademoiselle Gladstone ? Le Dr Fletcher est là !

— Oui… Je descends dans une minute !

Hannah vaporisa une petite brume de parfum dans son cou et mit ses baskets.

Elle hésita en croisant de nouveau son reflet dans le miroir. Il n'était pas trop tard pour faire machine arrière. Elle pouvait se changer rapidement et descendre lui dire qu'elle avait changé d'avis. Cela valait mieux que de se ridiculiser, non ?

Sans plus réfléchir, elle descendit l'escalier. Dès qu'il la vit, Zach sourit et prit la pose : une main sur la hanche, l'autre tendue vers le ciel.

Hannah éclata de rire.

— Oui… Oh ! mon Dieu ! Tu es parfait !

— Merci… Tu crois que je serai le seul à être déguisé ?

— J'espère que non !

Il la regarda de haut en bas.

— Tu es superbe.

— Merci.

Zach l'embrassa sur la joue, puis lui tendit un petit bouquet.

— C'est la tradition, n'est-ce pas ?

— Elles sont magnifiques, merci. Je les mets dans un vase et j'arrive !

Quand elle revint, Zach désigna sa voiture, et elle aperçut la tête de Rebel par la vitre arrière.

— Rebel est de la fête, lui aussi ?

— En quelque sorte. À côté de la patinoire, il y a un centre commercial avec une garderie pour chiens. Je l'y ai inscrit pour quelques heures. Je ne voulais pas le laisser seul à la maison.

— Tu le gâtes !

— Je le crains… Il aime être avec d'autres chiens, alors j'ai pensé que ça lui plairait.

Une fois Hannah installée, Zach prit le volant.

— Alors, où as-tu trouvé cette tenue ? demanda-t-elle en désignant son pantalon en skaï et son col pelle à tarte.

— Je l'ai louée, répondit Zach. Tu crois vraiment que j'avais ça caché au fond de mon armoire ?

— À la maison, on se déguisait beaucoup. Pour Halloween ou à l'occasion de soirées à thème. Je me souviens d'une soirée « créatures fantastiques » organisée par l'une de mes amies. Je m'étais déguisée en nymphe des bois. Je crois que j'ai encore une photo sur mon téléphone...

Elle fouilla dans les fichiers de son portable jusqu'à ce qu'elle trouve le cliché en question puis elle le lui montra.

— C'était avant ton accident ?

— Oui.

Il devait regarder ses jambes, pensa-t-elle en reprenant le téléphone d'un geste vif. Elle était entière, à l'époque. Normale. Sa vie n'avait pas été détruite par Edward, ni par un manège défectueux, ni par un stupide petit microbe qui avait refusé de se soumettre aux antibiotiques. À l'époque, elle était jeune, jolie et insouciante, et avait toute la vie devant elle.

Sa situation avait changé, désormais, car elle était handicapée. Non seulement dans son corps, mais aussi dans sa tête, car c'étaient ses émotions qui l'empêchaient d'aller de l'avant.

— Ça va ? demanda Zach.

Hannah se força à sourire.

— Oui, ça va très bien. Allez, démarre ! Je ne veux pas manquer le début de la soirée disco !

— Espérons que nous ne serons pas arrêtés par la police. Je ne voudrais pas avoir à expliquer ce look.

Hannah sourit.

— Ce serait drôle ! Nous pourrions dire que nous sommes des voyageurs du passé !

Elle marqua une pause, puis reprit plus sérieusement :

— Que changerais-tu si tu pouvais revenir en arrière ?

Il haussa les épaules.

— Je ne sais pas. J'aurais aimé connaître mes parents biologiques. S'ils m'avaient élevé, ma vie aurait pu être différente.

— Peut-être n'étaient-ils pas en mesure de le faire, et voulaient-ils te donner de meilleures chances.

— C'est vrai...

— Tu n'aurais peut-être jamais été médecin. Tu aurais pu ne jamais venir à Greenbeck. Il y a des sujets de satisfaction dans ta vie, tout de même, non ?

— Oui, beaucoup. J'aime bien mes parents adoptifs. Greenbeck. Rebel. Mon travail. Et toi...

Elle rougit, tandis qu'il demandait à son tour :

— Et toi, Hannah ? Qu'est-ce qui te plaît, dans ta vie ?

— La liberté d'être moi-même et de faire ce que je veux ! répondit-elle sans hésiter.

Ils traversèrent la banlieue de Cherringham. La patinoire était située dans un grand parc commercial qui hébergeait également un cinéma et un bowling. Zach trouva une bonne place de parking, et ils allèrent déposer Rebel avant de se diriger vers la patinoire.

— Vous venez pour la soirée disco ? demanda l'ouvreuse, qui sourit en découvrant leurs vêtements.

— Comment avez-vous deviné ? répliqua Zach avec un clin d'œil.

Hannah désigna un jeune homme portant une combinaison psychédélique, derrière eux.

— Je suppose que nous ne déparerons pas trop, finalement.

Une fois leurs billets en poche, ils attendirent pour avoir leurs patins. Serait-elle capable d'enfiler le patin par-dessus sa prothèse ? se demandait Hannah, nerveuse. Si elle n'y arrivait pas, ce rendez-vous serait gâché !

Elle décida de chasser ces pensées négatives et afficha un sourire confiant tandis qu'ils se dirigeaient vers les bancs pour se chausser.

Hannah mit le patin droit, avant de réfléchir à la meilleure façon d'enfiler le gauche.

— Tu veux de l'aide ?

Elle lui jeta un regard reconnaissant.

— Je veux bien.

Zach s'agenouilla et prit le patin d'une main et sa prothèse de pied dans l'autre, qu'il guida lentement.

Il leva les yeux vers elle et sourit.

— Ça va aller. Fais-moi confiance.

Ses yeux bleus exprimaient une telle chaleur qu'elle se sentit rassérénée. Elle aurait voulu sentir ses mains sur son pied, sa cheville, son mollet. Ses doigts contre sa peau...

Quand il glissa son pied dans le patin, elle se sentit soulagée.

— Tu as réussi !

— Bien sûr !

Hannah résista à l'envie de passer ses doigts dans ses cheveux, de caresser sa joue en lui murmurant mille mercis. Elle le désirait tant, en cet instant ! Au lieu de cela, elle lui offrit un pauvre sourire et prit la main qu'il lui tendait pour l'aider à se relever.

— Comment tu te sens ? demanda-t-il.

— Pas trop mal.

— Tu veux que je te tienne la main pendant qu'on marche vers la patinoire ?

— Euh... oui, s'il te plaît, répondit-elle, trop heureuse de garder encore un instant sa main dans la sienne.

À mesure qu'ils approchaient de la piste, elle sentit son angoisse grandir. Les patineurs virevoltaient sous une énorme boule à facettes, au rythme endiablé d'un tube des années 1970 diffusé par les haut-parleurs.

Zach s'avança le premier sur la glace, et l'aida à le rejoindre.

Tendue, elle s'attendait à tomber presque immédiatement, mais Zach l'aida à maintenir son équilibre.

— Je te tiens. N'aie pas peur.

Elle hocha la tête.

Agrippée à la rambarde qui délimitait la piste, elle commença à patiner. D'abord hésitante, elle trébucha et faillit tomber, mais Zach prit cela à la plaisanterie et ils continuèrent. Bientôt, portée par l'ambiance bon enfant, elle prit confiance en elle et lâcha un instant la main de Zach.

— Tu veux lâcher, maintenant ? demanda-t-il.

— Je ne sais pas…

— Allez. Essaye ! Tu vas y arriver ! Je reste à côté de toi, promis.

Elle opina du chef et s'exécuta en riant nerveusement. Au bout de quelques secondes, ses patins se dérobèrent et elle s'accrocha à lui si fort qu'ils tombèrent tous les deux.

Zach amortit le choc en atterrissant sur le dos, et elle se retrouva tout contre lui.

Ils éclatèrent de rire, mais un éclat dans ses yeux la fit frémir.

— Tu sais… si c'était un vrai rendez-vous, ce serait le moment idéal pour s'embrasser, murmura-t-elle.

— Ou alors, répondit-il, on se relèverait maladroitement en faisant comme si de rien n'était.

Il avait raison, songea-t-elle en regardant la foule des patineurs qui tournoyaient autour d'eux. À contrecœur, elle se mit à genoux et se hissa sur ses pieds, tandis que Zach faisait de même et frottait ses vêtements pour en retirer les cristaux de glace.

— Ça va ?

— Oui.

Elle eut un sourire gêné. Et si elle l'avait embrassé, aurait-il répondu à son baiser ? Non, sûrement pas.

Comme il lui tendait de nouveau la main, elle évita son regard. On aurait dit qu'il lisait dans ses pensées, ce qui la troublait au plus haut point. Bien sûr, qu'il avait compris qu'elle avait failli l'embrasser !

Elle s'accrocha à la rambarde et dit :

— Je crois que je vais essayer un peu toute seule. Pars devant. C'est bon.

— Tu es sûre ?

— Oui. J'ai besoin d'améliorer un peu mon équilibre. Je te rejoindrai.

— D'accord…

Réticent, il s'éloigna.

Hannah ravala ses larmes en le regardant partir. Elle pourrait profiter de ce moment pour faire demi-tour et rentrer chez elle. Elle prendrait un bus, ou un taxi, n'importe quoi, pourvu qu'elle parte d'ici au plus vite !

Elle se ravisa, comprenant que cela ne ferait que repousser l'inévitable. Il y aurait toujours de la gêne entre eux, au travail, et elle se verrait contrainte de l'éviter. Non, elle devait rester, avec l'espoir que son malaise se dissiperait rapidement.

Et puis, fuir ne lui ressemblait pas !

La main sur la rambarde, elle retrouva son équilibre, assez stable désormais pour faire quelques pas sur la glace en se concentrant pour ne pas tomber.

Alors qu'elle s'arrêtait pour se reposer, elle se retourna et aperçut Zach. De l'autre côté de la piste, il aidait une jeune femme vêtue d'une robe à paillettes argentée à se remettre sur pied. Elle tenait fermement sa main et, même à cette distance, Hannah crut l'entendre rire, et la vit secouer ses longs cheveux blonds. Visiblement, elle était sous le charme !

Une vague de jalousie l'envahit soudain et, déterminée à l'ignorer, elle continua à patiner sur le bord de la piste. Zach pouvait flirter avec qui il voulait, après tout ! Il était clair qu'il ne voulait pas le faire avec elle.

Elle était tellement concentrée sur ses mouvements qu'elle sursauta lorsqu'elle sentit une main sur son bras.

Zach.

— Comment tu t'en sors ? C'est mieux ?

— Un peu. Tu te débrouilles plutôt bien, j'ai l'impression.

— Tu trouves ?

— Je t'ai vu aider cette femme. Elle ne s'est pas fait mal ?

— Non, heureusement.

— Elle a l'air de t'apprécier. Tu devrais l'inviter à dîner.

Voilà. Elle l'avait dit !

Si elle le repoussait et le persuadait de fréquenter quelqu'un d'autre, ces ridicules rendez-vous pourraient cesser. Elle prendrait de la distance et cesserait de se faire des illusions. En plus, avec un peu de chance, elle se rendrait compte que ses sentiments pour lui n'étaient que passagers. Une simple tocade, en somme.

Zach sourit et secoua la tête.

— Je ne pense pas que ce soit le cas. En plus, je suis ici avec toi.

— C'est un rendez-vous « pour de faux », rappelle-toi.

Pourquoi ne pas voir si tu es prêt pour autre chose ? Essaye ! Je suis sûre qu'elle dira oui.

Il secoua la tête.

— Non. Je ne suis pas prêt. Et puis… elle n'est pas mon genre.

Il avait l'air sûr de lui. Et son ton suggérait qu'il voulait mettre fin à cette conversation, ce qui la désarçonna.

— D'accord.

— Tu veux faire une pause ? dit-il soudain. On va prendre un verre ?

— Volontiers. Je suis épuisée !

10

Zach attendait les deux chocolats chauds qu'il avait commandés, et vit que Hannah leur avait pris une table. Le café se trouvait à côté de la piste, de sorte que les clients pouvaient voir les patineurs évoluer sur la glace.

Fermant un instant les yeux, il revit leur chute : Hannah qui perdait l'équilibre, le poids de son corps sur le sien et son sourire qui lui avait coupé le souffle.

Quelque chose s'était passé pendant ce bref instant où elle était restée à demi allongée sur lui, les yeux dans les siens. Il y avait eu un déclic. Du désir à l'état brut. Si sa vie avait été une comédie romantique, ça aurait été le moment idéal pour que leur histoire bascule, ce qu'elle n'avait d'ailleurs pas manqué de lui faire remarquer.

Il avait opté pour une tout autre issue, au grand soulagement de Hannah, sans doute.

Quand elle lui avait proposé de patiner tout seul, il avait saisi cette occasion pour réfléchir. Pour se calmer aussi, et décider de ce qu'il allait faire.

Avait-il trouvé des réponses ? Non.

Quand elle lui avait suggéré d'inviter cette femme à sortir avec lui, il en avait logiquement déduit qu'elle ne s'intéressait pas à lui, et ne voulait pas qu'il se fasse de fausses idées sur l'avenir de leur relation ! Peut-être, dans ces conditions, était-il plus raisonnable de cesser leurs rendez-vous ?

— Voulez-vous des marshmallows et de la crème fouettée ? demanda la serveuse, le tirant de ses pensées.

— Oui, s'il vous plaît.

Il hocha la tête et regarda derrière lui. Mais Hannah s'était tournée vers les patineurs, indifférente aux pensées qui le torturaient. Il avait été tellement stupide !

Stupide de penser que peut-être il pourrait y avoir quelque chose entre lui et Hannah. Il avait tellement envie de l'embrasser ! Mais la peur, cette satanée peur, s'était mise en travers de son chemin. Et il ne pouvait s'empêcher de penser que, s'il avait suivi son élan, ils n'en seraient plus là, désormais, tous les deux.

Je sais ce qui se passerait. Nous serions très gênés, et conscients d'avoir commis une erreur. Elle ne veut clairement pas de moi.

Elle lui avait d'ailleurs rappelé que ce rendez-vous était un simple « entraînement », l'incitant même à se rapprocher de la femme qui avait flirté avec lui.

Elle n'aurait pas dit ça si elle s'intéressait à lui, n'est-ce pas ? Elle essayait de le détourner d'elle, car elle était lucide, contrairement à lui !

Il paya les boissons et les apporta sur un plateau jusqu'à la table.

— Merci, Zach, ces chocolats ont l'air délicieux !

Elle lui sourit, puis regarda de nouveau les patineurs.

Il en profita pour l'observer. Entre Hannah et lui, c'était un échange de bons procédés, rien de plus. Un contrat qui finirait bientôt.

Il devait cesser de laisser s'exprimer ses sentiments, mû par son désir secret de trouver la femme parfaite avec laquelle il pourrait fonder une famille. Il se trompait souvent et commettait des erreurs de jugement. Or éviter les erreurs était précisément le but de ces rendez-vous ! Peut-être que, s'il lui montrait qu'il apprenait de leurs échanges, qu'il évoluait, il pourrait mettre fin à leurs rencontres, s'épargnant ainsi une torture de plus en plus difficile à supporter ?

— Alors, qu'as-tu pensé de ta première expérience de patinage ? demanda-t-il.

Elle se tourna vers lui.

— C'était... intéressant. Plus dur que ça en a l'air à la télévision.

— C'est sûr !

Hannah hocha la tête et prit une petite gorgée de son chocolat chaud.

— Je suis désolé de t'avoir entraînée dans ma chute, dit-il. J'ai essayé de t'empêcher de tomber, mais j'ai perdu l'équilibre. Je voulais m'excuser pour ça.

— Pas grave.

Non, en effet, mais il avait lu la peur et l'incertitude dans ses yeux... Il fallait qu'il sache !

Il se jeta à l'eau.

— Hannah ?

— Oui ?

— Quand nous nous sommes retrouvés sur le sol, il y a eu un moment où... c'était un peu gênant, non ?

Hannah baissa les yeux, les joues soudain très rouges.

— Tu as pensé que je voulais t'embrasser, reprit-il, je le sais. Tu as dit toi-même que ça aurait été le moment idéal. J'admets que l'idée m'a traversé l'esprit, mais... ça n'aurait pas été bien pour nous, je crois. Je suis désolé. C'était une bonne expérience, cependant. Et je t'en remercie.

— Oh ! eh bien... je suis ravie d'avoir pu t'aider, dans ce cas, répliqua-t-elle avec un bref sourire. Tu m'as aidée, toi aussi – et c'est de cela qu'il s'agit, n'est-ce pas ?

— Absolument.

— Peut-être qu'on devrait essayer de sortir avec d'autres personnes, maintenant ? Puisque nous nous sommes mutuellement ouvert les yeux ?

Zach n'aimait pas du tout cette idée, mais peut-être avait-elle raison ? Peut-être étaient-ils devenus trop proches pour se séparer aussi brutalement ?

— Je pense que nous devrions...

Hannah s'interrompit, prit une petite bouchée de crème et de guimauve, et finit par dire :

— Tu sais, je suis un peu fatiguée. Ça te dérangerait si on rentrait à la maison ?

— Pas du tout. Allons-y !

Hannah avait hâte de se retrouver chez elle. Après avoir quitté la patinoire, ils avaient récupéré Rebel, qui leur avait fait la fête, puis ils avaient repris la voiture pour regagner Greenbeck.

Seule la radio qui jouait doucement en arrière-plan troublait le silence de l'habitacle.

Quand Zach s'arrêta devant chez Mme Micklethwaite, Hannah afficha un grand sourire et le remercia pour le merveilleux moment qu'elle avait passé. Sur le point de sortir de la voiture, elle entendit :

— Hannah...

Elle le regarda. Allait-il de nouveau évoquer ce baiser qui n'avait pas eu lieu ? Il avait l'air de chercher ses mots. Dans un élan soudain, il se pencha vers elle et posa ses lèvres sur les siennes.

Très vite, la surprise fit place au plaisir. Un plaisir qui grandit encore quand il glissa la main dans ses cheveux...

Alors qu'il resserrait son étreinte, elle sentit son corps s'animer, comme s'il sortait d'un long sommeil. Ce baiser était tout ce qu'elle avait imaginé, et plus encore. Doux et passionné à la fois. Excitant.

Quand enfin il se détacha d'elle, leurs regards se croisèrent, hésitants. Qu'était-elle censée faire maintenant ? Ou dire ?

— Si cela avait été un vrai rendez-vous, c'est comme ça qu'il aurait dû se terminer, déclara-t-il.

Trop troublée pour répondre, elle hocha la tête et sortit de la voiture.

Hannah arriva tôt au travail ce lundi. Elle rangea son nouveau vélo dans l'abri qui jouxtait le cabinet, soulagée de constater que la voiture de Zach n'était pas là.

Son premier patient venait pour se faire retirer des points de suture.

Son ordinateur émit un bip pour lui indiquer que celui-ci était arrivé, et elle l'appela aussitôt.

M. Souness entra et lui sourit.

— Bonjour.

— Bonjour, monsieur Souness ! Comment allez-vous aujourd'hui ?

— Pas mal... De mieux en mieux.

Elle sourit.

— Et comment va votre jambe ?

— Bien ! Rien à signaler, et j'espère que vous me direz la même chose une fois que vous l'aurez examinée.

— Voulez-vous vous allonger ?

Elle l'aida à prendre place sur la table. La blessure se situait au niveau de la jambe inférieure, près de la cheville, elle n'avait donc pas besoin qu'il enlève son pantalon.

— Jetons un coup d'œil, alors. Rappelez-moi comment vous vous êtes blessé ? demanda-t-elle en commençant à dérouler le bandage.

— En courant après une jeune femme ! répondit le patient dans un rire.

— Vraiment ?

— Presque, oui. J'ai rencontré quelqu'un. Quelqu'un que je n'avais pas vu depuis plus de cinquante ans. Mais c'était mon premier amour – et on n'oublie jamais son premier amour, n'est-ce pas ?

— C'est ce qu'on dit, répliqua-t-elle, sachant qu'elle n'oublierait jamais Edward, mais peut-être pour des raisons totalement différentes de celles que son patient imaginait.

— Je faisais une croisière dans les fjords norvégiens. Je ne cherchais pas l'amour, juste l'amitié. Une compagne de voyage avec qui rester en contact, vous voyez ?

Elle acquiesça et retira le dernier pansement pour exposer les sept points de suture, juste au-dessus de sa cheville.

— Stella et moi nous sommes connus adolescents, et je ne l'ai jamais oubliée. Hélas, la vie nous a séparés et nous nous sommes tous deux mariés à quelqu'un d'autre. Puis, plus tard, après avoir tous deux perdu nos conjoints, nous nous sommes retrouvés sur la même croisière, tout à fait par hasard. Incroyable ! Oh ! c'était tellement bon de se revoir ! De parler à quelqu'un qui me comprenait vraiment, vous voyez ?

Hannah examina la blessure et la jugea parfaitement guérie. Aucun signe de rougeur, de suintement ou d'infection. Les points de suture étaient prêts à être retirés. Son patient continua son récit.

— Nous avons passé neuf jours merveilleux ensemble, et puis, lorsque nous avons accosté à Southampton, j'ai trébuché et je suis tombé en essayant de la rejoindre sur le quai !

— C'est ça qui a causé cette blessure ?

Il hocha la tête.

— Apparemment, j'ai une peau fragile.

Elle sourit.

— Cela signifie que votre peau se déchire facilement, ou qu'elle peut saigner au moindre choc.

— Oui, c'est le cas, je pense. La pauvre Stella s'est sentie coupable de s'être précipitée, mais elle avait tellement hâte de revoir ses petits-enfants qu'elle n'a pas pu s'empêcher de courir devant moi.

— Tout me semble parfait, monsieur Souness. Je peux enlever ces points de suture, si vous êtes d'accord. Ça ne devrait pas faire mal.

— D'accord.

Elle attrapa le nœud du premier point avec sa pince à épiler et utilisa la lame coupe-fils.

— Alors, comment allez-vous, vous et Stella, maintenant ?

— Bien. On pourrait penser que c'est plus simple, à notre âge. Que nous savons tous les deux ce que nous voulons. Et c'est le cas, mais essayer de combiner nos vies s'avère un peu délicat, pour être tout à fait franc.

— C'est compréhensible.

— Et c'est bien réel maintenant, alors que sur le bateau la réalité semblait suspendue.

— Je vois...

C'était comme quand elle faisait semblant de sortir avec Zach. La réalité ne comptait pas ; ils pouvaient tous les deux prétendre être quelqu'un d'autre avant qu'elle ne se rappelle cruellement à eux.

— J'aime Stella, et peut-être que je l'ai toujours aimée, mais je suis différent, aujourd'hui. J'ai vécu des choses difficiles. Perdre ma femme a été l'un des événements les plus terribles que j'aie eus à traverser. Sur le bateau, l'ambiance était décontractée. C'était bien d'apprendre à la connaître à nouveau. Mais ensuite...

Sa voix se tut.

— Vous avez peur de la perdre elle aussi ?

Il hocha la tête.

— Oui...

Hannah ne savait pas quoi lui dire pour le rassurer. Était-elle seulement qualifiée pour donner des conseils sur l'amour ?

— Je pense qu'il faut prendre les choses au jour le jour, dit-elle. Ne vous précipitez pas. Je suis sûre qu'elle ressent la même chose, qu'elle a les mêmes hésitations.

— Il se peut que vous ayez raison.

Elle retira le dernier point de suture.

— Et voilà, c'est fini ! Vous devriez pouvoir reprendre vos activités quotidiennes, mais faites attention de ne pas vous cogner la cheville, d'accord ?

M. Souness sourit.

— Merci. Et merci de m'avoir écouté.

— Tout le plaisir est pour moi. Et j'espère que vous et Stella trouverez le bonheur que vous méritez.

— Merci. Prenez soin de vous.

— Promis.

Elle l'aida à descendre de la table d'examen et le raccompagna jusqu'à la porte. Elle nettoya ses instruments, essuya tout avec soin, puis s'assit devant son ordinateur pour entrer des notes dans le dossier du patient. Elle aimait bien M. Souness. Il avait l'air d'un homme bon. Mais à tout âge, les relations étaient compliquées.

Son patient suivant avait une infection urinaire, pour laquelle elle prescrit de la nitrofurantoïne. Après cela, elle vit un enfant atteint de bronchite, et enfin une femme qui souffrait de calculs amygdaliens.

Hannah passa une matinée active, enchaînant ses rendez-vous à toute allure, jusqu'à 11 h 15, l'heure de sa pause matinale. Elle s'aperçut alors qu'elle avait très soif. Elle n'avait rien bu depuis sept heures ce matin-là, travaillant dur et parlant beaucoup.

Elle se leva donc et se dirigea vers la salle du personnel, où elle se servit un verre d'eau. Idéalement, elle aurait voulu du thé, mais elle ne voulait pas attendre que l'eau bouille, de crainte de croiser Zach.

Lorsque Daniel entra, elle le salua. Puis elle regagna son bureau. Juste au moment où elle passait devant celui de Zach, celui-ci ouvrit la porte pour laisser sortir un patient.

Il eut un sourire hésitant.

— Bonjour.

— Bonjour.

Serait-il impoli de filer directement dans son cabinet ? Sans s'arrêter, elle esquissa un sourire rapide et leva son verre.

Elle venait tout juste de s'asseoir quand on frappa à la porte. Son cœur bondit dans sa poitrine.

— Oui ?

— Je peux entrer ?

Zach...

— Bien sûr, entre.

Il apparut sur le seuil, superbe, comme toujours, dans un pantalon sombre et une chemise azur à carreaux blancs qui faisait ressortir le bleu de ses yeux. Ses cheveux bruns et épais semblaient légèrement ébouriffés, comme s'il avait passé ses doigts dedans, et elle ne put s'empêcher de penser à ce qu'elle ressentirait en faisant de même...

— Que puis-je faire pour toi ? demanda-t-elle.

— Je voudrais que ce soit comme avant, entre nous, dit-il simplement.

Elle fit mine d'avoir mal compris.

— Pardon ?

— Les choses ont changé... depuis notre sortie à la patinoire. Je suis désolé. Je n'aurais jamais dû...

Il se tut un instant, puis reprit :

— Dans la voiture... on faisait encore semblant, non ? Si nous sommes amis, il n'y a aucune raison de nous éviter. Pas ici. Je ne le permettrai pas. J'aimerais retrouver la pétillante Hannah des débuts. La Hannah au top de sa forme !

Il sourit, et elle lui rendit son sourire Elle se rappelait ce premier jour. Ce jour embarrassant où elle avait cru que tout était perdu, alors que ce n'était pas le cas. Il avait raison. Ils ne devraient pas avoir à s'éviter. Ni ici ni ailleurs. Ils étaient adultes, pour l'amour du ciel ! Rien de grave n'était arrivé. Ils s'étaient juste embrassés, et c'était pour faire semblant !

Hannah hocha la tête.

— Tu as raison.

— Tout va bien, alors ?

— Oui.

Elle lui sourit tandis qu'il s'enfonçait dans le fauteuil, en face d'elle.

— Super ! Je suis heureux de l'entendre. Ça m'a manqué de pouvoir te parler ce matin.

— À moi aussi, ça m'a manqué. Autant que ma tasse de thé !

— Tu veux que j'aille t'en faire un ?

— Je viens avec toi !

Ensemble, ils retournèrent dans la salle de repos.

Zach était ravi que Hannah et lui soient de nouveau en bons termes. Ce n'était pas exactement comme avant, mais il savait qu'avec un peu de temps tout reviendrait à la normale.

Il avait demandé à Hannah si elle voulait se joindre à lui pour une randonnée, pour tester son nouveau vélo. Elle avait accepté, après une brève hésitation, et il attendait maintenant qu'elle arrive.

Il avait d'abord voulu partir de chez elle, mais il s'était retenu de le suggérer, ne voulant pas que cela ressemble à un rendez-vous. Il s'agissait juste de deux amis qui se rencontraient pour faire un peu d'exercice avant de repartir chacun de son côté.

Il avait donc proposé de se retrouver dans le parc, près du banc qui bordait la mare aux canards. En arrivant, il remarqua que l'équipe responsable de l'organisation de la fête du village avait commencé à décorer les lieux. Il vit Walter et Pauline, les deux piliers de l'équipe, au bas d'une échelle, en train de guider un jeune homme qui essayait d'attacher une bannière au-dessus de la route principale de Greenbeck.

Soudain, son regard fut attiré par un mouvement à sa droite et il vit Hannah pédaler vers lui, un grand sourire aux lèvres.

Zach attendit qu'elle s'arrête devant lui. C'était un jeudi soir et, heureusement, il leur restait encore beaucoup de temps.

— Salut ! Tu as l'air en forme ! Il fonctionne bien ? lança-t-il en désignant le vélo.

— Super ! J'ai dû ajuster la position de la selle, mais ça va beaucoup mieux, maintenant.

— Oui, il faut t'habituer. Quel genre de balade as-tu envie de faire ? Une balade sur route ? Ou un sentier ? Il y en a un beau qui passe à travers les bois et qui ne monte pas trop.

Il ne put s'empêcher de remarquer à quel point elle était belle. Elle portait un haut de cyclisme moulant et un long legging de sport rose vif.

— Tout ça me paraît pas mal. Comme tu veux. Pars devant, je te suis !

— D'accord.

Il mit son casque, l'attacha sous son menton, et enfourcha son vélo. Après avoir jeté un coup d'œil derrière lui pour s'assurer qu'elle le suivait bien, il se dirigea vers les bois entourant le village.

À cette heure de la journée, la chaleur avait commencé à diminuer, mais les rayons du soleil perçaient encore à travers la canopée. C'était parfait. Des senteurs de terre, de feuilles et de pommes de pin leur flattaient les narines.

Le début du sentier était légèrement en pente, et Zach sentit son cœur pomper fort pour gravir la côte avant de prendre le chemin qui les conduirait le long de la vallée dans laquelle Greenbeck était niché.

— Ça va ? cria-t-il.

— Je m'en sors très bien !

Il dévia légèrement sur la gauche lorsque la piste s'élargit pour que Hannah puisse le rattraper et rouler à ses côtés.

Elle avait l'air heureuse. La lumière du soleil éclairait son visage, ses yeux étincelaient. C'était une femme vraiment magnifique, et il se sentait chanceux d'être avec elle. De l'avoir à ses côtés. Il se prit à espérer que ce serait toujours ainsi.

— Ce n'est pas génial, ici ?

— Si, c'est super ! Où mène cette piste ? demanda-t-elle.

— Plus loin dans la vallée... en passant par quelques fermes. Nous pouvons faire une grande boucle d'environ quinze kilomètres au total. Ça te convient ?

— Tant que nous pouvons nous arrêter quelque part pour nous reposer !

Il hocha la tête.

— Il y a un pub à mi-chemin : le Lapin blanc.

— Ça a l'air parfait !

Ils continuèrent leur trajet, appréciant simplement la compagnie l'un de l'autre.

Après environ trois kilomètres, ils débouchèrent sur une vallée verdoyante, et passèrent devant un champ où paissaient des alpagas. Hannah demanda à s'arrêter pour jeter un coup d'œil.

Ils garèrent leurs vélos contre une clôture, et Zach regarda Hannah tendre la main à un alpaga blanc qui se tenait au bord du champ, curieux.

— Comme ils sont mignons !

— Oui ! Et très doux.

Il arracha un peu d'herbe tendre dans un fossé puis la tendit à Hannah qui nourrit les alpagas, riant de voir leurs oreilles bouger d'avant en arrière tandis qu'ils mastiquaient.

— J'ai entendu dire que les alpagas pouvaient être utilisés pour protéger d'autres animaux de ferme. Ils empêchent les renards de s'approcher des basses-cours, par exemple.

— C'est intéressant.

Elle caressa un animal qui avait rejoint la clôture et remarqua qu'il lui manquait une patte.

— Oh ! Zach... regarde !

L'alpaga se portait très bien. En fait, il était plus grand que les autres, et évoluait dans le champ sans aucune difficulté.

— Il ne se laisse pas abattre, dit-elle. On dirait que c'est lui le chef !

Elle avait raison. L'animal semblait vouloir mettre ses congénères en garde contre ces intrus.

— Si seulement je pouvais être aussi courageuse que lui ! soupira-t-elle.

Zach toucha son bras, puis recula d'un pas.

— Tu es la personne la plus courageuse que je connaisse, Hannah.

— Tu dis ça parce que tu es mon ami et que tu m'aimes bien.

— Non, je le dis parce que c'est la vérité. Parce que je le pense. Sais-tu combien de personnes souffriraient encore de dépression à cause d'un accident comme le tien ? Combien seraient amères ? Ou en colère ? Et pourtant, tu es toujours souriante, déterminée à voir le bon côté des choses. Et tu aides les autres. Tu as parlé à Jack, le fils de Stacey. Tu as créé un groupe de soutien pour les gens seuls parce que tu t'intéresses à leur vie et essayes de la rendre meilleure. Tu as même tenté de m'aider, moi ! Tu es un cadeau pour ce monde, Hannah, ne l'oublie pas !

Il n'avait pas l'intention de se montrer aussi passionné, mais il ne pouvait pas supporter de la voir se remettre ainsi en question. Se considérer comme faible. Parce qu'elle ne l'était pas, et ne pourrait jamais l'être. Elle avait traversé tant d'épreuves et, si c'était ainsi qu'elle s'en sortait, il ne pouvait qu'espérer être ne serait-ce qu'à moitié aussi courageux qu'elle.

Elle posa son regard sur lui, puis se tourna de nouveau vers les alpagas.

— Merci.

Il laissa échapper un souffle.

— De rien…

Il ne savait pas quoi faire, maintenant, mais il ne supportait pas de la voir se remettre en question, ni de la voir triste. Elle était si belle, à l'intérieur comme à l'extérieur ! Son cœur était bon, attentionné et généreux. Auprès d'elle, il se sentait heureux, comblé… complet.

Le cœur battant la chamade, il lança :

— Si on repartait ?

Elle hocha la tête, et ils remontèrent sur leurs vélos pour aborder le sentier.

De nouveau, il ouvrit la voie. Mais au lieu d'apprécier la campagne, les champs d'un vert tendre, les petites fermes bien rangées nichées dans les collines, les fleurs et les quelques lapins qu'ils voyaient traverser leur chemin, son esprit était concentré sur Hannah et ce qu'elle représentait pour lui.

Elle comptait beaucoup à ses yeux, et il savait qu'il ferait tout ce qui était en son pouvoir pour qu'elle soit heureuse. Même si c'était au détriment de son propre bonheur.

— Je tenais à vous dire combien j'ai apprécié ce groupe, Hannah, déclara Peter, le patient que Zach lui avait adressé et dont l'épouse, atteinte de la maladie d'Alzheimer, se trouvait dans une maison de soins.

— Oh ! merci, je suis contente que cela vous ait plu, répondit-elle.

— J'ai discuté avec Alma et Geoff, et c'était tellement agréable d'avoir à nouveau une vraie conversation ! C'est drôle comme des choses simples comme ça vous manquent quand vous êtes seul.

Elle hocha la tête.

— Geoff m'a dit qu'il allait pêcher le dimanche, au lac Cherringham. Et je ne suis pas allé pêcher depuis mon enfance, alors il m'a proposé de m'emmener et on va en faire une activité régulière.

— C'est fantastique ! Je suis tellement contente ! J'espérais que ce groupe aiderait les gens à se faire de nouveaux amis et à nouer des liens.

— Et vous, avez-vous des amis ? demanda Peter.

Hannah fronça les sourcils, amusée.

— Qu'est-ce que vous voulez dire ?

— Vous avez sans doute mieux à faire de vos week-ends que de vous promener avec des vieux comme nous ! répliqua-t-il en riant. Vous devez bien avoir des amis, ou un homme avec qui passer du temps ?

— Je suis heureuse de passer du temps avec vous, Peter. L'âge n'entre pas en ligne de compte quand on est avec des gens qu'on apprécie.

Il lui fit un clin d'œil complice.

— Tiens, voilà votre patron !

Elle leva les yeux et vit Zach s'approcher avec Rebel. Il était magnifique dans son jean bleu et sa chemise blanche révélant un triangle de peau hâlée.

— Zach ! Je ne m'attendais pas à te voir aujourd'hui.

— Eh bien, comme Marvin sort de l'hôpital demain, j'ai pensé emmener Rebel pour une dernière grande promenade. Il va me manquer.

Hannah remarqua que Peter s'était retiré pour marcher avec le reste du groupe, peut-être pour qu'elle et Zach puissent parler ensemble en privé.

— Tu pourras quand même le voir, dit-elle. Il ne sera pas très loin.

— Je sais, mais ce n'est pas la même chose, n'est-ce pas ?

— Non, c'est sûr… Tu pourrais peut-être prendre ton propre chien ?

— Peut-être… Un jour, en tout cas.

— Ne remets pas ça à plus tard. Si tu veux quelque chose, fonce !

À la fin de la balade, après avoir pris congé de tout le monde, Hannah aida Elle et Dee à charger les chiens dans le van, puis elle se retrouva seule avec Zach et Rebel.

— Tu veux te joindre à nous pour ma dernière promenade avec Rebel ?

— Pourquoi pas ?

Le village était très beau. Toutes les banderoles étaient déployées, et des lampions avaient été accrochés autour des lampadaires et des poteaux télégraphiques alors que tous se préparaient pour la fête.

Zach lâcha Rebel à l'approche du parc, et Hannah aperçut la jolie fontaine, au milieu de la mare aux canards.

— La maison va me sembler vide quand Rebel ne sera plus là, dit Zach.

— Sans doute...

Il réfléchit quelques instants, puis reprit la parole.

— Au fait, je voulais te dire, à propos de nos rendez-vous...

Elle se retourna.

— Oui ?

— Je pense que nous devrions arrêter. Je crois que nous devrions tous les deux faire le grand saut. Cesser de s'entraîner et passer aux choses sérieuses.

Elle le fixa. Que voulait-il dire, au juste ? Il pensait à d'autres personnes, sûrement ?

Soudain, des aboiements effrénés retentirent, suivis d'un bruit d'éclaboussure. Rebel venait de se jeter dans la mare, au grand dam des canards qui volaient dans tous les sens en cancanant à tue-tête !

— Oh ! non !

Zach s'élança.

— Rebel ! Rebel, reviens ici tout de suite !

Hannah commença par sourire, puis éclata franchement de rire en voyant Rebel sauter dans l'eau, essayant d'attraper les gouttes d'eau qui jaillissent de la fontaine. Il s'amusait comme un fou.

— Je pense que tu vas devoir aller le chercher.

— Pas question !
— C'est juste de l'eau.
— Vas-y, toi !
Elle sourit d'un air malicieux.
— Ce n'est pas mon chien.
Zach grimaça.
— Rebel ! Regarde ce que j'ai là !
Il fit semblant de prendre un biscuit dans sa poche, qui était vide.
Comme Rebel l'ignorait totalement, Zach lança dans un soupir.
— Tu peux surveiller mes chaussures ?
Hannah acquiesça et vit Zach retirer ses chaussures, puis ses chaussettes, avant de remonter son jean jusqu'aux genoux.
Il fit un pas hésitant dans l'eau froide de l'étang, grimaçant lorsque ses orteils touchèrent le fond.
— Je ne sais pas ce qu'il y a là-dedans, mais ce n'est sûrement pas beau à voir.
Comme elle éclatait de rire, des badauds s'arrêtèrent pour le regarder. Certains sortirent leur téléphone pour filmer la scène.
Zach vacilla et manqua perdre l'équilibre.
— C'est glissant !
— Tu vas y arriver ! l'encouragea Hannah.
Lorsque Zach s'approcha pour essayer d'attraper le collier de Rebel, celui-ci s'éloigna, entraînant Zach qui refusait de lâcher prise. Soudain, il y eut un glapissement. Un plouf. Zach perdit pied Et disparut.
Quelques secondes plus tard, il émergeait, trempé et couvert d'algues et de vase.
Il s'essuya le visage, avant de se retourner et d'attraper la laisse de Rebel, qu'il tint fermement.
Autour de l'étang, tout le monde applaudit, y compris Hannah, lorsque Zach sortit. Elle riait tellement que des larmes coulaient sur son visage, et elle avait elle aussi sorti son téléphone et pris une photo de Zach avec Rebel, tel Poséidon émergeant des flots.
— Ça va ? demanda-t-elle sans cesser de rire. Tu ressembles à un monstre des marais.

Il lui lança un regard furibond, puis sourit.

— Oui. Un peu.

— Rentrons. Je nettoierai le chien pendant que tu prends une douche !

11

Dès qu'il franchit la porte de sa maison, Zach commença à se déshabiller.

— Je vais dans la salle de bains ! lança-t-il avant de disparaître à l'étage

— Et moi, je vais laver Rebel dans le jardin !

— Il y a un tuyau. Tu sais t'en servir ?

— Oui, je crois...

Une fois douché, Zach était le point d'aller dans sa chambre pour prendre des vêtements propres lorsqu'il entendit crier.

— Hannah ? Tu vas bien ?

Craignant qu'elle ne se soit blessée, il dévala l'escalier, et la trouva assise sur le sol de la cuisine.

Il se précipita à ses côtés.

— Que s'est-il passé ?

— Le sol était mouillé. J'ai glissé.

Sans réfléchir, elle noua les bras autour de son cou, et il sut qu'il était perdu.

Les yeux fermés, Hannah sentit les lèvres de Zach sur les siennes, et ce fut comme si son corps s'éveillait d'un trop long sommeil. Une poussée d'adrénaline fusa dans ses veines.

Incapable de lutter contre les sensations qui l'envahissaient, elle fit courir ses mains le long de son dos, toucha la serviette qui lui ceignait les hanches et la défit...

Fou de désir, il prit de nouveau sa bouche, puis la débarrassa prestement de son haut, avant de libérer son soutien-gorge et de happer la pointe d'un sein entre ses lèvres...

Haletante, elle sentit qu'il commençait à défaire son pantalon, et paniqua en se rappelant sa jambe. Sa prothèse. Devait-elle mettre un terme à tout cela ?

Impossible ! Elle le désirait beaucoup trop pour opposer la moindre résistance.

Quand ses lèvres se posèrent sur son sexe à travers ses sous-vêtements, plus rien n'exista que cette caresse, la plus intime de toutes...

Ses doigts firent glisser le mince rempart de soie, exposant lentement le cœur de sa féminité, qu'il embrassa tandis qu'elle haletait, agrippée à ses cheveux...

Elle avait vaguement conscience qu'ils se trouvaient dans sa cuisine, en plein jour. Pouvait-on les voir ? Un coup d'œil rapide lui permit de constater que le seul à les observer était Rebel, qui attendait sagement derrière la porte du jardin.

Le sourire aux lèvres, elle bascula la tête en arrière, tandis que Zach se levait pour la prendre dans ses bras et la porter jusqu'à l'étage.

Une fois dans la chambre, il la déposa doucement sur son lit et prit un préservatif dans le tiroir de la table de chevet. Quand il entra en elle, ce fut comme si elle explosait en un million d'étoiles... Ensemble, ils entamèrent la danse immémoriale des amants, un corps à corps sensuel où leurs deux êtres ne faisaient plus qu'un.

Hannah se réveilla beaucoup plus tard, dans la chambre sombre et silencieuse. À côté d'elle, Zach dormait profondément, un bras posé sur sa taille, et pendant un bref instant elle l'écouta respirer.

C'était un homme magnifique, et ce qu'ils avaient partagé

l'était aussi. Vraiment. Mais maintenant qu'elle avait recouvré ses esprits, la réalité reprenait ses droits.

Ils avaient fait l'amour, franchissant un cap qu'ils s'étaient interdit de crainte de compliquer singulièrement leur relation.

Ils devraient désormais faire comme si rien ne s'était passé entre eux. Cacher cette liaison à tous leurs collègues et patients. Parce qu'elle ne voulait pas que les gens le sachent ! Ce serait différent s'ils étaient réellement ensemble, mais aucun d'entre eux n'avait fixé d'exigences quant à cette relation.

Et si c'était juste du sexe ?

Et s'il se réveillait et regrettait ce qui s'était passé ?

Cette étreinte avait été merveilleuse, mais elle les avait mis en danger. S'ils voulaient plus tous les deux, alors tant mieux. Mais quand l'un d'entre eux voudrait mettre fin à cette histoire, que se passerait-il pour l'autre ?

Ils travaillaient ensemble, et elle allait se retrouver dans la même situation que Stacey, songea Hannah. Et même si elle pensait être appréciée, le village prendrait le parti de Zach s'ils venaient à se séparer ; vivre ici, à Greenbeck, serait de plus en plus difficile pour elle.

Tout cela semblait incertain, et pourtant ses sentiments pour Zach étaient profonds. L'idée de le perdre la bouleversait...

Oh ! mon Dieu, nous avons laissé Rebel dehors !

Hannah se glissa hors du lit et enfila un peignoir avant d'ouvrir la porte avec précaution. Rebel s'engouffra à l'intérieur et la regarda avec curiosité.

Elle caressa la tête du chien.

— Désolée de t'avoir laissé dehors, tout à l'heure.

Rebel lui lécha la joue en guise de réponse.

Le sourire aux lèvres, elle se leva. Sa jambe lui faisait mal. Elle n'avait pas l'habitude de dormir avec sa prothèse, mais, alanguie dans les bras de Zach, elle n'avait pas eu envie de la retirer.

Que faire maintenant ? Retourner dans son lit ? Prendre un verre d'eau ? Elle avait vraiment soif...

Hannah descendit sur la pointe des pieds et trouva ses vêtements soigneusement pliés sur le dossier d'une chaise de cuisine. Zach avait dû les ramasser quand il était descendu pour voir le chien.

C'était un homme bon. Peut-être le meilleur qui soit.

Et cela lui faisait très peur.

Si elle remontait et se glissait dans son lit, ça voudrait dire quoi ? Qu'elle était heureuse, et souhaitait prolonger ces instants magiques ?

Sans doute. Et c'était ce qu'elle voulait, en effet ; alors pourquoi se retenir ?

Alors qu'elle hésitait, elle entendit des bruits à l'étage. Zach descendait.

— Hannah ?

Elle resta immobile, ses vêtements serrés contre sa poitrine.

Il apparut dans l'embrasure de la porte et lança dès qu'il la vit :

— Tu pars ?

— Hum... J'ai pensé qu'il valait mieux disparaître avant le lever du jour. Je voudrais éviter les commérages.

— Je me fiche de ce que disent les autres. Pas toi ?

— Je comprends. Je sais que je ne devrais pas m'en soucier, mais c'est le cas. Écoute, c'était génial, hier, mais...

Il baissa les yeux un instant, puis la regarda.

— Mais ?

— Je me demande si nous n'avons pas commis une erreur. Peut-être aurions-nous dû renoncer, résister à notre désir. Faire en sorte que notre relation ne dépasse pas le stade de l'amitié. Nous étions censés nous entraîner ! Nous nous sommes peut-être emballés, et... Et si nos sentiments n'étaient pas réels ?

Elle se tut lorsqu'elle vit la douleur dans ses yeux, et se demanda si elle ne venait pas de commettre une grossière erreur. Est-ce que tout cela comptait pour Zach ? Voulait-il qu'ils soient ensemble ?

Il la détrompa bien vite.

— Tu as peut-être raison, dit-il. Si je t'ai mise mal à l'aise, j'en suis désolé. Peut-être avons-nous besoin de prendre un peu de recul ? Nous pouvons le faire, tout en restant très professionnels au cabinet. Qu'en penses-tu ?

Son visage était comme de la pierre. Dur et sans expression.

Le cœur brisé, elle comprit qu'elle avait raison et que ses pires craintes se révélaient fondées. Elle avait commis une erreur, et elle devait partir au plus vite !

— Oui. Je vais m'habiller...

Elle passa devant lui et alla s'enfermer dans le salon. Jetant ses vêtements sur le canapé, elle se débarrassa à la hâte de son peignoir. Plus vite elle sortirait d'ici, mieux cela vaudrait !

Les larmes lui piquèrent les paupières lorsqu'elle réalisa qu'elle s'était mal comportée envers lui, et qu'il avait fait volte-face aussi rapidement qu'elle. Désormais, tout serait différent entre eux, et ils avaient vraiment tout gâché en cédant à leur désir.

Elle prit une profonde inspiration, s'essuya les yeux, ramassa son peignoir, le plia et le posa sur le canapé. Puis, la tête haute, elle alla ouvrir la porte.

Zach était dans la cuisine en train de faire du café, comme si rien ne s'était passé, et le fait qu'il puisse se montrer aussi désinvolte la blessa. Elle s'efforça malgré tout de prendre un ton neutre.

— J'ai laissé le peignoir sur le canapé ! lança-t-elle.

— Mmm...

Il but une gorgée de café sans la regarder.

— Transmets mes meilleurs vœux de rétablissement à Marvin !

Il ne dit rien.

— On se voit lundi !

Et, le cœur brisé, elle partit sans se retourner.

Lorsque la porte d'entrée se fut refermée, Zach posa sa tasse de café, s'appuya contre le comptoir et laissa échapper un grand soupir.

Elle avait dit que la nuit dernière avait été une erreur.

Une erreur !

Le fait qu'elle pense que la plus belle chose qu'il ait vécue de toute sa vie n'aurait pas dû exister le stupéfiait ! Au plus profond de lui-même, il se refusait à y croire. Comment cette femme pouvait-elle regretter leur étreinte et s'éloigner de lui alors qu'il était tombé fou amoureux d'elle ? Avait-il eu tort ? Encore une fois ?

Je pensais avoir raison à son sujet, mais je me suis trompé. Je suis un imbécile !

Peut-être certains êtres humains étaient-ils condamnés à répéter sans cesse les mêmes erreurs ? Si tel était le cas, pourquoi en faisait-il partie ?

Il avait cru qu'elle ressentait la même chose que lui. Que leurs rendez-vous les avaient rapprochés de plus en plus, jusqu'à ce que leur amitié prenne une autre tournure. Mais encore une fois, il avait été rejeté. Elle savait ce qu'il craignait par-dessus tout et pourtant elle n'avait pas hésité à le lui infliger ! C'était cruel. C'était...

Il soupira et frappa du poing sur le comptoir, faisant tressaillir Rebel.

— Désolé, mon beau.

Il s'accroupit, et Rebel s'approcha de lui, comme pour le consoler.

— On va se dire au revoir aujourd'hui, n'est-ce pas ?

Une fois Marvin rentré chez lui, il perdrait son fidèle compagnon. Il ne lui resterait plus alors que son travail, et une petite vie triste à mourir...

Prostré, il attendit sur le canapé qu'il soit l'heure d'aller chercher son ami à l'hôpital.

12

Hannah faillit se faire porter pâle le lundi matin. Mais elle savait qu'elle ne pouvait pas laisser tomber tous ces gens qui avaient pris rendez-vous, et elle arriva donc très tôt. Discrètement, elle entra dans son bureau et ne le quitta pas de la matinée, prenant assez de snacks et de boissons pour ne pas avoir à s'aventurer dans la salle du personnel avec tous les autres.

Avec Zach.

À l'heure du déjeuner, elle sursauta en entendant frapper à sa porte. Et si c'était Zach ? Mais ce n'était pas lui. C'était Stacey.

— Je voulais juste vérifier que tout allait bien, dit la jeune femme. Je ne t'ai pas vue de toute la matinée.

— Je vais bien ! répondit-elle avec un enthousiasme feint.

— Tu es sûre ?

— Absolument ! Je rattrape juste un peu de travail administratif et quelques comptes rendus en retard, et...

— D'accord. Si tu as besoin de quoi que ce soit, n'hésite pas à me solliciter !

— Merci.

Une fois Stacey partie, Hannah laissa échapper un énorme soupir. Pourrait-elle continuer longtemps ainsi ?

Jour après jour, Hannah entendait la voix grave de Zach à travers les murs de son cabinet contigu au sien. De temps en temps, elle l'entendait rire aux éclats, et songeait avec amertume qu'il ne se souciait guère, lui, de ce qui s'était passé entre eux.

Très souvent, il lui prenait l'envie d'ouvrir à la volée la porte d'à côté et de lui demander pourquoi il était si peu affecté par ce fiasco. N'était-il pas censé avoir peur d'être rejeté ? Comme elle ?

Mais elle était beaucoup trop fière pour faire quoi que ce soit, et elle se le reprochait.

Elle avait perdu l'appétit et le sommeil et, le pire, c'était qu'il lui manquait beaucoup !

Zach était devenu son tout. Pas seulement un super patron et collègue, mais aussi un ami merveilleux avec qui elle aimait passer du temps.

Un matin, alors qu'il faisait très chaud dans son bureau, elle sortit prendre l'air et se retrouva à l'endroit où Zach avait l'habitude de laisser Rebel. Voir cet espace vide lui brisa le cœur, et elle dut faire preuve de toute sa volonté pour chasser ses larmes.

Tout avait changé en quelques jours à peine, et les gens au cabinet commençaient à poser des questions. Ils avaient remarqué qu'elle se comportait différemment. Ils étaient désormais très respectueux et gardaient leurs distances, sans jamais se montrer insistants, mais elle voyait bien qu'ils étaient curieux. Cela n'était pas désagréable, s'avoua-t-elle, mais, hélas, la seule personne dont elle aurait voulu qu'elle se soucie d'elle semblait se moquer totalement de son sort.

Il y avait eu un moment gênant ce matin-là, quand une des patientes de Zach souffrant de maux de tête était venue la voir. Hannah avait vérifié sa tension artérielle et découvert qu'elle avait atteint un niveau dangereux. Elle avait dû frapper à la porte de Zach pour lui demander ce qu'il voulait qu'elle fasse. Habituellement, ils renvoyaient chez eux les patients avec une tension artérielle élevée, après les avoir équipés d'un tensiomètre qu'ils devaient utiliser deux fois par jour, tous les jours pendant une semaine. Mais les valeurs de cette patiente étaient si élevées que Hannah avait redouté un risque d'AVC.

Le visage de Zach en la voyant apparaître dans l'embrasure de la porte l'avait surprise… Il avait eu l'air presque choqué, puis mal à l'aise, avant de se ressaisir et de lui répondre sur un ton très professionnel. Et abrupt.

Ça lui avait fait mal.

Elle ne pouvait pas continuer comme ça avec lui. Elle voulait qu'ils redeviennent ce qu'ils étaient avant, lorsqu'ils étaient amis. Insouciants. Heureux. Joyeux. Elle voulait le voir de nouveau sourire. Se promener sans but précis. Tenir sa main. Être dans ses bras à nouveau...

Je l'aime.

Cela la frappa comme la foudre. La prise de conscience était certes brutale, mais au fond d'elle-même elle connaissait la vérité depuis longtemps. Elle avait choisi de l'ignorer dans l'espoir que ses sentiments mourraient d'eux-mêmes. Elle ne voulait surtout pas mettre son cœur en danger, car c'était un amour à sens unique, un amour sans espoir. Zach ne voulait pas s'engager. Il ne voulait pas d'elle, du moins pas comme elle le voulait, lui.

Comment continuer ainsi, en sachant qu'il ne sera jamais à moi ?

C'était le matin de la fête du village. Le soleil brillait, le ciel était bleu, les oiseaux chantaient et les banderoles dansaient dans la brise. Les enfants souriaient, entourés de leurs parents. Il aurait dû se sentir joyeux, mais, hélas, Zach éprouvait une sensation de vide intérieur.

Il se sentait perdu. Sans attaches. Seul. Certes, tout le monde autour de lui l'appréciait, mais cela ne semblait pas avoir d'importance, puisque Hannah n'était pas là.

Comment tout avait-il pu si mal tourner entre eux ? Il avait pensé, lorsqu'ils avaient finalement cédé à la force qui les poussait l'un vers l'autre, que tout serait simple, après leur première nuit d'amour. Qu'ils n'auraient pas à se cacher, que le regard des autres n'aurait aucun effet sur eux.

Mais malheureusement, rien ne s'était déroulé comme prévu. Il l'avait surprise en train d'essayer de se faufiler hors de chez lui sans un au revoir. Et elle avait l'air d'avoir des regrets. Quand elle avait affirmé qu'ils avaient commis une erreur, il avait soudain compris qu'une fois de plus il était laissé pour compte. Abandonné. Pas assez bien pour quelqu'un.

Ça lui avait fait si mal qu'il s'était immédiatement mis sur la défensive. Ses barrières s'étaient levées, et il était devenu silencieux, pour mieux se protéger, une attitude qu'il adoptait chaque fois qu'il souffrait.

Marvin, à l'hôpital, lui avait demandé si tout allait bien, affirmant qu'il semblait différent, tout à coup. Ensuite, il avait dû faire ses adieux à Rebel, et cela lui avait serré le cœur.

Il était tout près, pourtant, et Zach pouvait l'entendre aboyer dans le jardin de Marvin. Mais il lui manquait. Rebel avait été son compagnon pendant que sa relation avec Hannah se développait. Du moins le croyait-il...

N'était-il pas censé avoir appris de ses erreurs, et ne plus croire désormais que la femme qu'il désirait partageait ses aspirations ?

Il avait été tellement sûr qu'elle ressentait la même chose que lui, cette nuit-là ! Leur étreinte lui avait prouvé s'il en était besoin qu'ils étaient égaux, et que chacun avait cédé à l'autre en toute connaissance de cause, et sans aucune retenue !

Cette dernière semaine avait été un supplice, plus encore que les précédentes. Elle l'évitait. Les collègues avaient remarqué qu'elle restait dans son bureau et lui avaient demandé s'il savait ce qui se passait, si un incident quelconque s'était produit. Il avait dû hausser les épaules. Prétendre qu'il ne savait pas. Il leur avait demandé de lui laisser du temps, arguant qu'elle avait peut-être juste besoin de prendre du recul. Alors qu'il n'avait qu'une envie : aller vers elle, l'enlacer et murmurer dans ses cheveux que tout irait bien.

Seulement il ne pouvait pas faire cela, et ça lui déchirait le cœur.

Et voici qu'il devait faire partie du jury d'un concours de bébés costumés ! Avec Stacey et Daniel. Il devait aller à la fête, plaquer un sourire sur son visage et faire semblant d'être heureux. Alors que ce n'était pas le cas, et qu'il n'avait qu'une envie : retrouver Hannah. Lui dire que... Lui dire...

Lui dire que je l'aime ? Et la faire fuir encore plus ?

Elle quitterait probablement le cabinet. Et Greenbeck. Or

c'était la dernière chose qu'il voulait. Il avait besoin d'elle dans sa vie et, même si c'était juste en tant qu'amie, il devrait l'accepter. Et la voir avec quelqu'un d'autre…

Non, impossible. Je ne pense pas que je pourrai le supporter. Alors, faut-il lui dire ?

Même s'il avouait son amour à Hannah – ce qui lui semblait inévitable –, elle continuerait de penser qu'ils avaient commis une erreur. Elle le jugerait incapable de lâcher prise de crainte d'être à nouveau abandonné…

Mais si elle avait aussi peur que lui ? Il savait qu'elle avait été abandonnée, elle aussi. Sa réaction, ce matin-là, s'expliquait peut-être par le fait qu'elle n'avait pas vu de solution pour avancer ? Et si elle avait besoin qu'*il lui* déclare qu'il était sérieux et tenait vraiment à elle ? Elle avait déjà été humiliée en amour, persuadée que son ex s'investissait autant qu'elle dans leur relation alors qu'il n'en était rien. Et si elle avait été échaudée au point de demeurer désormais hors de portée ?

Alors qu'elle se tenait au pied de l'autel, prête à jurer fidélité à un homme devant sa famille et ses amis réunis, celui-ci l'avait ridiculisée. Il l'avait plaquée le jour de leur mariage par SMS ! Quelle lâcheté !

Peut-être aurait-elle peur de ce qu'elle ressentait pour lui jusqu'à ce qu'elle soit sûre de ses sentiments à lui ?

Son esprit commença à s'emballer, assailli par une foule de questions sans réponse.

Si seulement il pouvait lui montrer ce qu'elle représentait pour lui ! Faire savoir au monde entier qu'il l'aimait et qu'il irait jusqu'au bout pour elle, quel que soit le risque qu'il courait…

Cela suffirait-il ?

Cela lui permettrait-il de gagner son amour ?

Parce que, si elle l'aimait aussi – ce qu'il espérait de tout son cœur –, alors elle ferait de lui l'homme le plus heureux du monde.

Une question demeurait cependant : était-il assez courageux pour prendre ce risque ?

13

Son instinct lui soufflait de ne pas aller à la fête du village de Greenbeck, car Zach y serait. Il avait été sollicité pour faire partie du jury d'un concours de bébés costumés, et il avait accepté. Pourtant, il lui manquait, et elle aurait donné n'importe quoi pour le voir, échanger quelques mots avec lui… Comme il y aurait beaucoup de monde, songea-t-elle, elle n'aurait peut-être même pas besoin de s'approcher de lui, et pourrait l'observer en toute discrétion…

Je veux juste m'assurer qu'il va bien.

C'était probablement le cas.

Les gens semblaient généralement n'avoir aucun problème à s'éloigner d'elle.

Mais son cœur lui faisait mal, alors elle décida d'y aller. Ce serait mieux que de rester seule à la maison, car Mme Micklethwaite était sortie pour la journée. Mieux valait être entourée, après tout, et le grand air lui changerait les idées.

Elle gagna le centre du village à vélo. Elle n'avait pas prévu de rester longtemps. Juste assez pour vérifier que Zach allait bien.

La fête battait son plein quand elle arriva. Les habitants s'agitaient sous les chapiteaux, l'air embaumait la barbe à papa et les hamburgers.

En passant devant la tente des rafraîchissements, elle sentit une main sur son bras.

— Hannah ?

— Monsieur Fisher ! Bonjour, comment allez-vous ?

Jerry Fisher était le patient esseulé qui avait rejoint son groupe de soutien. Il se tenait près d'un autre homme, qui tenait en laisse un chien qu'elle connaissait bien.

— Rebel ?

Jerry lui présenta son ami.

— Voici Marvin. Il vient de sortir de l'hôpital.

— Enchantée. Comment allez-vous, Marvin ?

— Beaucoup mieux maintenant que je suis parti de cet endroit ! Tous les médecins et les infirmières font un travail merveilleux, mais il n'y a rien de tel que d'être chez soi, n'est-ce pas ? Vous connaissez Rebel ?

— Oui, j'ai vu plusieurs fois le Dr Fletcher quand il s'occupait de lui pendant votre hospitalisation. Ils sont venus se joindre à notre groupe pour des promenades.

Marvin hocha la tête et sourit.

— Tiens, justement, le voici ! Docteur Fletcher !

Hannah se figea, son cœur battant la chamade.

— Oh ! il ne m'a pas entendu, dit Marvin en haussant les épaules. Je le recroiserai plus tard, sans doute.

Hannah laissa échapper un soupir soulagé.

— Ravie de vous avoir vus, tous les deux.

Elle sourit et quitta la tente, jetant des coups d'œil en tous sens pour tenter d'apercevoir Zach. C'était difficile, parce que la foule était dense, mais elle crut le voir devant elle. La raison lui dictait de tourner les talons, mais son cœur la poussait à le suivre. Le besoin d'être près de lui était plus fort que tout.

Un groupe de personnes passa devant elle, et elle le perdit de vue. Elle joua des coudes pour se frayer un chemin à travers la cohue, mais il avait disparu !

Alors que la foule s'amenuisait, Hannah laissa échapper un gémissement de frustration.

— Hannah ?

Elle se retourna.

— Zach...

Il était là. Debout devant elle, plus beau que jamais, et elle sut à cet instant que son cœur était perdu pour toujours.

— Comment vas-tu ? demanda-t-il sans préambule.

Elle déglutit avec peine, embarrassée. Comment répondre ? Mentir et lui dire qu'elle allait bien ? Ou lui dire la vérité ? Lui dire qu'elle *avait fait une* erreur en pensant que la bonne chose à faire était de s'éloigner de lui parce qu'elle avait peur.

— J'ai été… Je ne sais pas pourquoi j'ai fait ça, Zach. Je suis désolée…

Il hocha la tête, comme pour dire : « Je comprends ».

Derrière eux, l'un des organisateurs, Walter, monta sur une estrade avec son mégaphone et demanda à tous les participants au concours de bébés costumés de se rendre sous le chapiteau principal.

Zach la fixait toujours. Quand l'annonce fut terminée, il dit simplement :

— Tu m'as manqué.

Son cœur rata un battement.

— Toi aussi, tu m'as manqué.

Les yeux pleins d'espoir, il reprit :

— Ce qui s'est passé entre nous n'était pas une erreur, Hannah. C'était merveilleux. Plus j'y réfléchis, et plus je me dis que les choses devaient se passer ainsi, entre nous.

À ces mots, elle sentit son cœur se gonfler de joie.

Zach s'approcha d'elle. Un pas. Deux. Puis il prit ses mains et mêla ses doigts aux siens.

— Je suis désolé si je t'ai donné l'impression que tu ne me suffisais pas. Ce n'est pas ce que je ressens. Je veux te montrer et montrer au monde entier ce que tu représentes pour moi, Hannah.

Hannah avait les larmes aux yeux. Elle secoua la tête, sans voix.

Tout sourires, Zach se tourna et prit le mégaphone des mains de Walter qui descendait de son estrade.

— Je peux te l'emprunter un instant, s'il te plaît ?

Sans lâcher sa main, il l'entraîna sur l'estrade.

Qu'allait-il faire ?

À côté de lui, Hannah sentait la nervosité la gagner. Elle n'aimait pas être au centre de l'attention.

— Silence, s'il vous plaît ! dit Zach.

Elle se figea alors que le public se tournait pour l'écouter. Tous les regards étaient rivés sur eux.

— Je suis le Dr Zachary Fletcher, dit Zach sans hésitation. La plupart d'entre vous me connaissent. Je travaille au cabinet du village de Greenbeck, et cette charmante jeune femme, à ma gauche, est Hannah Gladstone, notre infirmière. Elle est non seulement une excellente professionnelle, mais aussi une femme merveilleuse, et je veux que vous sachiez tous…

Il marqua une pause et se tourna vers elle pour planter ses yeux dans les siens.

— … que je l'aime de tout mon cœur, acheva-t-il dans un souffle.

Soudain, elle ne vit plus que lui. La foule, la fête autour d'eux, tout avait disparu. Il n'y avait plus que ces mots qu'il venait de prononcer, qui résonnaient encore et encore dans sa tête…

Il l'aimait !

— Je t'aime aussi, murmura-t-elle.

Un tonnerre d'applaudissements retentit tandis qu'elle faisait un pas vers lui et jetait les bras autour de son cou pour lui donner un long baiser plein de promesses.

— Je savais que j'avais raison à ton sujet, murmura-t-il à son oreille.

Elle sourit.

— Comment ça ?

— Dès le premier jour où on s'est rencontrés. Tu m'as dit que tu étais au top, et j'ai eu raison de te croire !

Fou d'amour, il posa de nouveau ses lèvres sur les siennes.

Épilogue

Superbe dans sa robe de mariée, Hannah consulta son téléphone et sourit en découvrant le dernier texto de Zach.

Je t'aime. Je suis impatient de t'épouser. On se voit dans l'église !

Il n'arrêtait pas de lui envoyer des messages. Il avait même enregistré une vidéo où on le voyait en train de s'habiller pour leur mariage. Ses vêtements étalés sur le lit… La rose rouge pour sa boutonnière. Zach en chemise blanche, Daniel l'aidant à faire sa cravate et à fermer ses boutons de manchettes. Le tout sur une musique qu'elle adorait.

Mais Zach savait combien elle était stressée. Il redoutait que le traumatisme de son mariage raté l'empêche de profiter pleinement de cette journée censée être la plus belle de sa vie. Et il faisait tout ce qui était en son pouvoir pour qu'elle sache qu'il serait là, au pied de l'autel.

Mais il se trompait.

Elle ne doutait pas de lui. Pas plus que d'elle-même ou de ses sentiments.

Parce que son amour pour lui était absolu et ne connaissait aucune limite. Tout le monde disait qu'ils étaient faits l'un pour l'autre, et elle savait qu'ils avaient raison.

Stacey, sa demoiselle d'honneur, était vêtue d'une robe rose tendre. Elle s'approcha pour ajuster son voile.

— Tu es prête ? demanda-t-elle.

Hannah hocha la tête.

— Oui.

Un bip annonça l'arrivée d'un nouveau texto.

Ne sois pas en retard. J'ai déjà attendu bien trop longtemps pour te rencontrer. Je t'aime.

Le sourire aux lèvres, elle tapa sa réponse et, une fois qu'elle eut appuyé sur « envoyer », Stacey lui confisqua son téléphone.

— Ça suffit, maintenant ! Tu vas le voir dans quelques minutes, et ensuite vous pourrez passer le reste de votre vie à vous prouver l'un à l'autre combien vous vous aimez.

— Je n'arrive pas à croire que je suis sur le point de l'épouser !

— Ah bon ? Je ne vois pas pourquoi. Nous savions tous que ça allait arriver.

— Vraiment ?

Stacey acquiesça.

— Allez, viens ! J'ai besoin que cette cérémonie commence à l'heure. Il faut que je nourrisse Esme dans exactement soixante minutes.

Esme était la magnifique petite fille que Stacey et Daniel avaient eue ensemble. Le fruit d'une autre histoire d'amour au cabinet médical de Greenbeck…

Daniel, Stacey, Zach et elle étaient tous venus à Greenbeck pour fuir quelque chose. Ils ne savaient pas ce qu'ils cherchaient, mais ils avaient trouvé ici le véritable amour.

Enfin, la belle voiture grise arriva. Il n'y avait pas beaucoup de chemin à faire pour conduire Hannah et son père à l'église. Hannah savait que la moitié du village serait là, et elle avait des papillons dans l'estomac.

En descendant du véhicule, elle posa quelques instants pour le photographe, puis Stacey lui remit son bouquet et, la tête haute, elle s'avança vers son destin.

À l'intérieur, l'orgue entonnait la *Marche nuptiale*. Elle regarda son père.

— On y va ? demanda celui-ci.

Elle répondit d'un simple signe de la tête, tandis que son père l'entraînait vers l'église.

Hannah rougit quand tous les regards se tournèrent vers elle, mais dès qu'elle posa les yeux sur Zach, au bout de l'allée centrale, son visage s'illumina. Il lui offrit son plus beau sourire, et elle se retint de courir se jeter dans ses bras.

Son futur mari.

Le Dr Zachary Fletcher !

À ses pieds, Bonnie, le chiot qu'ils venaient d'adopter, agitait sagement la queue. C'était un beau labrador noir qui avait volé leur cœur dès qu'ils l'avaient vu, au refuge. Il portait un nœud rouge en guise de laisse, assorti à la fleur qui ornait la boutonnière du marié.

Zach était si beau ! Elle le vit essuyer une larme de joie alors qu'elle marchait vers lui.

Quand elle arriva à sa hauteur, il se pencha vers elle et souffla :

— Tu es magnifique. J'ai beaucoup de chance !

— Moi aussi. Je suis la femme la plus chanceuse du monde.

Elle aurait voulu l'embrasser maintenant. Mais il y aurait un moment pour cela au cours de cette cérémonie. La prochaine fois qu'elle donnerait un baiser à Zach, ce serait celui d'une épouse. De *son* épouse, fière, heureuse et éternellement amoureuse.

Ils se retournèrent pour faire face à l'officiant et, main dans la main, ils prononcèrent leurs vœux devant leurs familles et amis réunis.